Fay Weldon:
Hier unten bei den Frauen
Roman

Deutsch von Isabella Nadolny

Deutscher
Taschenbuch
Verlag

dtv

Von Fay Weldon
sind im Deutschen Taschenbuch Verlag erschienen:
Die Teufelin (11132; auch als dtv großdruck 25065)
Herzenswünsche (11197)
Du wirst noch an mich denken (11225)
Kleine Schwestern (11305)
Frau im Speck (11378)
Sterndame (11426)
Oben bei den Männern (11458)

Deutsche Erstausgabe
März 1992
Deutscher Taschenbuch Verlag GmbH & Co. KG,
München

Titel der englischen Originalausgabe:
›Down Among the Women‹ (William Heinemann, Ltd.,
London)

Umschlaggestaltung: Celestino Piatti
Umschlagbild: Rotraut Susanne Berner
Gesamtherstellung: C. H. Beck'sche Buchdruckerei,
Nördlingen
Printed in Germany · ISBN 3-423-11515-7

Wanda, Scarlet und Byzantia

Hier unten bei den Frauen. Was für ein Ort! Und doch sind wir alle hier, durch den Zufall der Geburt, mit unseren Brüsten und Bäuchen und unserer Natur, so zyklisch wie unser Zeitmesser, der Mond. Und hier unten bei den Frauen werden wir notgedrungen bleiben. So drückt es jedenfalls Wanda aus, Scarlets vierundsechzigjährige Mutter, und knirscht dabei mit den Zähnen.

Wenn das Wetter gut ist, gehe ich nachmittags mit den Kindern in den Park. Ich sitze auf einer hölzernen Bank, während sie schaukeln oder immer wieder den Hang hinunterrollen oder ihre noch jüngeren Opfer tyrannisieren – sie ergötzen sich im Hundekot und inhalieren die wirbelnden Abgase, aus denen unsere Großstadtluft besteht.

Aber die Kinder sehen doch ganz gesund aus, sagt Scarlet, Wandas brutale Tochter, meine Freundin, wenn ich mich beklage.

Der Park ist ein Ort für Frauen, darüber beklagt sich Scarlet. Nur bei wirklich schönem Wetter kommen auch Männer. Sie liegen halbnackt im Gras und tragen in unser fades Leben einen Hauch von ungeahnten Möglichkeiten. Dann setzt sich auch Scarlet manchmal zu mir auf die Bank.

Heute wirbeln die Abgase ziemlich kalt. Heute sind nur wir Frauen da. Ich habe nichts zu lesen. Ich ziehe den Mantel enger um mich und denke über meine Freundinnen nach.

Man kann keinen Schritt tun, ohne auf eine Ameise zu treten, sagt Audrey, die ihre Kinder aus moralischen Gründen verlassen hat und jetzt mit einem verheirateten Mann ein sorgenfreieres und glücklicheres Leben führt, als sie es je zuvor gekannt hat. Sie, die früher auf einer Geflügelfarm eingesperrt war, leitet jetzt eine Frauenzeitschrift, schikaniert ihren Liebhaber und schäkert mit ihrem Chauffeur. Soviel zum Thema Sündenlohn! Ihre Kinder, seine Kinder, ihr Ehemann, seine Ehefrau – macht zusammen acht Personen. Acht hin, zwei im Sinn, prahlt Audrey. Mit der Frau des Chauffeurs unter »ferner liefen« sind es neun.

Sylvia hatte es sich natürlich angewöhnt, die Ameise zu sein, trieb sich dauernd auf den Wegen herum und wartete, daß ein Stiefel sich auf sie herabsenkte. Sylvia lief auch mit einem verheirateten Mann davon. Als seine Scheidung endlich durch war, verließ er sie mit ihrer besten Freundin und ihrer Schreibmaschine. Sylvia blieb zurück, schwanger, ohne einen Pfennig und stocktaub, nachdem er ihr eine gewaltige Ohrfeige gegeben hatte.

Was ist das für eine »beste Freundin«! Man muß hier unten bei den Frauen sehr aufpassen. Das jedenfalls sagt Jocelyn, die ehrbare Jocelyn, die vor nicht allzu langer Zeit mit mütterlichem Gurren ihres Mittelschichtorgans ihr Baby in eine Wanne mit kochendheißem Wasser versenkte. Die Narben sieht man heute noch, nach sieben Jahren, was Jocelyn allerdings nicht wahrzunehmen scheint. Aber der Junge ist ja sowieso die meiste Zeit im Internat.

»Besser, es gibt einen überhaupt nicht«, sagt Helen zu mir aus dem Grabe heraus. Die arme, ruhelose, böse Helen, wurzellos und entwurzelt, die schließlich fand, der Tod sei ein natürlicherer Zustand als das Leben und alles besser als so zu enden wie wir alle, hier unten bei den Frauen.

Es stimmt, daß andere Freundinnen von mir ruhige, zufriedene Ehen führen oder das wenigstens behaupten. Ich beobachte, wie sie einschrumpeln und still verwelken, ohne großes Aufheben, wie Kohlköpfe Anfang März, denen es gelungen ist, die Härten des Winters zu überdauern, und die nun doch dem Lauf der Zeit erliegen. »Wir sind vollkommen glücklich«, sagen sie. Warum sehen sie dann so traurig aus? Ist es ein zeitweiliges Tief von der Nordsee her, eine vorübergehende Niedergeschlagenheit, die von Rußland herüberweht? Nein, ich glaube nicht. Selbst für sie gibt es kein Entrinnen. Es gibt nichts Glorreicheres, als ein junges Mädchen zu sein, und nichts Schlimmeres, als eines gewesen zu sein.

Hier unten bei den Frauen – da kommen wir alle schließlich hin.

Oder, wie ein Geistlicher neulich abends im Fernsehen sagte, der sich tapfer den Herausforderungen der Zeit stellte: »Es gibt im Leben Wichtigeres«, sprach er, »als einen guten Fick.«

Wandas derzeitige Wohnung besteht aus zwei Zimmern mit Küche in Belsize Park. Sie wird nicht lange dort bleiben. Wanda ist in den letzten vierzig Jahren fünfundzwanzigmal umgezogen. Sie ist jetzt vierundsechzig. Die Mieten werden immer teurer. Wandas Los ist nicht die billige Sicherheit unbefristeter Mietverträge. Wanda kehrt jedem kalten Luftzug, der da weht, die nackte Seele zu. Sie muß auf dem Wohnungsmarkt mit jedem (wie Wanda es ausdrückt) langhaarigen, gottverdammten Arsch konkurrieren, der je eine billige Bude suchte.

Vor zwanzig Jahren, als Byzantias Geschichte beginnt, bestand Wandas Wohnung aus zwei Zimmern mit Küche in einem anderen Teil von Belsize Park. Manchen Frauen folgt Musik, wohin sie ihre Schritte lenken. Wanda folgt grüngelbes Linoleum. Scarlet, die zu der Zeit zwanzig ist, hat auf diesem Linoleum geschlafwandelt, seit sie fünf Jahre alt war und zum letztenmal das Kitzeln eines Spannteppichs zwischen ihren Zehen fühlte. Das war, ehe Wanda ihren Ehemann Kim verließ, um Komfort gegen Erhabenheit und Wahrheit einzutauschen.

Das Linoleum wurde gewöhnlich herausgerissen, zusammengerollt, verschnürt und von männlichen Armen in den Möbelwagen geschleppt. Schließlich bekam es doch Risse und wurde gefaltet, statt sich graziös zusammenrollen zu lassen, und die männlichen Arme wurden ungeduldig und seltener, daher zerschnitt Wanda es mit dem Küchenmesser in quadratische Fliesen, und wenn man jetzt damit umzieht, kann man es stapeln, und Wanda trägt es selber. Erstaunlich, wie lange Qualität hält. Das Linoleum hatte zuerst der Frau von Wandas Liebhaber gehört. Diese Dame – sie hieß Millie – warf es zusammen mit der Vergangenheit tapfer weg, als sie das mit Wanda und ihrem Ehemann Peter entdeckte – kurz Peter, Koseform Peterchen –, aber die Depression kam wieder, kroch unter den glänzenden Türen durch (dreimal mit bestem Lack gestrichen und so was in Kriegszeiten!), glitt über den roten Teppich (Vorkriegsware), packte die arme Millie am Hals und drückte zu, bis sie an einem Asthmaanfall starb.

Wanda und Scarlet bereiten die Donnerstagszusammenkunft der Anonymen Geschiedenen vor. Man schreibt das Jahr 1950, eine solche Gruppe ist eine Seltenheit, und ihre weiblichen Mitglieder sind um so erstaunter über ihr Schicksal. Scarlet in ihrer jugendlichen Anmaßung denkt, sie verdienen ihr Pech. Wie sie klagen, wie grau ihre Haut ist, wie scheußlich ihr orangefarbener Lippenstift. Wie sollte ein Mann in solchem Elend verharren wollen, wie sollte solches Elend an einem Mann hängenbleiben wollen? Scarlet ist seit neuneinviertel Monaten schwanger, sie ist dick, aber sie strahlt, sie ist zwanzig, sie muß den Arm über ihren Bauch hinwegrekken, um Butter auf die Cracker zu streichen und auf jeden ein Stückchen Cheddar zu spießen.

Hört nur: Wanda singt, während sie den Kaffeetopf scheuert. Es ist noch die Zeit vor dem Pulverkaffee. Sie wird Lyons Kaffee-Zichorien-Mischung nehmen, die man in blauen Dosen bekommt. Wanda ist eine große, schwerknochige, unschöne Frau mit vom Wetter gegerbter Haut und Augen, die zu tief liegen und zu dicht beieinander stehen, als daß man ihre Trägerin nicht für schwierig hätte halten müssen. In einem Alter, in dem Frauen noch zierlich die Fußspitzen nach außen setzen, geht Wanda mit Riesenschritten und macht andere nervös. Ihre Enkelin Byzantia, die sich jetzt kopfunter in Scarlet zusammenrollt, sollte ihr dankbar sein. »Oh, Scheiße!« ruft Wanda hoffnungsvoll, »Arschloch«, schimpft sie zu Zeiten, als Wörter noch etwas Schlimmes sein konnten, und daher hilft sie mit, eine neue Welt zu gestalten.

Kein Wunder, daß sie keinen Ehemann hat. Kein Wunder, daß die Anonymen Geschiedenen mit so hilfloser Verachtung die grauenhaften Cracker hinunterschlingen, die sie anbietet.

Hört nur: Wanda singt, während sie den Kaffeetopf scheuert. Wanda hätte gut in Uniform ausgesehen, aber man hat ihr nie eine zugebilligt. Wenn Wanda zu dem einen oder anderen Hauptquartier kam und das Recht einforderte, ihrem Vaterland zu dienen, gab es hinter verschlossenen Türen ein solches Hin und Her, daß selbst Wanda nicht beharrlich bleiben konnte. Warum? Weil sie ein Parteibuch hatte und ihr Kind nach dem roten Blut der Märtyrer benannte?

Konnte es das sein? Gehörte Rußland nicht zu unseren Alliierten? Trotzdem, so war es nun mal. Sie, die in Air-Force-Montur so prachtvoll ausgesehen hätte oder auch im Glanz des WREN oder auch nur beim Army Transport Service, mußte ohne auskommen. Wanda muß immer ohne alles auskommen. Ist es nicht ihr Bedürfnis, dann ist es Scarlets.

Hört nur: Wanda singt, während sie den Kaffeetopf scheuert. Sie preist sich glücklich, Kaffee zu haben. Millionen in Europa haben immer noch keinen.

Trarara deidideldei!
Warst du heute schon dran?
Ich war gestern dabei,
deshalb komm ich so an ...

Scarlet ist bestürzt. Scarlet ist gekränkt. Scarlet, beeindruckt von den Funktionen ihres Körpers, hat einen Anfall von scheinheiliger Mütterlichkeit. Scarlet glaubt – diese eine schwebende Woche lang – an die Liebe, das Leben, sein Mysterium, seine Bedeutung, seine Heiligkeit. Byzantia liegt ganz still und gestattet ihrer Mutter netterweise diese wenigen Tage der Illusion. Sie hat sich sieben Tage verspätet. Scarlet glaubt, sie sei ein Junge. Wanda auch.

»*Ich* weiß, daß es ein Junge ist«, sagte Scarlet im sechster Monat. »Aber woher willst *du* das wissen?«

»Es ist eine Last«, sagte Wanda affektiert, »also ist es ei Junge.«

Scarlet knirschte mit den Zähnen und beugte sich bildli gesprochen über die kostbare Last, die freundlich unter i ren Rippen trippelte. Als der Arzt sie fragte, ob das Ba sich schon bewegt hätte, sagte sie, das wisse sie nicht. Irge etwas spüre sie, aber sie habe gedacht, es sei vielleicht e Verdauungsstörung. Der Arzt sah sie an, als ob sie verrü sei, und bestätigte dadurch ihre eigene Meinung über sic

Wanda singt. Der Kaffeetopf ist jetzt sauber. Er glänz blecherner Pracht, dünngewetzt von der Drahtwolle. Es noch keine Spülmittel für die Allgemeinheit. Die F Englands fließen noch kühl, klar und sauber. Die Städte verdreckt: seit zwölf Jahren hat man nichts mehr gestri doch auf dem Land wachsen die Hecken grün und

noch nicht durch Insektizide verdorben, und die Brombeeren stehen prächtig. Wanda und Scarlet würden eher sterben als aufs Land ziehen. Wanda erzählt wahre Horrorgeschichten von Frauen, die aufs Land gezogen sind.

»Sing das nicht«, sagt Scarlet.

»Arme kleine Scarlet«, sagt Wanda, »arme Kleine, hast eine schlimme, unartige Mami, was?«

»Ja.«

»Eine Chance sollte man haben, das wäre schön«, sagt Wanda. »Der Sommer ist gekommen, ich hab sie nicht genommen ...« Sie ist ungerecht gegen sich. Sie sieht jetzt mit vierundvierzig am besten aus, insbesondere kleine Männer mögen sie. Sie mag keine kleinen Männer. Sie wartet und wird ewig warten auf das große, schöne, tyrannische Mannsbild, das bis in ihre geheimsten Tiefen vordringt.

»Ich kann Männer mit kleinen Pimmeln nicht ausstehen«, ruft sie. Was sie wirklich meint, ist dies: Wenn es doch jemanden gäbe, der lange genug bliebe, um zuzuhören, tief genug eindränge, um meine verborgenen Wunden zu berühren, damit ich mir wieder lebendig vorkäme.

Doch woher soll Scarlet das wissen? Scarlet sieht eine grobe, ungehobelte Mutter. Scarlet macht ein finsteres Gesicht.

»Was bist du bloß für eine Mutter?« fragt sie.

»Eine schlechte«, erwidert Wanda befriedigt, und Scarlet stöhnt vor Verdruß. Jetzt ist Wanda in Fahrt. Sie singt wieder.

Trarara deidideldei!
Warst du heute schon dran?
Ich war gestern dabei,
deshalb komm ich so an ...

»Mir ist schlecht«, sagt Scarlet. Ihr Gesicht hat den Ausdruck kosmischer Zufriedenheit ganz verloren, es schwankt armselig und verdrossen über ihrem aufgetriebenen Körper. Gleichgültig schneidet sie Radieschen in Scheiben, ohne sie wie sonst zu hübschen Röschen zu drehen.

»Gut«, sagt Wanda.

Scarlet läßt die Lider noch mehr sinken. Sie ist jetzt richtig schlechter Laune. Nichts ärgert ihre Mutter mehr. Scarlet hat ein rundes, glattes Gesicht; ihre Mutter findet, daß sie

blöde aussieht; je ärgerlicher und verstimmter sie wird, desto dümmer wirkt sie.

»Reiß dich zusammen«, sagt ihre Mutter scharf, »und mach nicht so ein Gesicht.«

»Was für ein Gesicht?« knatscht Scarlet.

»Als ob ich für den Rest meines Lebens für dich sorgen müßte, von deinem Scheißbastard ganz zu schweigen.«

»Jedes harte Wort, das du sagst«, sagt Scarlet, »fliegt hinaus in die Unendlichkeit und legt Zeugnis gegen dich ab.«

Wanda kann solche Redensarten nicht ausstehen. Scarlet hat sich darin sehr vervollkommnet. Wanda fängt wieder an zu singen.

»Bitte nicht«, sagt Scarlet. »Damit löst du es aus.«

»Was glaubst du denn, was ich sonst will?« fragt Wanda. »Wenn sie überfällig sind, kriegt ihr Gehirn nicht mehr genügend Sauerstoff, weißt du das denn nicht? Dein Kind wird alle IQ-Punkte brauchen, die es nur kriegen kann, meine ich. Ich tu dir also einen Gefallen. Soll ich dir die Geschichte vom Milchmann, der Dame und dem Briefkasten erzählen?«

»Nein«, sagt Scarlet.

»Es war einmal ein geiler junger Milchmann«, sagt Wanda, »der war gewohnt, früh um sieben bei einer Dame zu liefern, auf der Hälfte seiner Tour. Der Mann der Dame hatte Nachtschicht. Eine Weile ging alles gut, ja sogar so gut, daß der Milchmann, um keinen Augenblick seiner kostbaren Zeit zu verlieren, seinen Hosenschlitz schon öffnete, während er den Gartenweg hinauflief. Er pflegte dann seinen Duweißtschonwen durch den Briefspalt zu stecken, damit sie ihn nicht mit jemand verwechselte und die Tür öffnete und nackt und erwartungsvoll plötzlich einem Fremden gegenüberstand. Eines Tages jedoch wurde die Tür nicht von ihr, sondern von ihrem Mann aufgemacht. Erschrak der Milchmann da? Nur eine Sekunde lang. Dann schrie er: ›Wenn Sie Ihre verdammte Rechnung nicht bezahlen, bepinkle ich Sie von oben bis unten!‹«

Scarlet lächelt nicht einmal. Wanda ist verstimmt. Der Kaffee im Topf kocht. Sie dreht ihn um, damit er durchläuft, irgendwas in seinen Innereien geht schief, und der kochende Kaffee sprudelt ihr über die Hände. Wanda, stoisch bis an die Grenze des nicht mehr Normalen, schreit nicht auf, jammert nicht, hält nur ihre armen roten Hände unter den Wasserhahn.

»Ich wollte, du würdest in Würde alt«, sagt Scarlet dann.

»Ich wollte, du würdest alt«, sagt Wanda voller Bitterkeit. »Ich wollte, du würdest alt, damit du siehst, wie das ist ...«

»Du bist nicht alt«, sagt Scarlet unerwartet freundlich. Vielleicht ist sie von ihrer eigenen Gutmütigkeit gerührt. Jedenfalls fängt sie an zu weinen.

»Was ist denn los mit dir?« fragt Wanda erstaunt. Sie kann Scarlet nicht weinen sehen. Dann fängt sie womöglich selber an, denkt sie, und Wanda hat nicht mehr geweint seit dem Tage, an dem sie Kim, Scarlets Vater, verließ, und das war 1935.

Darum singt Wanda, ganz süß, wie einen Segensspruch, das Wiegenlied von Brahms: »Guten Abend, Gut Nacht, mit Rosen bedacht ...«

Scarlet hört auf zu weinen. Vielleicht glaubt sie, daß Wanda es ernst meint. Ein Universum verändert seine Lage. Zahnräder greifen ineinander und lösen sich wieder. Die Welt dreht sich weiter, aber anders. Was geschieht? Dreht ihr Baby sich um und macht sich frei? Verschieben sich die Wasser, fließen über, heben und senken sich? Nein, es ist der Umstand, daß Wanda sentimental geworden ist.

Scarlet staunt mit offenem Mund.

»Mach um Gottes willen den Mund zu«, sagt Wanda, und Scarlet schließt ihn gehorsam, denn sie hat eine Träne in Wandas Auge gesehen, und das hat sie erschreckt. Wanda benutzt natürlich keine Wimperntusche, die verfließen könnte. Wanda benutzt einen glänzenden Lippenstift, um ihren Worten mehr Form und Nachdruck zu geben, hat aber ansonsten keine Zeit für Make-up, das sie für Feigheit hält. Darum ist es eine ungeschminkte, lederne Wange, über die die Träne rinnt, und doch ist es erst etwas über vierzig Jahre her, seit sie geboren wurde, so zart, glatt und pulsierend vor Leben.

»Ich wollte«, sagt Wanda mutlos, »ich wollte, es müßte nicht alles so sein, wie es ist. Warum mußtest du auch hingehen und so was tun.«

Es ist gut, daß jetzt die Türglocke läutet, denn Scarlet wird ganz übel vor Verunsicherung. Sie kann ertragen, daß ihre Mutter wütend, boshaft, gleichgültig ist, und kann ihr mit gleicher Münze herausgeben, aber sie kann nicht ertragen, daß ihre Mutter unglücklich ist.

Es ist die erste von den Damen. Eine ganz Schneidige, mit Dirndlrock und Bauernbluse, lang baumelnden Ohrringen und blanken Augen, Lottie. Sie ist mit einem Freund davongelaufen, und der ist vor ihr davongelaufen, und ihr Mann wollte sie nicht wieder haben. Und, wie sie sich ausdrückt, warum zum Kuckuck sollte er auch? Arme Frau, arme, tapfere Lottie, sie wird zwei Jahre später an Krebs sterben, voller Schmerzen in einem Krankenhausbett ins Nichts hinüberdämmern. Sie wird an ihren Mann schreiben, daß sie krank ist, aber er wird sie nicht besuchen kommen. Nun ja, warum zum Teufel sollte er? Abgelegte Ehefrauen, sagt Wanda, und das lügt sie, sind wie weggeworfene Hosen, man vergißt sie bald. Man hat sie im Geist bereits getötet, ihr wirklicher Tod ist irrelevant.

An diesem Abend jedenfalls ist Lottie fröhlich, aufgeregt und voller Leben. Sie stellt das Grammophon an, umarmt Scarlet und sagt ihr großzügig, daß sie ein braves, tapferes Ding ist und daß sie persönlich findet, unverheiratete Mütter gehören nicht getadelt, sondern bemitleidet. Zu Wanda sagt sie, das Leben beginnt mit vierzig. Sie kaut die Cracker, ohne sichtlich zusammenzuzucken, und trinkt dankbar ihren Kaffee; sie erzählt von einem guten Job beim Civil Service, den sie sich hat sichern können, obwohl sie doch nicht ausgebildet ist, und verkündet, daß sie sich auf eine glückliche Zukunft ohne Männer freut.

Arme Lottie.

Sie ist so früh gekommen, sagt sie, um ihre frohe Botschaft loszuwerden, ehe die anderen eintreffen und ihre heitere Laune wegschwemmen.

Sie hat ganz recht. Schon drängen sie sich in das kleine Zimmer wie eine Flutwelle der Verzweiflung. Scarlet geht zu Bett. Sie sehen in ihr – das weiß sie – Wandas Kreuz.

Hier unten bei den Mädchen.

Wie nett junge Mädchen sind, besonders wenn es nicht um ihre eigenen Interessen geht. Aber selbst dann.

Am nächsten Morgen steigt eine Abordnung von Scarlets Freundinnen die Treppe zur Wohnung hinauf.

Scarlet ist weniger dankbar als vielmehr verlegen. Sie hat das Gefühl, an diesem Morgen nicht aufstehen zu können.

Sie liegt auf dem Rücken, ihre Glieder schlenkern kraftlos, wie ein Blatt zerknülltes Papier, das ein Briefbeschwerer im Luftzug festhält.

Jocelyn, Helen, Sylvia und Audrey drängen sich in Scarlets Zimmerchen. Dazu müssen sie durch das von Wanda. Vor Wanda fürchten sie sich. Sie halten sie für verrückt, böse und für eine gefährliche Bekanntschaft. Sie meinen, daß sie wahrscheinlich trinkt. Sie meinen, daß sie es ist, woran Scarlet leidet. Sie könnten sogar recht haben.

»Wir dachen, wenn wir jeder zehn Shilling wöchentlich spenden«, sagt Jocelyn, »dann macht das zwei Pfund. Das würde helfen. Jedenfalls würde es für die Miete irgendwo reichen. Und wir könnten ja auch noch eine Spendenliste auflegen.«

Wie zuversichtlich und nett sie sind! Ihre Augen sind gefühlvoll verschleiert. Scarlet aber weiß nur eines: daß Wanda sich im Nebenzimmer vor Lachen bepißt. Das ist eine von Wandas Schwächen. Bei großer Aufregung, übergroßer Heiterkeit oder beim Sex neigt ihre Blase zum Versagen. Es scheint eine Alternative zum Weinen.

So etwas könnte Scarlet ihren Freundinnen nie erzählen. Dazu sind sie zu behütet aufgewachsen – mit Ausnahme von Audrey, die fröhlich bei Fisch und Chips in einem Slum von Liverpool groß geworden ist, und auf Audrey ist kein Verlaß, wenn es um Geheimnisse geht.

Die anderen sind ihren Eltern entronnen oder glauben es wenigstens.

Jocelyn, die einmal Klassenerste in einer guten Privatschule war, schreibt einmal wöchentlich nach Hause und macht einmal im Monat dort Besuch. Derzeit ist sie ein ziemlich unscheinbares, recht fideles, sehr beliebtes Mädchen mit von Hockeyschlägern verbeulten Beinen. Sie trinkt gern in schicken Kneipen Gin-Tonic mit Rugby-Jünglingen, von denen sie gelegentlich auch einer mit ins Bett nimmt, und dann amüsieren sich die beiden überraschend gut und ohne Gefühlsaufwand. Morgens steht sie strahlend und gesund auf, badet, rasiert sich die Beine, zieht ein weißes Kleid an und spielt ein scharfes Set Tennis mit ihrem Freund, wenn er gerade zur Hand ist, wenn nicht, mit einer Freundin. Einen ihrer Freunde traf sie einmal mit dem Rand des Schlägers ins Auge, und auf dem wurde er dann blind.

Jocelyn war mit Scarlet auf dem College und hat ein Examen in Französisch. Jetzt sucht sie einen Job.

Scarlet ist zweimal durchgefallen, weil sie in sämtlichen Prüfungen versagt hat. Und jetzt ist Scarlet in Umständen. Sylvia, die Altphilologie studierte und mit Jocelyn eine Wohnung teilt, hat das bereits hinter sich. Sie hat mit fünfzehn abgetrieben, kann sich aber eigentlich nicht mehr daran erinnern. Jocelyn, die mit Sylvia in der Schule war und jetzt mehr oder weniger für sie sorgt, scheint mehr darüber zu wissen als Sylvia selbst. Sylvia läßt sich zur Personalsachbearbeiterin bei Marks and Spencer ausbilden; sie hat einen netten stillen Freund namens Philip und ist in diesen Tagen ein nettes, stilles Mädchen. Es tut Sylvia leid, Scarlet in diesem Zustand zu sehen, sie hat aber auch Angst, Scarlet könne plötzlich platzen und sie alle mit Blut und dem Baby besudeln. Sie sieht nämlich ganz so aus. Scarlet trägt nur ein halbdurchsichtiges Nachthemd. Über das Dezentsein ist sie hinaus. Scarlets Brustwarzen sind braun und vergrößert. Sylvia starrt.

Scarlet läßt sich hängen.

Selbst Helen, die schöne Helen mit ihren grünen Hexenaugen, ihren blutroten Fingernägeln, dem hohen weißen Busen, macht heute wenig Eindruck auf Scarlet. Helen war in Australien verheiratet und ist geschieden. Diese Helen, ein Waisenkind, scheint ein magisches Wesen, das in der Erwachsenenwelt verkehrt, zu der zu gehören die anderen sich noch nicht berechtigt glauben.

Helen erlaubt Audrey, bei ihr in der Wohnung zu wohnen und die Miete zu zahlen. Helen malt Bilder, hungert, um sich Farben zu kaufen, liebt Männer, deren Namen in der Zeitung stehen, und wird von ihnen geliebt.

Audrey tippt in einem Anwaltsbüro. Dahin hat ihr Abschluß in Englischer Literatur sie gebracht. Sie zahlt nicht nur die Miete, sondern wäscht und bügelt auch Helens Wäsche und fühlt sich bevorzugt, weil sie es darf.

Diese freundlichen, hübschen Mädchen mit den eng gegürteten Taillen und polierten Schuhen scheinen Scarlet aus einer fremden Welt zu kommen. Sie kann sich nicht denken, wieso sie sich um sie kümmern. Obwohl Scarlet im Augenblick nicht weiß, warum, ist irgend etwas ganz verkehrt daran, daß sie jetzt hier sind.

Scarlets Bauch verhärtet sich und wird straff. Scarlet runzelt die Stirn. Das Gefühl ist nicht unangenehm, aber eine unwillkommene Mahnung daran, daß ihr Körper jetzt meint, sie gehöre ihm.

»Ist was?« fragt Sylvia besorgt.

»Ich fang nur langsam an zu üben«, sagt Scarlet.

»Hast du keine Angst?« flüstert Sylvia.

»Setz ihr keinen Floh ins Ohr«, sagte Jocelyn munter. »Scarlet ist jung und gesund. Denk an die Eingeborenenfrauen. Sie kriegen ihre Kinder im Straßengraben, dann stehen sie auf und machen mit der Ernte weiter oder erlegen Wild oder sonst etwas in der Art.«

»Und dann gehen sie heim und sterben«, sagt Audrey. »Zwei meiner Tanten sind binnen einer Woche nach der Niederkunft gestorben. Wohlgemerkt, beide hatten die Grippe. Ich sage ja nicht, daß das Scarlet passieren wird. Und die Londoner Krankenhäuser sollen besser sein als die in Liverpool. Obwohl schreckliche Dinge vorkommen.«

»Ich hab keine Angst«, sagt Scarlet, und es stimmt, sie hat keine.

Helen lacht ein bißchen ungläubig, sagt aber nichts. Manchmal erinnert sie Scarlet an Wanda.

»Jedenfalls«, sagt Scarlet und hofft, daß sie alle gehen, damit sie ihre verkrampfte Stellung ändern kann, »ist es sehr nett von euch, und vielleicht komme ich auf euer Angebot zurück.«

Nichts davon glaubt sie. Sie glaubt nicht, daß Wanda ihre Mutter ist, sie glaubt nicht, daß sie selber schwanger ist, sie glaubt nicht, daß sie weder Stellung noch Geld hat, sie glaubt genaugenommen, sie sei keinen Tag älter als fünf. Seit vielen Jahren schlafwandelt sie. Diese vier Freundinnen sind irgendeine vage Vision von ihr.

»Ich weiß, was nicht stimmt«, sagt sie plötzlich und sieht die erschrockenen Mädchen der Reihe nach an, »wo sind all die verdammten Männer?«

Sie schließt die Augen und öffnet sie wieder. Sie sind immer noch da. Sie kann es nicht begreifen.

Hier unten bei den Frauen.

Verhütungsmittel. Noch gibt es die Pille nicht. Babys gehören zum Sex. Gerüchte gibt es massenhaft. Das Diaphragma verursacht Krebs. Die Katholiken haben Geheimagenten in den Kondomfabriken, die durchstechen je eins von fünfzig Präservativen. Sie benutzen dafür eine Nadel mit dem Kopf des Papstes darauf. Wenn man es im Stehen macht, wird man nicht schwanger. Oder man mißt jeden Morgen Temperatur, wenn sie steigt, ist Eisprung- und Gefahrentag. An den anderen Tagen geht es. Marie Stopes sagt, man soll einen Schwamm mit Essig tränken und ihn sich einführen.

Der Mond, von menschlichen Händen noch unberührt, geht auf, schwillt an, nimmt ab und geht unter. Die Nächte sind warm, der Wind weht, Männer sind seltsame, mächtige Geschöpfe, die aus den Kriegen heimkehren; die Zukunft ist endlos. Kerzen flackern in Chiantiflaschen, an den Mauern kleben Reiseposter. Zum erstenmal weht ein Hauch von Knoblauch durch das Land. Sich hingeben, wie wundervoll. Und wenn du's jetzt nicht tust, Mädchen, tut's eine andere. Rum und Merrydown Cider bringen einen mit Sicherheit dazu, heißt es jedenfalls. Aber oft wird einem auch nur schlecht davon.

Drunten in den Slums gibt es eine Ambulanz für Geburtenkontrolle. Du mußt behaupten, du wärst verheiratet, dann fragen sie dich, wie oft du Verkehr hast, also überleg es dir rechtzeitig. Sie sagen, es sei für ihre Statistik, aber es ist wahrscheinlich nur, weil sie dich erwischen wollen. Auch männliche Ärzte gibt es dort. Eine Freundin kennt einen, ein zartes Männlein, der ihr unanständige Bilder zeigt, die er gern mit jemand anderem zusammen anschaut. Sind sie alle so? Und wie weiß man, wenn man in die Klinik geht, daß man nicht gerade an den gerät?

Jeden Monat kommt die Wartezeit: das Suchen nach Symptomen. Wie gescheit wir doch sind! Die Blutung kann und wird sich oft gerade durch Angst verspäten, das weiß man. Es sind die gespannten Brüste, und daß man nachts öfter aufstehen muß und einem morgens schlecht ist, worauf zu achten ist. Obwohl die Erfahrung lehrt, daß das auch hysterische Symptome sein können. Und was ist mit der Parthenogenese? Ihr wißt doch, daß ein Mädchen ganz von allein schwanger werden kann? Denkt doch nur an die Jungfrau Maria. Versucht es mit heißen Bädern und Gin. An der Fulham Road macht einer für fünfzig Pfund eine Abtreibung. Aber woher fünfzig Pfund nehmen? Wen kennt man, der fünfzig Pfund hat? Niemanden. Soll man auf die Straße gehen? Warum eigentlich nicht? Jocelyn hat einmal, als sie betrunken war, gesagt, das sei ihr heimlicher Ehrgeiz. Eine Kurtisane zu sein? Nein, eine ganz gewöhnliche Straßenhure.

Hier unten bei den Mädchen.

Helen hat ein Diaphragma und einen Frauenarzt. Er hat es ihr eingesetzt, ganz würdevoll, in seiner Privatpraxis, mit übergestreiftem Gummifinger, sehr ordentlich. Sie bewahrt es in einem weißen Schmuckschächtelchen auf. Woher sie wohl das Geld hat? Audrey, die trotz akademischem Grad nur sechs Pfund die Woche verdient, will sie nicht danach fragen. Jedenfalls vergißt Helen sehr oft ihr Vernunftsymbol und nimmt es nicht mit.

Audrey möchte, daß Männer Präser tragen. Helen sagt, das sei deswegen, weil sie nicht nur gegen Krankheiten und Kinder, sondern auch gegen den Mann selbst geschützt sein will. Audrey, sagt Helen, wünscht keinen wirklichen Kontakt. Wenn Helen so etwas äußert, sind alle ein bißchen verdutzt. Das London von 1950 ist kein Ort, an dem man über Selbsterfahrung nachdenkt. Audrey behauptet, sie streife einfach gern Gummis über, genauso, wie sie gern Mitesser ausdrückt, Hühner rupft und Fische ausnimmt.

Sylvia sagt und glaubt es vielleicht sogar, sie gehe nicht mit Männern ins Bett, macht sich aber trotzdem jeden Monat die gleichen Sorgen wie die anderen. Verheiratete Männer haben sie sehr oft ausgeführt, solche, die viel tranken. Vielleicht erinnert sie sich einfach nicht daran? Im Moment jedenfalls hat sie etwas Festes mit Philip. Sie halten Händchen, sie lieben sich, sie sind glücklich. Er ist nicht verheiratet. Alles scheint wunderschön. Jetzt macht sie sich keine Sorgen, es sei denn um eine mögliche Parthenogenese.

Jocelyn sieht sich überraschenderweise überhaupt nicht vor. Sie hält sich gar nicht für eine Frau. Im Geist rennt sie noch immer auf dem Hockeyfeld herum, macht Punkte, erringt Siege, während die Schule ihr zujubelt. Jeden Monat kommen ihr Zweifel an diesem ihrem Unglauben, sie ist bleich und verkrampft vor Angst, bis der weibliche Fluß wieder einmal ihre Weiblichkeit bestätigt und der Zyklus eine neue Runde beginnt.

Jetzt schauen sie alle auf die geschwollene und ungeheuerliche Scarlet. Das könnten sie sein, wenn nicht ihre braven Hormone, wenn nicht die zufällige Rücksichtnahme von Männern wäre. Und doch beneiden sie sie. Mit Scarlet ist wirklich etwas geschehen. Sie hat die Mädchenschar verlassen und sich zu den Frauen gesellt, und das wissen sie.

»Wieso«, fragt Audrey ohne ersichtlichen Grund, »ist alles bei den Männern so fleckig und rot, wenn sie sich einem zeigen?«

Es scheint im Moment nicht das richtige Thema. Niemand möchte darüber reden. Nur Scarlet rafft sich auf.

»Weil es kalt ist«, sagt sie.

Die Mädchen gehen. Scarlet steht auf und zieht sich an. Im Lauf dieses Nachmittags fühlt sich Wanda verpflichtet, die Sache mit dem Brahmsschen Wiegenlied zu erklären.

»Ich bringe es den Kindern in der Schule bei«, sagt sie. (Wanda unterrichtet als Stellvertretung an der Grundschule. Sie zieht von Schule zu Schule und vermeidet dadurch das moralische Problem, entsprechend der Vorschrift des Unterrichtsministeriums auch Religionsunterricht erteilen zu müssen.) »Alle kleinen Mädchen wiegen etwas in den Armen und finden es himmlisch, und sogar ungezogene kleine Jungen bekommen feuchte Augen. Wenn Mutterliebe nur so wäre.«

»Ja, wenn«, sagt Scarlet säuerlich. Sie spürt ein Reißen, das im Rücken beginnt und beiderseits herumläuft, um sich dann in der Mitte ihres Bauches sanft zusammenzuziehen wie ein Band. Sie sagt ihrer Mutter nichts davon. Warum auch, um ihr eine Freude zu machen? Vermutlich ist es ohnehin nichts. Das Band wird weggenommen. Na also: nichts.

»Der Schnee vom vorigen Jahr«, sagt Wanda. »Wie er doch immer noch herumliegt und uns alle verfaulen läßt. Immer hab ich mir einen Sturzbach der Wahrheit gewünscht, der heranströmt und alle Legenden wegschwemmt. Ich hab gedacht, der letzte Krieg würde das schaffen, aber nein. ›Mit Näglein besteckt, schlupf unter die Deck' ...‹«, höhnt sie. »Das hat ein Mann geschrieben, du kannst dich darauf verlassen, daß er nie eine Windel gewechselt hat. Und von mir wird verlangt, daß ich es immer noch lehre, samt anderem Quatsch wie ›Ans Vaterland, ans teure ...‹ und Stickereien für Mädchen, und das im Jahr des Herrn 1950, oder besser ausgedrückt, Anno fünf nach Bergen-Belsen, wenn du's genau wissen willst.«

»Ich finde Babys ganz süß«, sagt Scarlet tapfer und wartet darauf, daß Wanda die Nasenlöcher bläht, wie sie es seit frühesten Kindertagen getan hat. Wanda zu quälen, war nie ohne Reiz. »Und du findest sie auch süß«, ergänzt Scarlet, »denn du hast geweint.«

»Das waren die eingelegten Zwiebeln«, sagt Wanda so kühl wie nur was, »ich hab sie abgewaschen für die Geschiedenen, die sind sowieso scharf genug. Zugegeben, Lettice hat das Wiegenlied von Brahms oft gesungen.«

Lettice war Wandas Mutter, Scarlets Großmutter.

»Was? Dir vorgesungen?« fragt Scarlet erstaunt. Lettice, die 1925 laut Wanda bei einer Gesichtsstraffung in der Narkose gestorben ist, ist ihr kaum als Mutterfigur geschildert worden.

»Nein, natürlich nicht mir«, sagt Wanda schroff. »Wenn ich still sein sollte, hat sie mir Opium gegeben. Harry hat sie es immer vorgesungen, sie saß da und hat auf dem Flügel geklimpert, sonntags, wenn er zu Besuch kam, und hat gehofft, er wäre gerührt und würde seine Geliebte verlassen und heimkommen. Es ging ihm aber nur auf den Wecker. Er konnte es nicht erwarten, wieder heimzugehen und seine Olle zu besteigen.« Harry war Wandas Vater, Scarlets Großvater.

»Trotzdem«, sagt Wanda mit einer gewissen Schwermut, »es ist ein hübsches Lied, und sie hatte eine hübsche Stimme, obwohl ihr das wenig genutzt hat. Als sie in das möblierte Zimmer am Barons Court zog, hat sie den Flügel mitgenommen. Besucher mußten darunter sitzen, deswegen kamen nicht viele. Nicht, daß das der wahre Grund gewesen wäre. Mein Gott, sie war ein nutzloses Wesen.« Wanda ist verbittert.

»Aber etwas muß sie dir doch gegeben haben«, sagt Scarlet, die von jeher eine heimliche Bewunderung für diese nie gesehene, längst dahingegangene Großmutter empfindet. Geschieden, verlassen, verachtet, alternd, mittellos – hatte sie die Unterschrift ihrer Tochter auf einer Versicherungspolice gefälscht, das Geld für eine Gesichtsstraffung ausgegeben und war gestorben – oder hat sich Wanda das nur ausgedacht? Es gibt ein Foto von Lettice aus dem Jahre 1898: eine junge Frau, die nur aus Hut, Lächeln und Rüschen besteht. Wanda kann nicht ertragen, das Foto anzusehen. Scarlet hat es in ihrem Zimmer aufgehängt, nur um sie zu ärgern.

»Opium hat sie mir gegeben«, klagt Wanda. »Damals gab's das zu kaufen, ein Mittel, das die Kinder beim Zahnen garantiert beruhigte. Flaschenweise hat sie es mir gegeben. Sie hat mir Träume beschert, mit denen später mitzuhalten ich nicht hoffen durfte. Sie hat mir beigebracht, wie man *nicht* sein soll, die unnütze Schlampe. Aber ich will nicht mehr darauf herumharfen«, sagt sie mit kalter, schrecklicher Wut und wiederholt: »Ich will nicht mehr darauf herumharfen.«

»Etwas muß man dir als Mutter lassen«, sagt Scarlet, »du hast mir nichts gegeben, worauf ich gern herumharfen würde.«

»Ich hab mich bemüht, ehrlich zu sein«, sagt Wanda und setzt – freundlich für eine derart Angegriffene – hinzu: »Fühlst du dich gut?«

»Ja«, sagt Scarlet. Sie sieht sich in dem karg möblierten Zimmer um, und es mißfällt ihr. Sie findet, das grüngelbe Linoleum sieht schmutzig aus.

»Willst du anfangen, den Boden zu scheuern?« fragt Wanda.

»Nein«, sagt Scarlet.

»Aber du tätest es gern, was? Das ist der Nisttrieb. Also hinunter auf Hände und Knie! Es bedeutet, daß du jeden Moment niederkommst.«

»Tut es nicht. Ich glaube überhaupt, daß es eine eingebildete Schwangerschaft ist«, sagt Scarlet zuversichtlich. »Sonst hätte ich das Kind nämlich schon.«

Wanda schnaubt, schüttet Wasser in einen Eimer, bringt ein Stück grüner Seife und einen Schrubber und überredet ihre Tochter zu scheuern.

»Als ich mit deinem Vater verheiratet war«, sagt sie, »hatten wir fürs Schrubben täglich eine Putzfrau.«

»Wie schön«, sagt Scarlet.

»Es war widerlich,« sagt Wanda. »Und sie war es auch.«

»Ich wollte, ich könnte mich an sie erinnern«, sagt Scarlet. »Ich kann mich an nichts Nettes erinnern.«

»An Mrs. Richmond war nichts nett, diebische alte Schachtel. Sie ist bei einem Luftangriff umgekommen, im Haus von Leuten, bei denen sie putzte. Die waren verreist, und sie hat gerade gebadet. Warum auch nicht? Die runzlige, dreckige arme Seele, wenigstens ist sie glücklich gestorben, in grünem, heißem, parfümiertem Wasser. Für Ärzte und Medizin hatte sie nichts übrig. Sie hat mit ihren deformierten Händen vor mir herumgewedelt – sie hatte sich irgendwann beide Daumen ausgerenkt – und mich aus ihren verschwiemelten Augen angeglotzt, auf einem hatte sie auch noch grauen Star – und mit ihrer krächzenden Stimme Gott für ihre ausgezeichnete Gesundheit gedankt, die verrückte alte Nudel.«

»So schlecht soll man von den Toten nicht sprechen.« Scarlet rührt vergnügt im Seifenwasser herum. Sie hat es riesig gern, wenn Wanda von der Vergangenheit spricht. Dann kommt sie sich so wirklich vor.

»Wenigstens erinnere ich mich an sie«, sagt Wanda. »Sie hat den Whisky mit Wasser verdünnt. Stell dir das doch nur vor, Whisky im Jahr 1930, als das ganze Land hungerte.«

»Vielleicht hattest du ein Anrecht darauf«, sagt Scarlet. »Du hattest vielleicht ein bißchen Verwöhnen verdient. Ich meine, manchmal braucht man so was.«

»Wie du deinem Vater gleichst.« Das ist ungefähr das Schlimmste, was Wanda ihr sagen kann, aber Scarlet befindet sich in einer Art Trance, vom Scheuern. »Auch dein Vater hatte keinen Mumm. Er wäre ein guter Maler gewesen, aber er hat sein Talent vergeudet, er hat das gemalt, was die Leute wollten.«

»Schließlich mußte er leben«, meint Scarlet.

»Wozu?« erkundigt sich Wanda. »Er war für niemand von Wert. Eines Morgens ist er aufgewacht, hat sich alle seine Bilder vorgenommen, die Kleider abgekratzt und überall die Genitalien wieder reingemalt.«

»Vielleicht dachte er, daß es so besser war.«

»Nein, er dachte, dann sind sie verkäuflicher, und so war es auch. Ich fand es hundsgemein und hab's ihm gesagt, und da hat er mich geschlagen. Er hat mich seitwärts im Gesicht erwischt und mir das ganze Hirn durcheinandergeschüttelt, meine Ohren haben noch tagelang gesummt. Ich bin auf den Boden gestürzt. Er hat Wasser auf mich geschüttet, um mich wieder zu mir zu bringen. Zu mir kam ich dann auch, und wie, ich bin ihm mit frisch geschnittenen, scharfen Nägeln ins Gesicht gefahren. Er hat mich auf die Brust geschlagen, er wußte, daß mir das Angst machen würde. Du weißt doch, was passiert, wenn man vor die Brust geschlagen wird.«

»Was denn?«

»Man kriegt Krebs«, sagt Wanda.

»Das ist ein Ammenmärchen«, sagt Scarlet.

»Selbstverständlich«, sagt Wanda, »trotzdem macht es einen nervös. Die Titten anderer Frauen waren als Wandschmuck zum Verkauf an die Bourgeoisie bestimmt, meine sollten verrotten. So war er, dein Vater.«

»Es waren gute Bilder.«

»Waren sie nicht. Als er mich geschlagen hatte, brach ich mitten in der Nacht in sein Atelier ein und zerschnitt sie allesamt mit dem Küchenmesser, denn das hatten sie verdient.«

Scarlet äußert sich dazu nicht. Sie hat die Geschichte oft gehört. Sie scheint Wanda nahezugehen und ist bestimmt auch ihrem Mann Kim damals nahegegangen. Es wurde eine polizeiliche Untersuchung eingeleitet, und er tat nichts, um sie zu unterbinden.

»Eigentlich«, sagt Wanda, »habe ich ihm damit einen Dienst erwiesen, denn die Publicity hat ihn noch reicher gemacht. Vor Gericht hieß es, ich hätte das aus Eifersucht auf seine Geliebte getan, aber ich versichere dir, ich habe damals vor Gericht zum erstenmal gehört, daß er eine hatte.«

»Hast du deswegen geweint?« fragt Scarlet.

»Bestimmt nicht«, lügt Wanda. »Wie sollte so was mich zum Weinen bringen? Er hatte seine Grundsätze verraten, deswegen hab ich's getan.«

»Er hat gute Bilder gemalt«, beharrt Scarlet eigensinnig. Das Band um ihre Mitte zieht sich zusammen und lockert sich wieder.

»Hat er nicht.«

»Hat er doch.«

»Was weißt du schon davon?« fragt Wanda.

»Ich hab welche gesehen.«

»Wo?« Wanda ist jetzt hitzig.

»In der verdammten Tate Gallery, jetzt weißt du's«, sagt Scarlet.

Wanda schweigt.

»Ich erzähl dir auch nicht alles, verstehst du«, sagt Scarlet schließlich selbstgefällig.

»Wo waren sie? Unten im Keller?« drängt Wanda und greift nach jedem Strohhalm.

»Ja«, gesteht Scarlet.

»Hab ich mir gedacht«, sagt Wanda erleichtert. »Da unten bewahren sie den ganzen Ausschuß auf, den sie in Anfällen von Umnachtung und Bosheit, zu denen sie anscheinend neigen, gekauft haben. Sie sollten sie verbrennen und die Beweise zerstören, aber den Mumm haben sie nicht, falls spätere Generationen sie dann auslachen.«

Sie zeigt auf den Bauch ihrer Tochter.

»Ich kann mir richtig vorstellen, daß das da mal jemanden auslacht, du nicht?« sagt sie.

»Das Sonderbare an den ganzen Frauen, die er gemalt hat«, sagt Scarlet, »ist, daß sie alle aussehen wie du.«

»An einer Frau ist eben mehr als ihre Titten, ihr Arsch und ihre Möse«, sagt Wanda, »obwohl dein Vater nie recht davon zu überzeugen war. Das hat ihn schließlich so gegen Rußland aufgebracht: alle diese Weiber in Overalls.«

Scarlet antwortet nicht. Sie ist sehr böse.

»Titten, Arsch und Möse«, sagt Wanda, um sie noch böser zu machen. »Warum bist du überhaupt hingegangen und hast dir seine Bilder angesehen?«

»Er ist doch mein Vater«, sagt Scarlet klagend.

»Jetzt wirst du aber sentimental«, sagt Wanda.

»Und es hat doch auch gute Zeiten gegeben, muß es gegeben haben. Ich weiß noch, wie sich der Teppichboden zwischen den Zehen angefühlt hat. Seitdem ist es doch ewig nur dieses verdammte Linoleum. Man kriegt es immer schwerer sauber.«

»Wenn es dir hier nicht gefällt«, sagt Wanda selbstgefällig, »kannst du jederzeit ausziehen.«

Scarlet – die schwerfällige, hilflose, in die Falle gegangene

Scarlet, sieht sie starr an. Dann sagt sie: »Du hast den Anstrich aus Ölfarbe nie saubergemacht. Ich erinnere mich an die eingetrockneten Rinnsale an der Schlafzimmerwand, wo du Kaffee nach ihm geschmissen hast. Von denen träume ich manchmal. Wenn ich malen könnte, wäre das mein Motiv, aber ich kann nicht malen. Ich kann überhaupt nichts.«

»Ich bin nicht dazu geboren, um Ölfarbe abzuwaschen«, sagt Wanda. »Und auch nicht dazu, den Männern Frühstück ans Bett zu bringen. Kim war vollkommen gesund. Vielleicht haben sich die Zeiten geändert, das weiß ich nicht. Hat *dein* junger Mann von dir verlangt, daß du ihm das Frühstück ans Bett servierst? Seine Socken wäschst? Seine Hemden bügelst? Komm schon, Scarlet, berichte von deinen Erfahrungen mit Männern.«

Sie ist so unangenehm, wie sie nur sein kann, wo sie doch weiß, daß Scarlet nie einen ständigen Freund gehabt hat, sondern nur eine unerfreuliche sexuelle Begegnung.

»Nun fang nicht davon an«, sagt Scarlet nervös.

»Ich und anfangen?« fragt Wanda schriller als gewöhnlich. Natürlich fängt sie davon an. »Wieso auch. Ich bin gespannt wie ein Flitzebogen auf das Baby. Das wird vielleicht eine Überraschung. Wir wissen ja nicht, was wir kriegen an Farbe, Form und Größe, kann ja alles sein, was? Wir wissen nur, daß es täglich an IQ-Punkten verliert. Dabei fällt mir die Geschichte von dem Mitglied der königlichen Familie ein, das eine Entbindungsstation besucht. Die Hoheit neigt sich zu der jungen Mutter und sagt: ›Hat das Baby aber schöne rote Haare! Gerät wohl nach seinem Vater?‹ Antwort: ›Weiß ich nicht, Ma'am, er hat nie den Hut abgenommen.‹«

»Meinst du, ich bin absichtlich schwanger geworden?« fragt Scarlet zähneknirschend.

»Jawohl, das glaube ich«, schreit Wanda, »sonst wärst du's nicht.«

Scarlet schnieft, Wanda verstummt für eine Weile und begnügt sich damit, zu murren: »Deine blöden Freundinnen ...« Sie kann sie nicht leiden. Helen, Jocelyn, Audrey und Sylvia. Es scheinen ihr ziemliche Nullen zu sein, die ihre Scarlet noch beschränkter gemacht haben, als sie ohnehin schon ist. Scarlet hat nicht die Energie, sie zu verteidigen, doch bringt sie ein wenig Schneid für ihre eigene Sache auf.

»Es ist nicht meine Schuld«, murrt sie.

»Und wessen dann, meine etwa?« fragt Wanda.

»Ja«, sagt Scarlet, zufrieden mit sich, und lebt richtig auf.

»Großer Gott«, sagt Wanda.

»Du hast mir nie ein wirkliches Zuhause geboten.«

»Und was wirst du dem da bieten?« fragt Wanda und zeigt hin.

»Alles«, sagt Scarlet mit unerwarteter Vehemenz. »Ich werde ihm alle Liebe geben, die es braucht. Ich werde ihm alles geben, was ich nie gekriegt habe.«

»Ich habe dir gegeben, was ich konnte«, sagt Wanda und scheint von diesem Ausbruch ziemlich beeindruckt. »Man kann nur geben, was man in sich hat.«

»Andere Mädchen in meiner Lage hätten abtreiben lassen«, sagt Scarlet. »Ich steh es bis zum Ende durch.«

»Dann hast du noch zwanzig Jahre vor dir«, sagt Wanda. »Ich hab dreimal abgetrieben in meinem Leben, das schließlich noch nicht zu Ende ist.«

»Davon will ich nichts hören«, sagt Scarlet. Sie fühlt sich jetzt wirklich elend. Ist es das Baby? Oder ihre Mutter? Wer weiß das schon?

»Du wirst es schon hören müssen. Falls dir davon besser wird: ich hab deswegen ein schlechtes Gewissen. Ich hab oft gedacht, daß du vielleicht meine Strafe warst. Hätte ich eins von den anderen ausgetragen statt dich, wäre ich vielleicht besser dran gewesen.«

»Du bist ein abscheuliches Weib«, sagt Scarlet, und es ist ihr ernst, und sie ist versucht, ihrer Mutter zu erzählen, daß sie ganz genau weiß, wer der Vater ihres Babys ist, und daß er alles das ist, worüber sie sich am meisten aufregen würde. Doch sie begnügt sich mit: »Vaters neue Frau ist jünger als ich.«

Zuerst sagt Wanda nichts. Dann kommt: »Woher weißt du das?«

»Ich hab ihn gefragt.«

»Willst du damit sagen, daß du dich mit deinem Vater getroffen hast?« Wanda ist erschüttert.

»Ich hab mit ihm telefoniert.«

»Warum?«

»Warum nicht?«

»Das ist Zeitverschwendung. Er will nichts mit dir zu tun haben.«

»Ich weiß«, sagt Scarlet nicht ohne Bitterkeit.

»Wolltest du ihm erzählen, daß du schwanger bist? Ihm die freudige Nachricht zukommen lassen? War es das?«

»Ich wollte, aber ich konnte nicht. Er hat von sich erzählt, er schien nichts über mich wissen zu wollen. Es war ganz förmlich und ziemlich peinlich. Seine neue Frau heißt Susan. Sie ist zwanzig. Glaubst du, daß mein Baby ein Monstrum wird, Mutter?«

Wanda ist nicht nur erstaunt darüber, mit Mutter angeredet zu werden, sondern auch über die blinde Angst in der Stimme der Tochter. Scarlet scheint in ihrer knienden Haltung erstarrt zu sein. Wanda hilft ihr, wieder hochzukommen. Scarlet hat Tränen in den Augen.

»Ich wollte doch nur – «, keucht Scarlet. »Ich wollte doch nur – «

»Was denn?« fragt Wanda. »Was wolltest du?«

»Ich wollte dir doch nur etwas schenken, um alles andere wieder gutzumachen«, sagt Scarlet verzweifelt.

»Mir was schenken?« wiederholt Wanda ungläubig. »Etwa das Baby?«

»Ja«, flüstert Scarlet.

»Du bist dazu geboren, mich lächerlich zu machen«, sagt Wanda.

»Was soll ich nur tun?« fragt Scarlet, die jetzt endlich durchdreht. »Wie soll ich leben? Was soll aus mir werden, Mutter?«

Das Band verengt sich nun nicht mehr und schiebt anstrengendere Aktivitäten noch für ein Weilchen auf. Byzantia, gemütlich zusammengerollt, entschlummert wieder.

»Danach fragst du besser deinen Vater«, sagt Wanda rasch und überraschend. »Los, los, frag deinen Vater. Warum nicht? Ich bin am Ende, ich habe dir nichts zu sagen, nichts zu raten. Zieh los, mach, daß du rauskommst. Frag deinen Vater.«

Ein gewisser Sonntag

Hier unten bei den Frauen. Gibt es denn niemand Nettes, Durchschnittliches und Sympathisches? Doch, es gibt Jocelyn, Helen, Audrey, Sylvia, Wanda, Scarlet und die freundliche, freundliche Byzantia. Es gibt Millie, Lettice und Lottie. Es kommt nur darauf an, welche Reden von ihnen man sich anhören und über welche ihrer Handlungen man hinwegsehen möchte. Und Susan, die neue Frau von Scarlets Vater, ist die allernetteste von allen, mit graziöser Taille und schwerfälligem Verstand, so schwerfällig wie der Stamm eines Kauribaums in den Wäldern Neuseelands, aus denen sie stammt und die sie so sehr liebt, fast so sehr wie Kim, den ersten Mann von Scarlets Mutter, den Großvater von Scarlets Tochter Byzantia.

Hier unten bei den Frauen beschreiben wir Menschen gern durch ihre Beziehung zu anderen. Das gibt uns mehr Sicherheit, so als würde es dann jemand bemerken, wenn wir sterben. So drückt Sylvia es aus.

Es ist ein folgenschwerer Sonntagnachmittag für alle. Was für eine Konstellation ist das?

Sylvia ist ins Kino gegangen, um sich den ›Reigen‹ anzusehen. Sie sitzt auf einem billigen Platz nahe an der Leinwand, denn sie ist kurzsichtig und auf einem Ohr ein bißchen taub. Jocelyn ist daheimgeblieben, um sich die Haare zu waschen. Es ist tropfnaß, als Philip eintrifft, schlank, zartbesaitet, im grauen Anzug, auf der Suche nach seiner geliebten Sylvia, der, als er sie nicht vorfindet, seine Probleme Jocelyn vorträgt. Er hat Angst, echte Angst, daß die Abstinenz seine Gesundheit zugrunde richtet. Was für ein Spiel spielt Sylvia? Sie hat ein einziges Mal mit ihm geschlafen und danach nie wieder. Warum? Jocelyn windet sich ein Handtuch als Turban ums Haar und erklärt ihm, daß Sylvias seelisches Gleichgewicht sehr empfindlich ist, außerdem sind ihre Augen und Ohren schwach, und er dürfe sie nicht drängen, und während der ganzen Zeit fühlt sich ihr Fleisch immer mehr und mehr zu dem wenig geeigneten jungen Mann hingezogen, der ja als Sylvias Boyfriend nur sakrosankt sein kann.

Sie kann es nicht ändern, es hat nichts mit ihr zu tun, ihre Seele schreit auf, aber alles, was sie hören kann, ist »Bully eins, Bully zwei, Bully drei und los!«, und das ergibt keinen Sinn. Jetzt stehen sie Flanke an Flanke, und ihre Stimme erzählt ihm von Sylvias Abtreibung als Schulmädel, während die Welt immer dunkler und dunkler wird vor Begierde. Und jetzt liegen sie im Bett, und er tröstet sich über seine Enttäuschung hinweg. Wie sind sie denn hineingekommen? Das Kopfkissen ist naß von ihren Haaren, Stunden wird es jetzt dauern, sie zu kämmen und einzurollen. Für sie ist das der Beweis einer alles überschwemmenden Leidenschaft. Sylvia betrogen zu haben, ist ihr so arg, daß sie nicht bemerkt, wie schlaff der junge Mann ist, und daß zwar immer noch Fleisch nach Fleisch verlangt, doch jetzt eher infolge einer ärgerlichen Frustration als vor Sehnsucht nach Erfüllung. Später einmal werden sie heiraten. Das geschieht ihr recht, könnte man sagen.

Sylvia kommt zurück aus dem ›Reigen‹, und als sie ihren Philip noch mit Jocelyn im Bett vorfindet, blickt sie nur züchtig weg und wird nicht böse. Es scheint ihr eine Fortsetzung des Films zu sein. Sylvia verliert auch noch das bißchen Sinn für die Realität ihrer Existenz, das sie sich bisher bewahren konnte. Sie schließt die Schlafzimmertür, kocht Tee, trägt ihnen den hinein, sitzt auf dem Bettrand und schwatzt, erzählt ihnen den Inhalt des Films, singt ihnen die Melodien daraus vor, ohne irgendwie zu leiden. Philip kommt zu dem Schluß, daß Sylvia verrückt ist und daß er das Richtige getan hat. Darin irrt er sich sehr. Bei Sylvias zartem seelischem Gleichgewicht und seiner Empfindlichkeit hätten sie gut zusammengepaßt.

»Bully ab, Mädchen, Hockey eins, Hockey zwei, Hockey drei und los!« Jocelyn war in der Schule Mittelstürmer. Sie trugen dunkelgrüne Pumphosen und trainierten in einem öffentlichen Park. Männer in Regenmänteln sammelten sich oft, um zuzusehen, doch die Mannschaft schien es nicht zu bemerken. Einmal war Jocelyn zufällig ein Gummiband gerissen. Einmal hatte sie der gegnerischen Mittelstürmerin den Knöchel gebrochen, auch zufällig. Jocelyn wird vom Zufall verfolgt. Bully eins, Bully zwei, Bully drei und los! Schneller, schreit Miss Bonny, gänzlich aus Socken und

Schulkittel bestehend, schneller! Auf die Seiten, Mädchen! Was, keiner da? Da steht keiner? Ihre Stimme klingt tragisch. Niemand steht da für Miss Bonny, höchstens Jocelyn nach dem Unterricht, und obwohl das Miss Bonny genügt, ist es nicht, was sie sich wünscht. Was alle Frauen sich wünschen, erklärt Miss Bonny, ist die Liebe. Einstweilen Hokkey eins, Hockey zwei, Hockey drei und los! *Bully off*, Mädchen! Wie schön ist das Leben vor dem ersten flüchtigen Blick auf den Tod!

Helen umgibt an diesem Nachmittag ihr eigener Tod, obwohl es noch fünfzehn Jahre dauern wird, ehe er herangereift ist und sie in Wembley Park zu Boden streckt, die kleine Alice neben sich.

Eben jetzt sitzt Helen nackt, weiß und mit ziemlich strubbeligen Haaren auf einem Feldstuhl im Atelier von X. Er steht und malt sie. Auf der anderen Seite des Ateliers steht Y., seine Frau, auch an einer Staffelei, und malt Helen ebenfalls. X. sieht gut aus, ist hochgewachsen, helläugig und rauhbeinig. Y. ist recht unattraktiv, obwohl es heißt, sie male besser als er. Es war Y.s Idee, daß Helen für sie Modell stehen sollte. Jetzt ist Y. nicht mehr so sicher, daß es eine gute Idee war. X.s wahrer Name ist Alexis. Y.s wahrer Name ist Yvonne. Ihre Freunde – und sie haben viele – kennen sie nur als X. und Y. und können sie sich getrennt überhaupt nicht vorstellen.

»Müssen Sie unbedingt zappeln?« fragt Y. schlechtgelaunt. Zappeln? Helen wendet den Kopf und sieht Y., die sie bis zu diesem Moment zu bewundern geglaubt hat, aus ihren funkelnden Hexenaugen an. Sie ist gekränkt. Sie dreht sich wieder zu X. und begegnet seinem Blick. Ihre Pupillen erweitern sich: Von nun an erwidert sie, wann immer Y. nicht hinschaut, die unverhohlene Bewunderung, mit der er – wie sie sehr wohl weiß – sie ansieht. In seinem Haus bewegt sie sich – nackt oder angezogen – von nun an schmachtend und träge. Sie küßt seine Kinder, hebt milde die Brauen, wenn Y. nicht mit ihnen fertig wird. Y. hätte den Mund halten sollen. Der Tod tritt rascher an sie heran als an Helen, weil er zu ihr einen geraderen, glatteren Weg hat. Y. schaut immer wieder über die Schulter zurück, ob er näherkommt, und das sollte man nie tun. Von jenen achtlos hingeworfenen Wörtern an braucht der Tod nur mehr zehn Jahre, bis er Y. eingeholt hat.

Und Audrey? Audrey wird von Paul Dick, einem Keramiker durch das Victoria- und Albert-Museum geführt. Er plant, sie in Emma umzutaufen. Das paßt besser zu ihr. Sie willigt ein, weil sie glaubt, daß er es schon morgen vergessen haben wird. Sie würde sich nicht im Traum einfallen lassen, mit ihm zu streiten. Er weiß so viel, und sie hat so viel zu lernen. Selbst Sex, bei dem sie glaubte, sich gut auszukennen, scheint jetzt ein Mysterium. Er liest ihr pornographische Bücher vor, er beobachtet und fotografiert und beobachtet. Sie hat wenig Gelegenheit, ihm Präser überzuziehen. Wenn er zu reden aufhört, ist sie gewöhnlich so müde, daß ihr alles gleichgültig ist. Immerhin lernt sie vieles über Kunst, Keramik, Wein und Jazz. Und wozu ist sie überhaupt auf der Welt? Laut Paul Dick vor allem, um zu ficken und dann um zu lernen. Solche Ausdrücke sind Audrey neu und beeindrucken sie. Dort, wo sie herkommt, war ficken ein Wort, mit dem man fluchte, nicht die Beschreibung einer Tätigkeit.

Scarlets Vater Kim Belcher wohnt im vierten Stock eines roten edwardianischen Backsteinhauses unweit der Baker Street. Scarlet geht ein paar Minuten vor dem Haus auf und ab. Sie ist eine auffällige Gestalt, denn sie besitzt kein Umstandskleid. Sie trägt einen alten Rock von Helen aus der Zeit, als Helen noch dick war, und einen Pullover, den Lettice vor Jahrzehnten für Wanda gestrickt hat und den Wanda nicht mochte und nicht anziehen wollte. Er ist zugleich unkleidsam und unverwüstlich, ein fürchterliches Machwerk. Der Mantel gehört Scarlet und wird unter dem Busen von einer schlechtversteckten Sicherheitsnadel zusammengehalten; er teilt sich über ihrem geschwollenen Bauch wie ein Theatervorhang zu beiden Seiten einer Bühne. Ihre Schuhe haben schiefgelaufene Absätze, und ihre Florstrümpfe sind an den Stopfstellen ausgefranst. (Nylonstrümpfe sind etwas für Reiche und solche mit amerikanischen Beziehungen. Nur Tänzerinnen tragen Strumpfhosen. Normale, anständige Leute haben Strümpfe, die Löcher und nicht Laufmaschen bekommen und gestopft werden. Das Stopfgarn dazu gibt es in sortierten Farbtönen auf Kärtchen.) So zeigt Scarlet demonstrativ ihr Unglück der Welt. Sie wird zu ihrem Vater gehen und wird zu ihm solchermaßen sprechen: »Vater, sehet hier Euer Kind!« Sie hat es wohlverstanden schon am Telefon gesagt, und er war zwar höflich, aber nicht ermutigend.

Doch wenn sie, sein Kind, um Brot bittet, wird er ihr dann einen Stein reichen?

Durchaus möglich. Kim liest so wenig in der Bibel wie Wanda. Kim hat einen starken Überlebensinstinkt. Außerdem hat Kim seine Tochter durch eine Kindfrau ersetzt.

Scarlet ist aufgeregt und würde gern weinen. Ihre Beine tragen sie nicht die Stufen hinauf. Sie bekommt einen Krampf in der einen Wade und muß sich zwei-, dreimal auf die Zehen stellen und wieder herunterlassen, ehe der Schmerz nachläßt. Sie fürchtet umzukippen. Sie ist wie in einem Alptraum. Wenn das so weitergeht, denkt sie, wird sie bald gezwungen sein aufzuwachen. Wie alt ist sie, um einen solchen Traum einer unmöglichen Zukunft zu träumen? Sechs? Sieben?

Aber ihre Mutter hat gesagt: »Frag deinen Vater.« Das ist nicht nur Erlaubnis, das ist ein Befehl.

Sie beschließt anzurufen. Sie sucht in ihrer Tasche nach drei Münzen. Da sind Taschentücher (keine Papiertaschentücher, die gibt es noch nicht), ein Krankenschein oder zwei, ihre Blutgruppe (null), ein Halbkronenstück, ein paar Pennys, die zusammen fünfzehn Shilling ausmachen würden, wenn sie sie heute nur hätte.

Scarlet ist gezwungen, in zwei Cafés zu gehen und zwei Tassen Tee und ein Rosinenbrötchen zu essen, ehe sie die nötigen Geldstücke hat. Es liegt nicht in Scarlets Wesen, um Wechselgeld zu bitten. Wanda hat sie zu gut darauf dressiert, für nichts auch nichts zu erwarten.

Scarlet selbst tut jedermann gern einen Gefallen und kann andere um gewaltig große Gefallen bitten (eben jetzt verlangt sie, anerkannt zu werden), aber Kleinigkeiten übersteigen ihre Möglichkeiten. Sie kann keinen Fremden nach der Uhrzeit fragen oder um Wechselgeld fürs Telefon bitten. Die Rosinenbrötchen, leuchtend gelb von Trockenei, verursachen ihr Sodbrennen. Kim geht nicht an den Apparat. Er ist außer Haus. Susan Watson meldet sich mit ihrem kultivierten Stimmchen mit den sorgsam artikulierten Vokabeln.

Ihre Mutter hat ihr auf der Heimreise von Neuseeland – dort hatten sie den Krieg verbracht – Sprechunterricht gegeben, um Mr. Watson, Susans Vater und derzeit Kims Boß, nicht mit der nuscheligen neuseeländischen Sprechweise zu verärgern.

Scarlet ist entgeistert. Sie hat Susan für eine Bühnenrequisite gehalten, nicht für einen wirklichen Menschen. Sie ist noch nie ans Telefon gegangen, wenn Scarlet anrief. Scarlet hat Susan in Kims Bett akzeptiert, wie eine Aufziehpuppe, die man zur Schlafenszeit aufzieht, damit sie abschnurrt – aber nicht wie jemanden, der Macht, Meinung, ja sogar Gefühle hat.

Auch Susan ist entgeistert. Aber sie ist freundlich, beinahe beflissen. Kim sei nicht da. Warum Scarlet nicht einfach vorbeikäme? Scarlet sagt, daß sie in zwei Minuten da ist.

Susan hat ein hübsches rundes Puppengesicht mit unverändert lieblichem Ausdruck und ein zuvorkommendes Wesen.

Susan findet es wundervoll, mit Kim verheiratet zu sein, sie liebt es, Hausfrau zu spielen, sie liebt sogar Kim.

Susan verachtet Kims frühere Frauen, weil sie es nicht verstanden haben, ihn glücklich zu machen.

Susan ist eifersüchtig darauf, daß Kim eine Vergangenheit hat und sie nicht. Manchmal macht sie sich Sorgen, ob nicht auch sie eines Tages ein Teil von Kims Vergangenheit sein wird.

Es gefällt Susan, daß sie so viel jünger ist als Kim. Sie tut damit groß, wie als kleines Mädchen mit den Puffärmelchen, die sonst niemand hatte, wie mit dem in der Schule herumgezeigten Telegramm, aus dem hervorging, daß ihr Bruder gefallen war.

Und jetzt will Susan vor Scarlet großtun. Sie hat so viel, und die arme Scarlet, Tochter dieser Hexe Wanda, hat so wenig. Sie war auf der Universität, das stimmt, aber wann wäre je eine gescheite Frau glücklich geworden? So sprach Susans Mutter, als Susan ihre Abgangsprüfung nicht schaffte. Gescheite Frauen werden schlechte Ehefrauen, und das Glück liegt darin, eine gute zu sein. Also sprach Susans Mutter, in Neuseeland am Strand liegend, während ihr Ehemann vierzehntausend Kilometer entfernt seine Pflicht als Feuerwehrmann tat.

Susan läuft in der Wohnung herum wie ein geschäftiges kleines Mädchen, räumt weg, schüttelt die Kissen auf und benutzt einen orangefarbenen Lippenstift.

Susan schaltet den Grill an für Toasts, schließlich ist Sonntag und Teezeit – und macht sich bereit, Scarlet gönnerhaft zu behandeln.

Susan ist achtdreiviertel Monate schwanger. Seit neun Monaten ist sie verheiratet. Kim hat sie heiraten müssen, nicht weil sie bereits miteinander gef – (Susan hat ein solches Wort so gut wie nie gehört) hatten und sie schwanger geworden wäre, sondern weil sie es nicht tun wollte, ehe sie nicht verheiratet waren.

Susans Mutter hat gesagt, das solle man nicht. Jetzt strickt sie kleine Wollsachen und drängt ihren Mann, Kim als gleichberechtigten Partner in die Firma aufzunehmen. Das hat er bereits getan, aber sie hört ja nie zu. Oder wenn doch, vergißt sie alles bald wieder.

Hier unten bei den Frauen kann man, wenn man sehr vorsichtig vorgeht, Augen und Ohren verschließt und fast immer die Knie geschlossen hält, recht zufrieden leben. Susans Mutter kann es. Es war Susans Bruder, nicht der Sohn von Susans Mutter, der im Krieg gefallen ist. In dieser Form spricht Susans Mutter auch von ihm: Der Bruder unserer armen Susan. Nicht einmal Susans armer Bruder.

Susan zeigt keine äußerlichen Anzeichen dafür, daß sie Mitleid verdient. Selbst jetzt, als sie Scarlet die Tür öffnet, verändert sich ihr Gesichtsausdruck kaum – sie lächelt weiter süß.

Scarlet wird ohnmächtig.

Byzantia, die eine Veränderung ihrer Umgebung spürt, macht sich bereit, sie zu verlassen. Kims Sohn Simeon, Byzantias Onkel, Neffe des Bruders der armen Susan, wird nichts dazu bringen, Susan zu verlassen, bevor Zeitpunkt, Vorgaben und die Konstellation der Sterne stimmen. Er ist ein Anhänger von Ritualen, schon jetzt, und er wird es immer bleiben, ungeachtet der Unbequemlichkeiten für andere.

»Ach herrje!« sagt Susan. Es ist ihr stärkster Ausdruck. Kein Wunder, daß Kim, der Wanda überstanden hat, so sehr an ihr hängt. Er hatte noch keine Zeit, sich mit ihr zu langweilen. Später wird er sich angewöhnen zu sagen, daß er noch an Langeweile eingehen wird, und schließlich wird er sogar daran eingehen. Doch das ist noch lange hin.

Susan verbrachte sieben Jahre in Neuseeland, wo man von Mädchen erwartet, daß sie praktisch sind, daher zerrt sie Scarlet in die Wohnung und wuchtet sie auf die Couch. Sie hat noch nie jemand so Unordentliches gesehen. Sogar Scarlets Bauch ist schief, wie Susan bemerkt. Vielleicht bekommt Scarlet auch ein schiefes Baby? Scarlet trägt einen Ehering. Er färbt grün ab. Von Woolworth, denkt Susan, die ebenso intelligent wie praktisch und außerdem noch nett ist und die oft bei Woolworth einkauft, wo man für sein Geld etwas Preiswertes kriegt. Manchmal neigt sie zur Knausrigkeit.

Susan fühlt Mitleid in sich aufsteigen für diese arme, schlampige Scarlet, ihre Stieftochter, die ihr Leben sichtlich verpfuscht hat. Dieses Mitleid ist im wesentlichen mütterlich. Und voller Rachsucht gegenüber dieser gräßlichen Wanda, die nicht nur Kim unglücklich gemacht, sondern ohne Zweifel auch als Mutter versagt hat.

Susan erklärt der wieder zu sich kommenden Scarlet, daß Kim nicht da ist, aber in einer Stunde kommt. Bis dahin müsse Scarlet, die schrecklich bleich aussieht (vermutlich hat sie nicht einmal ihre Eisentabletten genommen), bleiben, wo sie ist und sich ausruhen.

»Tut mir leid«, sagt Scarlet vage, »Ihnen Ungelegenheiten zu machen.« Die Teppiche, stellt sie fest, sind hier dick und weich, daheim gibt es nur grüngelbes Linoleum. Scarlet mustert Susan von oben bis unten und haßt sie aus folgenden Gründen – oder wenn schon nicht Gründen, dann eben Gefühlen:

Scarlet hat irgendwie geglaubt, daß sie die einzige schwangere Frau auf der Welt ist.

Scarlet mag offengestanden Mädchen nicht, die aussehen wie Susan.

Scarlet mag Mädchen nicht, die mit ihrem Vater verheiratet sind.

Scarlet mag nicht, wenn die Frauen ihres Vaters jünger und hübscher sind als ihre Mutter.

Scarlet mag keine Frauen, die ihre Schuhe putzen, sie verachtet so etwas.

Scarlet mag keine Frauen mit kleinen Füßen und langen, lackierten Nägeln.

Scarlet mag keine Frauen, die von ihres Vaters Geld leben.

Scarlet mißfällt der Gedanke, daß andere Frauen mehr Recht auf diese Wohnung haben als sie.

Scarlet mag keine Stiefmutter, die jünger ist als sie selbst.

Scarlet hat einen Schmerz wie von einem um ihre Taille sich zusammenziehenden Band, und das macht sie verdrießlich.

Scarlet mag sich nicht vorstellen, wie dieses Mädchen mit ihrem Vater im Bett liegt.

Scarlet sieht nicht ein, warum Himmel, Arsch und Zwirn (sie ist nicht umsonst die Tochter ihrer Mutter) das Kind dieses Mädchens legitim sein soll, während sie, Scarlet, die ihr moralisch überlegen ist, einen Bastard zur Welt bringen wird.

Es dauert ziemlich lange, ehe Scarlet spricht. Und dann sagt sie nur: »Mrs. Belcher, nehme ich an?«

Kims Nachname ist Belcher. Belcher heißt Rülpser, es ist ein Kreuz, das Susan außer den Komplikationen aus Kims Vergangenheit zu tragen hat, und sie trägt es tapfer. Wanda kehrte im Augenblick, wo sie es konnte, zu ihrem Mädchennamen zurück: Rider, und Scarlet benutzt ihn ebenfalls. Hin und wieder, wenn Scarlet sich zu bitterlich über ihr Los beklagt, schlägt Wanda vor, daß sie zu ihrem Vatersnamen zurückkehren soll: Scarlet Belcher. Scarlet lehnt das ab. Scarlet Rider ist ein guter Name und einer der Gründe, warum Byzantias Vater sie nach einer Party mit heimgenommen hat, betrunken und verzweifelt, wie sie war.

»Versuchen Sie nicht zu sprechen«, sagt Susan. »Bleiben Sie nur ein bißchen liegen. Es ist noch viel Zeit.«

Scarlet schließt die Augen und versucht ihren Zorn zu zügeln. Susan sitzt einfach mit gefalteten Händen da und lächelt immer noch.

Scarlet blinzelt.

Sie überlegt sich ein Strickmuster, denkt Scarlet.

Aber Susan ist dort, wohin sie immer geht, wenn sie einmal eine Minute übrig hat und die Stimmung gespannt ist. Sie wandert durch die schweigenden Kauriwälder von Neuseeland. Klematisranken hängen an den hohen Zweigen. Das wenige Licht fällt auf die weißen Sternblumen. Die Stämme sind dunkel, glatt und riesenhaft. Unter den Füßen ist dikkes Moos. Es ist ein urzeitlicher Wald, keine Vögel, keine Tiere, kein Laut. Nur Susan, am Anbeginn der Zeit.

Scarlet ruft sie zurück.

»Ich glaube nicht, daß noch viel Zeit ist«, sagt Scarlet geheimnisvoll, mehr um Susan zu ängstigen, als weil sie wirklich eine Sekunde lang meint, daß sie gleich niederkommt. Susan fragt, wann das Baby fällig ist. Nach sechseinhalb Tagen Verspätung kann kein Baby fälliger sein als ihres.

»Fällig war es vorige Woche«, sagt Scarlet, weil es ihr Spaß macht. Zum erstenmal ist Susan außer Fassung. Die Tante von Scarlets Baby müßte doch gewiß zuerst eintreffen. (Sie ist ebenso überzeugt, ein Mädchen zu bekommen, wie Scarlet überzeugt ist, einen Jungen zu kriegen.)

»Wollen Sie damit sagen, Sie bekommen es möglicherweise jeden Moment?« Ihre Stimme quiekt etwas. Sie denkt an das, was ihre Mutter sie gelehrt hat, und senkt sie ein wenig. Es war eine entsetzliche Heimreise von Neuseeland, in einem nicht umgebauten Truppentransporter. Susans Mutter bekam Dysenterie und Bindehautentzündung, aber es gelang ihr, beide Beschwerden zu ignorieren. Dennoch ging sie an Deck mit den anderen Müttern auf und ab, die *en masse* aus dem entsetzlichen Provinzgefängnis des im Kriege befindlichen Neuseelands entlassen waren und ihre Brut auf »The rain in Spain ...« und andere Feinheiten des Vorkriegsenglands drillten. Susans Mutter war nicht so sehr tapfer als vielmehr eigensinnig.

»Jeden Moment«, sagt Scarlet. »Immer wieder habe ich diese Schmerzen.«

»Wir bestellen lieber einen Krankenwagen.« Susans Stimmlage bleibt immer noch tief.

»Es sind nur Schmerzen«, sagt Scarlet unwillig. »Die vergehen schon wieder. War bis jetzt immer so. Ich kann Frauen nicht ausstehen, die Theater machen.«

Das einzige barsche Wort, das Kim bis jetzt zu Susan gesagt hat, war: »Mach um Gottes willen kein Theater.« Das bringt Susan zum Schweigen. Scarlet schwingt die Beine auf den Boden, sitzt auf der Sofakante und lächelt immerzu, und das ermutigt die arme Susan.

»Ist es nur ein Besuch?« fragt Susan in ihrem antipodischen Ungeschick.

»Ich wollte meinen Vater besuchen«, stellt Scarlet fest.

»Ja, natürlich. Wie nett. Aber *brauchen* Sie etwas?«

Diese Frage ist zu ungeheuerlich, als daß Scarlet sie beantwortet, jedenfalls kommt wieder der Schmerz, und sie möchte heim, aber Belsize Park scheint ihr zu weit entfernt, um es zu erreichen, und hat nicht ihre Mutter sie hierhergeschickt? Das Gefühl verstärkt sich, daß sie, wenn sie jetzt nicht heimgeht, nie wieder wegkommt. Sie sitzt weiter verkrampft und verkniffen da und fängt an, sich vor der Rückkehr ihres Vaters zu fürchten. Wie soll sie das dieser Fremden erklären? Wenn sie aufhört zu lächeln, wird sie weinen.

Susan macht eine Kanne Tee, weil sie weiß, daß Scarlet den jetzt brauchen kann, betet aber, daß Kim heimkommt und alles wieder ins Lot bringt. Simeon versetzt ihr einen Tritt, und sie schreit erschrocken auf und läßt fast den Teekessel fallen. Sie sieht bereits ihre weißen reinen Füße wund, voller Blasen und für immer entstellt. Sie zittert.

Einen Augenblick lang verharrt Susan an den Grenzen jener anderen, furchtbaren Welt, in der das Chaos die Norm ist, das Leben nur eine zufällige Ausnahme des Todes und alle Zellen verkrebst sind außer denjenigen, die der Wille zur Ordnung rufen kann, in der die Funktionen des Körpers, der nach Belieben anschwillt, blutet und birst, etwas Geheimnisvolles haben, in der Sex eine seltsame, intermittierende, animalische Zuckung ist, in der Männer verführen, schwängern, betrügen und verlassen, in der die Gesetze hart und unbegreiflich sind und in der die Frau hilflos ist.

Eigentlich verläßt Susan beinahe die Mädchen und gerät hinunter zwischen die Frauen.

Sie denkt aber an ihre Mutter und überlebt, zerrt sich selbst aus dem Sumpf, benutzt ein Spitzendeckchen als stützenden Halt. Das legt sie auf ein Tablett und macht Scarlet Zitronentee. Auf Scarlets Stirn steht dünner Schweiß. Sie sitzt immer noch kerzengerade da und lächelt.

Was wird denn neuerdings über Scarlet gesprochen? Allerlei. Byzantia verleiht diesem früher unsichtbaren Mädchen die Schutzhülle der Existenz und macht es zugleich leichter zur Zielscheibe.

»Ich finde schon, daß Scarlet ein bißchen zu weit gegangen ist«, sagt Audrey eben zu ihrem Keramiker Paul, »und dabei weiß sie nicht einmal, wer der Vater ist.« Vom Victoria- und Albert-Museum aus sind sie auf eine Anarchistenparty in Hampstead gegangen. Aus dem Fenster hängt ein Leintuch, auf dem steht: »Nur Schafe gehen zur Wahl.« Die Party läuft seit gestern abend. Der Gastgeber hat in der Badewanne Bier gebraut. Die Leute stehen Schlange vor dem Badezimmer, entweder um zu pissen oder um in die Toilette zu kotzen oder um noch mehr Bier aus der Wanne zu schöpfen. In der Küche gibt es auch noch selbstgemachten Holunderwein. Irgendwann während seiner Herstellung hat er in Blecheimern gestanden und ist jetzt schwach giftig. Ein betrunkenes Gerücht macht die Runde, wonach sterben muß, wer ihn trinkt. Es scheint niemanden zu interessieren, besonders nicht die, die kürzlich im Badezimmer waren. Mit lila Lippen und schwarzen Zähnen trinken sie weiter. So feiern, in der Eitelkeit ihrer Jugend, diese unbekümmerten Anarchisten von vor zwanzig Jahren.

Audrey und ihr Begleiter sehen sich lieber in der Rolle des Beobachters. Die Szene ähnelt dem Zuhause von Audreys Kindheit zu sehr und seinem Zuhause zu wenig.

»Ich würde diese Scarlet gern kennenlernen«, sagt er.

»Sie hat häßliche Beine«, sagt Audrey entschlossen.

»Schlechte Beine bedeuten: gut im Bett«, beharrt er.

»Dazu ist sie jetzt kaum in der Lage«, sagt Audrey.

»In Polen lassen sie das Vieh zweimal decken«, sagt er, »einmal für die Milch und einmal fürs Fleisch. Es funktioniert.«

»Ich versteh nicht, was das damit zu tun hat.«

»Das beweist nur deine Unkenntnis und dein mangelndes Verständnis.«

So kabbeln sie sich, aber im Innersten wissen beide, daß er es besser weiß als sie.

»Ich will ihr zehn Shilling wöchentlich geben, als kleine Hilfe«, vermeldet Audrey trotzig. »Das tun wir alle.«

Das bringt ihn für eine volle Minute zum Schweigen. Am Ende ist sie so nervös wie früher, als sie vor dem Büro des Direktors darauf wartete, die Rute zu bekommen. Sie hatte etwas Schreckliches getan. Tapfer, damals wie heute, war sie in die Toilette der Knaben geschlichen, um zu sehen, wie sie aussahen und die Nachricht zu der wartenden Gruppe kleiner Mädchen zurückzubringen. Ein kleiner Junge hatte sie verpetzt. Audrey ist am schlimmsten, wenn man sie ertappt. Dann lügt sie, leugnet und windet sich, um aus der Patsche zu kommen. Wenn sie aber das Unmögliche wagt, ist sie großartig.

Schließlich ergreift er das Wort.

»Du, Audrey, verpflichtest dich, ihr zehn Shilling wöchentlich zu geben? Und du, Emma, würdest es dir sicher gern anders überlegen.«

Emma-Audrey ist so überwältigt von der gebieterischen Natur dieses wohlerzogenen, gebildeten jungen Mannes, daß sie Scarlet sofort verrät.

»Ich glaube nicht, daß man ihr damit einen Gefallen tut«, sagt sie fast ohne einen Moment zu zögern. »Irgendwie muß man sich ja seinen Problemen stellen, nicht wahr?«

»Schon besser«, sagt er, »besser. Mehr meine Emma, weniger mein Slum-Kind Audrey. Es ist erschreckend, wie Entbehrungen nicht härter, sondern nur noch weicher machen. Niemand ist so knauserig wie ein von Anfang an Reicher und niemand so spendabel wie ein arm geborenes Mädchen. Auch Helen nutzt dich aus.«

Doch gegen Helen, die wie eine besitzergreifende Göttin durch ihr Leben rauscht, will sie kein Wort hören. Er ist verärgert, der junge Mann mit den klaren, kalten, blauen Augen. Sie sucht ihn zu besänftigen.

Da er sie als Emma vorstellt, gibt sie »Audrey« auf oder glaubt es wenigstens. Sie findet gleich ihm den Wein abscheulich. Er ist an Besseres gewöhnt, bessere Parties, bessere Orgien. Er reißt Emmas Bauernbluse ein bißchen auf, drängt beide Hände hinein und bringt ihre Brüste in Unordnung. »Versuch ein bißchen verderbter auszusehen«, bettelt er.

Emma-Audrey tut ihr Bestes.

Später taucht seine ehemalige Ehefrau auch noch auf (das ist Emma durchaus neu), rothaarig und betrunken und macht ihm eine Szene. Er tröstet sie, versichert sie seiner seelischen, wenn auch nicht körperlichen Treue. Audrey-Emma ist empört und verläßt die Party mit seinem besten Freund, einem australischen Anti-Alkoholiker (erstaunlich!)

mit sehr sauberem Hemd und Asthma, einem Anhänger des Subud. Es gibt einen fürchterlichen Krach. Der dauert wochenlang. Die Ex-Frau beschwört Audrey, ihren Ex-Mann nicht länger zu belästigen. Audrey sagt, ihr Name sei Emma, und plädiert auf echte Verderbtheit. Der beste Freund schläft mit der Ex-Frau. Emma endet im Krankenhaus mit rätselhaften Bauchschmerzen, der Keramiker sitzt an ihrem Bett, weint Tränen des Vorwurfs, wirft die ihr verschriebenen Beruhigungsmittel weg und ersetzt sie durch Kräutertabletten von einem Bekannten, der als Vater von fünf Kindern vermutlich fabelhaft Bescheid weiß. Mein Name ist Audrey, sagt Emma, und es geht ihr schlechter. Er, der sie dahinsiechen sieht, nicht nur in Richtung Audrey, sondern, wie er in seiner Eingebildetheit annimmt, in den Tod, bietet ihr an, mit ihr zu leben.

Emma liegt in ihrem Klinikbett und überlegt. Patsch, patsch machte das Rohr in der Hand des großen grauen Mannes mit der Flatterhose. Ich war's nicht, schrie Audrey, es war jemand anders, und patsch, patsch ging es wieder: Ich war es nicht, die gucken wollte, es war jemand anders. Warum glauben Sie mir nicht? Es ist wahr. Es tat überhaupt nicht weh, und die Ehre seiner Beachtung war ungewöhnlich. Er schießt Hasen, steht dabei auf dem Feld wie eine Vogelscheuche. Audrey häutet sie für ihn und nimmt sie aus: für zwei Shilling das Stück.

Emmas Leben ist eigentlich so gehaltvoll und seltsam, daß sie keine Zeit hat, an Scarlet zu denken.

Das waren noch Parties.

Was sagt Jocelyn über Scarlet, während Philip sich im Bett aufrichtet und den Tee trinkt, den Sylvia ihnen bringt?

»Natürlich muß sie, wenn wir ihr zehn Shilling die Woche geben, auch ehrlich mit uns sein. Sie muß uns sagen, wer der Vater ist.«

Jocelyn trägt ihren Büstenhalter auch im Bett. Sie mag es nicht, wenn ihre Brüste baumeln und hüpfen. Philip übrigens auch nicht, aber der merkt es noch nicht.

»Ich nehme an, sie weiß, wer es ist«, sagt Philip finster.

»Ich verstehe nicht, warum ihr euch mit ihr abgebt. Sie scheint mir in keiner Weise die richtige Freundin für euch beide.«

Jocelyn und Sylvia reihen sich unter die tugendhaften Frauen ein.

»Wir können sie doch jetzt nicht im Stich lassen, wo sie Pech gehabt hat«, sagt Jocelyn, »das wäre unfair. Aber sie wird aufhören müssen, sich billig zu machen.«

In dieser Nacht weint sich Sylvia in den Schlaf, sie weiß nur nicht, warum, außer daß sie es gern gesehen hätte, daß Philip ihr weiter den Hof macht. Sie fängt etwas mit einem Verkaufsleiter an, der fünfzehn Jahre älter ist als sie. Er trinkt eine Menge Gin und hat die Angewohnheit, ihr auf dem Heimweg in seinem Riley genau zu beschreiben, was er nachher im Bett mit ihr machen wird, erst so und dann so. Auf diese Weise verausgabt er sich und spart sich die Anstrengung der eigentlichen Verführung. Sylvia macht es nichts aus. Sie ist von gutmütigem, wenn auch vielleicht unstetem Naturell und nur zu froh, jemandem dienlich zu sein. Er geht fröhlicher zu seiner Frau nach Hause. Sie schlafwandelt zurück zu Jocelyn.

Hier unten bei den Frauen schlafwandeln wir viel. Die einzige Art, an manchen Tagen durchzukommen, ist die Vorstellung, daß man schließlich aufwacht. Sagt Wanda.

»Sie haben keinen Geschmack«, klagt Helen über ihre Freundinnen, die sie bewundern. »Besonders Scarlet nicht. Es war eine schlechte Party, gegeben von einem Niemand für lauter Niemands, und jetzt ist sie natürlich schwanger von irgendwem, von dem keiner je gehört hat. Wenn man schon ledige Mutter wird, sollte man es mit einem gewissen Aplomb werden, finden Sie nicht?«

Sie spricht mit Y., die eben ein Porträt von Helen beendet. X. ist nicht da, er hält einen Vortrag vor Studenten. Die Kinder donnern gegen die geschlossene Tür, die sie aus dem Atelier aussperrt. Sie haben Hunger, die Teezeit ist längst vorüber. Y. kümmert sich nicht darum.

»Ich finde, man sollte überhaupt nicht ledige Mutter werden«, sagt Y. tugendhaft. »Vom Aplomb werden die Kinder nicht satt.«

»Es gibt immer noch die Sozialhilfe«, sagt Helen. »Ich finde, eigentlich brauchen Frauen die Männer gar nicht. Väter gehören abgeschafft. Männer müssen eine Lustbarkeit für Frauen sein und nicht mehr.«

Sie weiß, daß das Y. gegen den Strich gehen wird. Tut es auch, sie liegt völlig richtig. »Frauen brauchen keine Männer«, wiederholt sie. »Heutzutage nicht mehr.«

»Ich schon«, sagt Y., und ihre großen blassen Augen blinzeln dabei nicht, sie sieht Helen fest an, die nicht weiß, ob sie angestarrt wird, weil man sie malt oder – was ihr lieber wäre – als konkurrierendes weibliches Wesen.

»Ich würde mich umbringen«, sagt Y., »wenn X. mich je mit einer anderen betrügt.«

»Wie dramatisch«, sagt Helen so schmachtend wie sie kann, obwohl Y. ganz sachlich klingt. »Glauben Sie wirklich, ein Mann wie er kann den Rest seines Lebens mit ein- und derselben Frau auskommen? Sie würden doch sicher einen Mann, den Sie wirklich lieben, auf seine Weise glücklich werden lassen?«

»Würde ich nicht«, sagt Y., die in vielem Wanda ähnelt, »ich will ihn für mich haben, das ist alles.«

Jetzt besteht kein Zweifel daran, daß sie Helen anschaut, ihr ins Innerste blickt. Helen ist zufrieden. Sie findet, sie seien einander kaum ebenbürtig: Y. so zart und mausgrau, sie so kühn und stark.

»Ich würde mich umbringen«, wiederholt Y. »Und dann würde ich die andere Frau umbringen.«

»In dieser Reihenfolge?« fragt Helen schnippisch.

Y. zuckt die Achseln. Helen wird dieses Gespräch nie vergessen, niemals. An der Tür hämmern und wummern die Kinder. Y. unternimmt nichts.

»Arme Scarlet«, sagt Helen. »Ich fürchte, jetzt wird sie niemand mehr heiraten. Sie ist nicht hübsch und hat nicht viel zu bieten außer Verstand, und welcher Mann will schon eine Frau mit Verstand? Ich halte selbstverständlich sowieso nichts von der Ehe, mir würde es also nichts ausmachen, aber ihr. Nicht daß ich je ein Kind bekäme, wenn ich einen Mann wirklich liebe. Liebe ist eine Ganztagsbeschäftigung, finden Sie nicht? Und Kinder sind eine solche Plage.«

Sie muß die Stimme heben, um durch den Krach, den die drei Kinder von Y. machen, gehört zu werden.

»Und so unerotisch«, fügt sie hinzu. Y. schleudert in einem Anfall von – wovon? Zorn? Groll? Mutwillen? Vorahnung? – ein Marmeladeglas mit Terpentin gegen die geschlossene Tür, öffnet sie aber nicht.

Als X. heimkommt, findet er Helen, wie sie in der Küche Marmeladebrote für drei wohlgewaschene, wohlgekämmte und artige Kinder streicht, während Y. weitermalt. Er, der sonst behauptet, die Rolle eines Künstlers sei wichtiger als die Mutterrolle, ist beeindruckt und empfindet eine rein spießige ärgerliche Aufwallung gegen seine Frau. Das ermöglicht ihm, Helen in der Speisekammer ohne schlechtes Gewissen zu küssen, und genau darauf hatte sie es abgesehen. Für ein Mädchen von einundzwanzig macht sie ihre Sache nicht schlecht.

Der Bandzusammenzieher läßt gelangweilt von ihr ab, statt dessen bekommt Scarlet Rückenschmerzen, ermüdende, beängstigende, unnatürliche Rückenschmerzen. Sie legt die Beine behutsam wieder auf die Couch. Sie gerät in panische Angst. Das war es wohl kaum, was sie geplant hat. Hätte sie an einen himmlischen Vater geglaubt, sie hätte ihn nun beschworen, sein Geschenk zurückzunehmen. Wie die Dinge liegen, kann sie nur wie ihre irdische Mutter »O verdammt, o Scheiße, o Himmel, Arsch und Zwirn« murmeln.

Scarlet ist von ihren Freundinnen schon seit längerem als ein Mädchen von lockeren Sitten eingestuft worden. Aber das stimmt nicht. Bis zu dem Tag, an dem sie aus der Zeitung von der Heirat ihres Vaters erfuhr und schlechtgelaunt auf eine Party ging, hatte sie nie Verkehr gehabt. Teilweise, weil die Angebote hierfür nicht häufig waren, teilweise, weil sie sie ablehnte, um Wanda zu ärgern, die so ingrimmig für die sexuellen Rechte der heranwachsenden Generation gekämpft hatte. Wer würde glauben, daß Scarlet bei ein und derselben bedauerlichen Gelegenheit ihre Jungfernschaft verlor und schwanger wurde? Und auch noch, daß sie – o weh – so betrunken war, daß sie sich praktisch an nichts erinnerte? Mit derart wenig Vergnügen schwanger zu werden scheint kaum gerecht.

Sie ruft nach Susan, die, nachdem sie Tee gekocht hat, am Telefon hängt und verzweifelt versucht, Kim ausfindig zu machen, die versucht hat, Wanda zu erreichen, die nicht zu Hause ist, und auch erfolglos versucht hat, einen Krankenwagen zu bestellen – Scarlet hatte natürlich ihre Klinikkarte zu Hause gelassen –, und mitgeteilt bekam, daß ohne Karte ein Krankenwagen nur von einem Arzt gerufen werden könne; die dann versucht hat, ihren Hausarzt herbeizuzitieren und dort nur auf einen Anrufbeantworter, sicherlich der erste in London, stößt, der jeden Willen lähmt. (Susan kriegt ihr Kind privat und zu Hause, und der Arzt, ein Mr. Joseph Justice, ist ein reicher, aufstrebender Mann.)

Jetzt hat sie zwar überall in London Hilferufe hinterlassen, aber Scarlet liegt immer noch auf ihrer Couch und schickt sich an zu gebären. Susan benimmt sich in dieser ganzen Situation schandbar ungeschickt.

Und was wird Kim sagen?

Susan tritt ans Bücherregal und entnimmt ihm ein Buch über moderne Geburt. Es hat einmal Wanda gehört, ist in den zwanziger Jahren geschrieben, und die Fotos beunruhigen sie. Die Frauen sehen aus wie ihre Mutter – haben die gleichen Ponyfransen über der Stirn, das gleiche kleine Lächeln, die gleichen unbehaarten marmornen Glieder. Sie hat sich gefragt, warum Kim es aufhebt, und noch mehr, warum sie es nicht weggeworfen hat. Denn Susan glaubt nicht ans geschriebene Wort, sie glaubt ihrem Mr. Joseph Justice. Doch leider, Mr. Joseph Justice ist zum Angeln gefahren oder sonstwas, und hat nur einen Anrufbeantworter hinterlassen. Sie sucht das Kapitel mit der Überschrift ›Entbindungen *au nature*‹ und kehrt zu Scarlet zurück.

»Holen Sie die Polizei«, sagt Scarlet.

»Die werdende Mutter bekommt oft Angst«, liest Susan laut, »und hält die Geburt für näher bevorstehend, als es der Fall ist.«

»Holen Sie die Nachbarn«, sagt Scarlet.

»Ist das Wasser schon gekommen?« erkundigt sich Susan.

»Was für Wasser?« fragt Scarlet.

»Die Gebärmutter ist mit einer klaren, wasserähnlichen Flüssigkeit gefüllt«, sagt Susan. »Ehe man das Baby kriegen kann, fließt es ab. Ist es schon gekommen?«

»Weiß nicht« murmelt Scarlet. »Ich hab keine Ahnung. Als ich auf der Toilette war, schien alles sehr naß, ich weiß es aber nicht. Meine Mutter macht noch heute in die Hose, vielleicht gerate ich ihr nach.«

Susan zuckt zusammen.

»Das klingt aber nicht nach Fruchtwasser«, sagt Susan.

»An den Wassern von Babylon«, stöhnt Scarlet, »saßen wir nieder und weineten.«

Susan schließt daraus, daß sie irre redet.

»Hat es schon gezeichnet?« erkundigt sie sich im Weiterlesen.

»Hat es was?« fragt Scarlet, die nichts über Kinderkriegen gelesen hat, weil sie sich für so natürlich, normal und gesund hält, daß derlei Details sie kaum angehen. Details sind für neurotische und ängstliche Frauen. Jetzt kommt ihr der Gedanke – und er erschreckt sie so, daß sie keinen Schmerz mehr fühlt –, daß sie selbst möglicherweise neurotisch und ängstlich ist. Neurotisch, weil sie hier auf der Couch ihrer Stiefmutter liegt, ängstlich, nicht nur weil es wehtut und sie keine Ahnung hat, was mit ihr geschieht, sondern weil ihr eingefallen ist, daß Frauen im Kindbett sterben, und daß der Zauber, der sie vor Unheil schützt, in letzter Zeit Anzeichen von Schwäche gezeigt hat. Es kommt Scarlet jetzt sehr wahrscheinlich vor, daß Susan sie sterben lassen wird, entweder aus Dummheit oder aus Bosheit.

»Hier ist von ›Zeichnen‹ die Rede«, sagt Susan unsicher, »aber es steht da nicht, was es zeichnen soll.«

»Sie sind blöd«, sagt Scarlet, und Susan ist entrüstet, bis sie im Weiterlesen entdeckt, daß Frauen während der Entbindung oft Gereiztheit zeigen.

Der Schmerz in Scarlets Rücken vergeht. Sie fühlt sich besser, steht auf, geht herum und verkündet, es sei falscher Alarm gewesen.

»Sollen wir ein Taxi ins Krankenhaus rufen?« fragt Susan zaghaft.

»Nein«, sagt Scarlet. »Ich habe in meinem Leben noch nie ein Taxi genommen. Ich billige so was nicht. Ich bin vollkommen in Ordnung und gesund.«

»Sie sollten vielleicht lieber nach Hause fahren, solange Sie können«, sagt Susan mit arger List. Sie, die einmal so besitzfreudig und mildtätig gegen Scarlet empfunden hat, so herablassend, kann es nicht erwarten, sie aus ihrem Territorium zu entfernen.

»Nach Hause?« fragt Scarlet. »Welches Zuhause?« und sieht mit Vergnügen, wie Susan das Blut ins Gesicht steigt. Möglicherweise wird Susan anfangen zu weinen.

»Wenn man es genau nimmt«, sagt Scarlet, »ist das hier genauso mein Zuhause wie irgendein anderes. Es ist das Heim meines Vaters.«

»Sie sind kein Kind mehr«, sagt Susan, und die Verzweiflung macht sie barsch. »Mittlerweile sollten Sie ein eigenes Zuhause haben.«

Die Wahrheit dieser Bemerkung stimmt Scarlet traurig, sie wird klein und häßlich. Sie fühlt sich körperlich sehr sonderbar und möchte auf die Toilette.

»Ich geh nur eben noch aufs Klo« sagt sie, »dann nehm ich den Bus nach Hause.«

»Vielleicht sollten Sie das« sagt Susan.

»Sie wollen wohl unbedingt, daß ich es auf der Straße kriege, was?« beklagt sich Scarlet und geht ins Badezimmer, wo das hübsche Wännchen und die duftenden Toilettensächelchen für Susans Baby auf ihren Benutzer warten. Susan rechnet mit einem Vergeltungsschlag. Er kommt. Scarlet öffnet kurz die Tür und sagt: »Mein Baby wird in der Spüle gebadet werden, zusammen mit den Kochtöpfen. So was hier können wir uns nicht leisten.«

Susan läuft Hals über Kopf in ihren dunklen Kauriwald, aber er ist geschrumpft. Sie ist keine fünf Sekunden drin, da ist sie schon auf der anderen Seite wieder draußen und im strahlenden Sonnenschein. Daran ist Scarlet schuld.

Susan ist empört.

Wenn Scarlet nur demütig und dankbar hätte sein können, wenn sie um etwas gebeten hätte, wie glücklich wäre Susan gewesen, hätte Babyjäckchen mit ihr geteilt, ihr Windeln geborgt, ihr Ratschläge angeboten, vielleicht sogar eine Adoption in die Wege geleitet – ja, selbst adoptiert, um die Vergangenheit ihres Mannes dadurch an sich zu ziehen, statt sie von sich zu stoßen – und das alles aus ihrer bekannten Herzensgüte. Aber Scarlet akzeptiert keine Gefälligkeiten. Scarlet ist gekommen, um ihre Rechte zu fordern, und jetzt fühlt Susan sich bedroht und voller Angst und unbeschützt. Insgeheim macht sie Kim Vorwürfe, daß er nicht da ist, wenn sie ihn braucht. Und doch fürchtet sie seine Rückkehr. Sie hat ihn mit ihrer Großmut, ihrem Verständnis überraschen wollen, jetzt sieht sie ein, daß sie ihn mit etwas anderem überraschen wird, mit einer gräßlichen, unschönen Belastung.

Wie ordentlich und hübsch ist ihr Salon (auf dem Schiff während der Überfahrt bekam sie einen Klaps, weil sie einen solchen Raum als Wohnzimmer bezeichnete) ohne die voluminöse Anwesenheit von Scarlet. Aber warum bleibt sie so lange im Bad? Warum muß sie bei allem, was sie tut, übertreiben?

Susan hat unter ihrem hübschen, getupften Umstandskittel eine kleine, ordentliche Schwangerschaft. Bis weit in den fünften Monat hätte niemand bemerkt, daß Susan schwanger ist. Simeon rollt sich fest, ganz fest zusammen, er holt nie aus, schlägt selten um sich, führt nur manchmal einen ärgerlichen Stoß gegen die fleischigen Wände seines Kerkers.

Fast hätte Susan ihre Mutter angerufen, weiß aber, daß ihre Mutter entweder die Grippe oder Gäste haben wird. Es herrscht eine Grippe-Epidemie. Susans Mutter zieht kleinere Leiden auf sich und stählt sich dadurch gegen plötzliche tödliche Attacken. Sie wird möglicherweise ewig leben, dieses konventionelle Monstrum. Susans Mutter hat Susan im Kinderwagen vor Geschäften stehen lassen, manchmal stundenlang, ist dann allein heimgegangen und hat vergessen, daß sie mit Kinderwagen und Baby aufgebrochen war. An dem Tag, an dem Susan heiratete, murmelte ihre Mutter eine flaue Warnung hinsichtlich der Heirat mit einem älteren Mann, vergaß es aber bis nach der Trauung. Ihr war wichtig, daß ihre Kinder ihr Ehre machten, ihre Kinder selbst waren ihr nicht wichtig. Auch nicht ihr Mann, ja nicht einmal das Leben selbst. Sie spielte Bridge und bekam die Grippe und wartete, daß das Leben an ihr auf möglichst behagliche und geordnete Weise vorbeirauschte. Das wird Susan jetzt klar, als sie dasitzt und darauf wartet, daß Scarlet aus dem Badezimmer kommt und dabei überlegt, wieso sie nicht wie alle anderen Leute sein kann, worauf sie gehofft hatte.

Arme Susan.

Glückliche Susan.

In Susans Schlafzimmer, neben dem Bett, das sie mit Scarlets Vater teilt – Susan, die in einer Welt der Zweibettzimmer erzogen wurde, stört es immer noch jede Nacht, einen anderen Körper an dem ihren zu fühlen –, wartet die weiße, spitzenverzierte Wiege auf ihren Inhaber. Auf der Kommode dort, über den Hemden und Schlipsen und Unterhosen von Scarlets Vater, oberhalb von Susans Höschen und Büstenhaltern und Schals sind die Windeln gestapelt, 36 aus Gaze, 36 aus Frottee – die sechs langen Perlonvlies-Kleidchen, Größe 0 (keine Reißverschluß-Strampelhosen aus Kunstfaser), die sechs Wolljäckchen Marke Cherub, die vier Paar Schuhchen, die zwei Häubchen, das Gummituch (kein Plastik), das unters Leintuch kommt, die zwei Umschlagtücher, die drei Mäntelchen, das Töpfchen mit Vaseline, die Babybürste, die Klapper. Sie warten vertrauensvoll auf ein gesundes, wohlgestaltetes, lebendiges Baby.

Und dort, auf dem Tisch stehen all die Dinge, die man für eine Hausentbindung braucht, wie Mr. Joseph Justice es angeordnet hat, der mit Hilfe von Miss Taylor, der Hebamme, die arme, die glückliche Susan von ihrem geplanten ehelichen Kind zu entbinden gedenkt (Kim wird im Nebenzimmer warten, man wird ihn nicht hereinbitten, das ist noch nicht der Brauch).

Scarlet wird ihr Zufallsbaby im Krankenhaus kriegen und zum grüngelben Linoleum heimbringen. Es gibt keine Schwangerschaftskurse. Sie hat keine Ahnung, was in ihrem Inneren vorgeht oder warum sie jetzt voller Schmerzen auf der Toilettenschüssel sitzt. Ihr Babybett wird das unterste Schubfach der Küchenkommode sein, die mit geknülltem Zeitungspapier unter einer Schicht weißem Zellstoff ausgelegt ist. Das war Wandas Geschenk für das zu erwartende Baby und dazu die Mahnung an Scarlet: »Mach bloß keine unnötigen Geschichten.«

Scarlet wetteifert mit Wanda im Keine-Geschichten-machen, und Wanda ist darin eine Autorität. Scarlet jedenfalls hat eine leere Stelle dort, wo eine Zukunft sein sollte. Die Geburt ihres Babys ist eine Mauer, über die sie ungern hinüberblickt. Sie glaubt nicht, daß sie ein Kind haben wird, nur weil sie eins kriegt. Daß es eines Tages stehen und gehen, zurückblicken und spotten wird, weil es sich zu einem anderen Menschen gewandelt hat, ist ihr nie in den Sinn gekommen. Daß es in seinem Leben anderen Leuten Geschichten erzählen könnte über ein Schubfach voll geknüllter Zeitungen, bedeckt von Zellstoff, bekümmert sie im Augenblick nicht.

Scarlet kommt aus dem Badezimmer.

»Warum hat es denn so lange gedauert?« fragt Susan.

»Ich weiß nicht«, sagt Scarlet. »Ich wollte, aber es ging nicht.«

So genau hatte Susan es nicht wissen wollen.

»Jetzt geh ich«, sagt Scarlet munter.

»Kommen Sie auch bestimmt zurecht?« fragt Susan, die sie schnell weg haben will, bevor Kim wiederkommt.

»Ja«, sagt Scarlet, die dessen nicht sicher ist.

»Tut mir leid, daß Sie Kim verpaßt haben«, sagt Susan. »Rufen Sie ihn an, und kommen Sie vorbei, wenn Sie sich besser fühlen.«

»Ja, ja«, sagt Scarlet. »Sagen Sie ihm, daß ich gekommen bin. Sagen Sie Daddy, daß ich hier war.« Das ist das äußerste an Angriff, was sie zustande bringt.

»Mach ich«, sagt Susan und schiebt Scarlet buchstäblich aus der Tür. Sie schließt sie und legt die Kette vor. Sie geht hin und legt sich aufs Bett. Sie schließt die Augen. Sie wünscht, sie wäre wieder ledig. Sie wünscht, sie wäre nicht schwanger. Sie wünscht, sie könnte Kaffee trinken, ohne sich übergeben zu müssen. Sie wünscht, es gäbe jemanden, irgend jemanden auf der Welt, dem sie vertrauen könnte. Sie will nicht, daß Kim heimkommt. Er ist jetzt für sie zu real, seine Vergangenheit hat zu lange fortbestanden, es ist ihm daraus zuviel Macht erwachsen. Sie sieht ihn als wanderndes Puzzlespiel, von dem jedes Stück von einem anderen Menschen hinterlassen wurde, von einem anderen Ereignis, von dem sie nichts weiß. Und dieses sperrige Ungetüm, ihr Ehemann, liegt allnächtlich wie ein Inkubus im Dunklen neben ihr, führt sein Ding in sie ein und läßt in ihrem Inneren sein Kind wachsen.

Susan läuft davon in ihren Wald, trottet leise über das Moos. Sie kommt auf eine sonnige Lichtung, zu sonnig, zu hell. Gestürzte Stämme verrotten und zerfallen. Eine Elster ist da, schwarz und krähengleich. »Ardel, Ardel, Uuud«, schreit sie und prahlt mit ihrem zornigen Hackschnabel und ihrer kehligen Trillerstimme. »Geh! Raus hier!« kreischt sie. Elstern lernen in Neuseeland das Sprechen. Susans Mutter hatte eine zahme, hielt sie am Fuß angekettet als Wachhund (sie vertrieb Katzen und Hunde) und brachte ihr ein paar einfache Wörter bei. »Geh! Raus hier!« Susan flieht vor der Elster und rennt weiter. Die ist schließlich angekettet und kann sie nicht verfolgen. Sie läuft Hand in Hand mit Kim. Er ist wieder in einem Stück, kein zersägtes Puzzlespiel mehr.

Erleichtert schläft sie ein.

Scarlet ist nur die halbe Treppe hinuntergekommen. Sie geht nicht weiter. Sie kauert auf der Treppe und stöhnt. Hier findet sie der heimkehrende Kim. Er hält sie für eine Fremde und ist freundlich. Er ist ein freundlicher Mensch.

Er hilft ihr die Treppe hinauf, ohne zu wissen, daß sie sein Fleisch und Blut ist. Wie sollte er?

Kim wird von seinen spitzbäuchigen Freunden beneidet. Sie sind sich ihrer Sterblichkeit bewußt, er ist es nicht. Er hat die Grenze des Alterns an die zwanzig Jahre zurückgedrängt. Er hat eine junge Frau, fängt neu an. Kim ist schlank, ungezwungen und zufrieden.

Kim hat sein Teil Ärger im Leben gehabt. Er hat Wanda gekannt und ist ihr entkommen. Er hat um den Verlust seiner Tochter getrauert und hat ihn verwunden. Er hat Ruhm, Erfolg und Reichtum kennengelernt und auch, wie es ist, wenn man diese Segnungen einbüßt. Er ist ins Zentrum der Weltwirtschaft gewirbelt worden, hat sich eine Weile an deren stillem magischem Drehpunkt aufgehalten und ist wieder hinausgeschleudert worden, kalt und arm, an die überfüllte, anonyme Peripherie.

Er hat viel in seinem Leben verloren einschließlich der sechs guten Jahre an den Krieg und das Education Corps, in denen er im Kriegseinsatz Mädchen aufs Kreuz legte (»Was, Euer Ehren? Ein Schaf? Ich dachte, es sei eine Landarbeiterin im Wintermantel?«) und Analphabeten unterrichtete. Doch hat er auch vielerlei gefunden. Er hat Susans Vater gefunden, frisch aus dem Ernährungsministerium, Propaganda-Abteilung (die Nation kocht jetzt besser, ißt besser als je zuvor – Kinder im Norden sind 1946 fünf Zentimeter größer als zehn Jahre vorher).

Und er hat Susan gefunden. Scarlets Vater gründet eine Werbeagentur zusammen mit Susans Vater. Scarlets Vater heiratet Susan, erneuert sein Leben. Wenn er ihre Kraft anzapft, so hat sie sicherlich genug übrige. Sie ist folgsam, sanft, hübsch und bewundert ihn. Susan liebt. Susan ist jung. Susans Vater ist reich. Scarlets Vater liebt Susan.

Warum ist Scarlets Vater an diesem Nachmittag woanders gewesen und hat dadurch zugelassen, daß seine Frau seiner Tochter so grausam ausgeliefert war? Er hat an der Zukunft gebaut, an unser aller Zukunft, hat mit einem neuen Kunden gesprochen, der in einer Scheune in den Hügeln hinter High Wycombe versucht, auf kommerzielle, entwicklungsfähige Weise Kaffeebohnen zu trocknen und zu Pulver zu zermahlen. Das scheint Zukunft zu haben. Kim muß sich dem Kunden angenehm machen, der gern schon nachmittags trinkt, es jedoch in High Wycombe nirgends kann, außer bei sich daheim, aber dort ist seine Frau, eine Abstinenzlerin.

Kim macht mit seinem Kunden die Runde in den Clubs von Soho und verabredet für ihn einen Abend mit einem Mädchen, das er kennt und das zu haben ist. Der Kunde, so argwöhnt er, würde lieber zu seiner Frau heimfahren, aber geschenktem Gaul schaut auch er nicht ins Maul. Außerdem, wird er nicht recht reich werden? Sind solche Dinge nicht gewissermaßen Nebeneinnahmen? Kim ruft die Frau des Kunden an und sagt, ihr Mann ginge mit ihm essen, und zieht sich dann so schnell wie möglich in die Sicherheit seines Heims zurück.

Kim hebt seine malerische Vergangenheit, seine Ölbilder, in Regalen auf dem Speicher auf. Eines Tages, wenn die Tate-Gallery die zwei gekauften Bilder aus dem Keller heraufholt und sie hinhängt, wo man sie sehen kann, wird er den Rest verkaufen und reich werden und solchermaßen ermutigt wieder anfangen zu malen. Bis dahin wird er auf Kaffeebohnen vertrauen.

Als er Scarlet auf der Treppe sieht, denkt er einen schrecklichen Augenblick lang, es sei Susan. Er hat ein schlechtes Gewissen, weil er die Frau des Kunden angelogen hat, und erwartet eine Strafe. Als er merkt, daß es nicht Susan ist, sondern jemand weit ausladenderes, ist er erleichtert. Das Stöhnen dieser Unbekannten ist, so glaubt er, zwar beunruhigend, aber wenigstens nicht seine Schuld.

Sie sind erst zwei Stufen hinaufgekommen – sie ist sehr schwer und scheint wenig Neigung zur Selbsthilfe zu besitzen –, da werden sie von Mr. Joseph Justice überholt, der auf seinem Anrufbeantworter eine verstümmelte Nachricht vorgefunden hat. Die Bandgeschwindigkeit war falsch eingestellt, und er konnte die Wörter nicht deuten, hat aber die Stimme seiner Patientin erkannt und kommt sofort.

Gemeinsam kommen sie rascher vorwärts. Sie finden die Kette vorgelegt, und Kim rüttelt, schüttelt und ruft, um Susan zu wecken, die schlaftrunken angewankt kommt und öffnet.

Ein dreiteiliges Ungeheuer tritt in die Wohnung. Anfangs kann sie es sich nicht recht zusammenreimen. Eines spricht, ungehalten. Es hat die Stimme ihres Mannes.

»Warum um Gottes willen hast du die Kette vorgehängt?«

Jetzt begreift sie. Ihr Arzt, ihr Ehemann, ihre Stieftochter, vereint zu einer Ungeheuerlichkeit.

»Soll ich nach einem Krankenwagen telefonieren?« fragt ihr Mann gerade.

»Dazu ist es zu spät«, erwidert der Arzt. »Los, ins Bett mit ihr.«

Susan versucht sie zu hindern, sie zerrt und zieht an dem plumpen Knäuel.

»Das kannst du nicht machen«, schreit sie, »das kannst du nicht.«

Ihr Mann schüttelt sie verblüfft ab.

»Du verstehst nicht«, jammert Susan. »Es ist deine Tochter. Es ist Scarlet.«

Kim ist zwar erschüttert, läßt sich aber nur für einen Augenblick ablenken. Was Dr. Joseph Justice betrifft, so ist er entzückt. Alles Bizarre liegt ihm sehr.

Susan sitzt weinend in ihrem Stuhl, während das Kind ihrer Stieftochter zu Welt kommt, und zwar in dem Bett, das für ihr Kind vorbereitet ist. Es ist Susans Arzt, der sein kostspieliges Lächeln an die falsche Mutter verschwendet und auch noch in voller Absicht, denn Scarlet ist zu verängstigt, um auch nur zu stöhnen und wird daher fälschlicherweise für eine tapfere gute Mutter gehalten.

Und wer zahlt die Rechnung? Natürlich Susans Ehemann. Er geht im Zimmer auf und ab, zerfressen vor Zorn, auf Susan, auf die Welt, auf alles.

Die unterdrückte Bitterkeit gegenüber Wanda, die er tot geglaubt hat, hat ihn wieder angefallen. Jetzt kommt sie auf den alten Gleisen wieder. Kim stellt fest, daß er sich ängstigt, aber Wanda war ja immer gut darin, ihn zu ängstigen. Er hat einen Schmerz in der Brust. Als er noch mit Wanda lebte, hatte er immer Schmerzen. Und Wanda hat es fertiggebracht, ihn mit der Erwartung von Unheil anzustecken – sei es ein moralisches, finanzielles, gefühlsmäßiges, politisches oder praktisches – und ihm dadurch bewußt gemacht, daß er das Unglück immer fürchtete, ja irgendwie anzog. Jetzt hat sie ihm diesen Boten geschickt, diese Tochter, aber bestimmt kein Teil von ihm, um ihn zu quälen und seine Zukunft zu komplizieren.

Er findet keine Worte, um mit Susan zu sprechen. Sie ist zu jung. Sie kann und wird ihn nicht verstehen. Wie sie jetzt dasitzt, schmollend und quengelnd, unfähig zu einem ernsthaften Gefühl.

Im Schlafzimmer hält Mr. Joseph Justice Byzantia an den Fersen in die Höhe und gibt ihr einen Klaps auf den Hintern. Dazu besteht keine Notwendigkeit, denn sie atmet tadellos, aber die Geste scheint die Patientin zu beruhigen. Außerdem ist es Tradition. »So«, sagt der Doktor. »Und so! Nun schau, ob dir das gefällt!«

Byzantia schreit.

»Es ist ein Mädchen«, sagt er zu Scarlet.

»Sie lügen«, sagt sie.

»Sie haben eine Enkelin, Mr. Belcher«, brüllt Mr. Justice durch die offene Tür und hofft auf eine vernünftigere Reaktion. Doch es herrscht Stille. Susan starrt ihren alten, uralten Ehemann an, und er starrt in seine Seele hinein und sieht, daß er nicht länger jung ist.

»Sag doch was«, winselt Susan schließlich.

»Großartig, großartig«, ruft er Mr. Justice zu, und das ist nicht, worauf sie gehofft hat.

»Ich könnte Hilfe brauchen«, sagt Mr. Justice, »was ist denn los mit Ihnen beiden?«

»Geh du«, sagt Kim. »Du bist eine Frau.«

»Nein, geh du«, sagt Susan, »es ist deine Tochter. Ich hab nichts damit zu tun.« Es ist das erstemal, daß sie ihm trotzt.

»Tut mir leid«, bringt er heraus, »aber du wußtest, als du mich geheiratet hast, daß es Scarlet gibt. Ich habe nichts verheimlicht. Ich konnte nicht wissen, daß sie auftaucht.«

Aber er kann eben nie das Richtige sagen.

»Du kannst jetzt nicht die Verantwortung abschieben«, sagt Susan. »Los, geh rein.«

»Ich bin ein Mann«, sagt er. »Das ist nichts für einen Mann. Hat sie gesagt, wer der Vater ist?«

»Nein.«

»Hast du sie nicht gefragt?« Seine Stimme macht deutlich, für wie idiotisch er sie hält.

»Nein, hab ich nicht. Ich soll mich doch nicht aufregen. Falls du das vergessen hast. Jeden Augenblick krieg ich das Baby. Als ob dir das nicht egal wäre, was? Du hast ja ein Enkelkind, nicht wahr? Und auch noch ein Mädchen. Das wolltest du doch?«

Es stimmt. Er hat sich ein Mädchen gewünscht. Beide haben sie sich das gewünscht. Um das Baby Scarlet zu ersetzten, das ihm vor vielen Jahren durch die Hexe Wanda entrissen wurde. Scarlet ist jetzt wieder da, als Erwachsene, stöhnt, blutet, nimmt Platz weg, stört. Wenn er ehrlich ist, braucht er jetzt kein Baby mehr, welcher Art auch immer.

Er legt die Arme um Susan. Er lügt tapfer: »Beruhige dich«, sagt er. »Beruhige dich, was ich möchte, ist dein Baby. Unser Baby.«

Aber Susan kann nur verdrießlich reagieren. Sie stößt ihn zurück, wie ihre Mutter einst sie zurückgestoßen hat, unversöhnlich, strafend. Zwölf (wache) Stunden ohne zu reden für ein kleines Vergehen, vierundzwanzig (wache) Stunden für ein großes. Dann genau plaziert ein berechnetes Lächeln. Susans Gesicht ist starr und wütend. Kim ist enttäuscht und fürchtet zum erstenmal die Trivialität ihrer gemeinsamen Zukunft. Betrübt läßt er die Arme sinken. Das Mädchen fällt ihm ein, das er seinem Kaffeekunden zugeschanzt hat – ebenso hübsch wie Susan, denkt er, und doppelt so großzügig, nur darauf aus, Freude zu bereiten und zu empfangen. Die Welt ist voll von ihnen. Voll von hübschen Mädchen. Wo ist der Unterschied zwischen dem einen und dem anderen?

Susans Hand schiebt sich in die seine. Er umschließt sie.

Dann geht er hinein, um Mr. Justice zu helfen. Sie ruft ihm nach.

»Kim!«

Er bleibt stehen. »Was?«

»Ich glaube, ich kriege mein Baby lieber im Krankenhaus«, sagt sie und hofft, ihm damit die Ungeheuerlichkeit der Situation klarzumachen. Aber er sagt nur: »Ja. Vielleicht solltest du das.«

Susan ist gekränkt. Sie weint von neuem. Sie hört jemand die Treppe heraufkommen. Die Wohnungstür steht noch immer offen. Wanda kommt herein. Auch sie hat eine entstellte Nachricht über einen verzweifelten Anruf erhalten und kommt ihre Tochter suchen.

Susan weiß, ohne daß man es ihr sagt, daß dies Wanda ist. Und sie in ihrer Torheit hat sie hergerufen! Susan macht keine Bewegung. Es ist alles zu schrecklich. Wanda mustert sie kurz, scheint sie abzutun.

»Wo ist sie?«

»In meinem Schlafzimmer«, sagt Susan.

»Ist ein Arzt da?« fragt Wanda und geht auf die Schlafzimmertür zu.

»Ja. Mein Hausarzt. Und mein Mann ist auch drin.«

Wanda gönnt sich eine Pause für ein ausnahmsweise anerkennendes Lächeln und geht ins Schlafzimmer.

»Es ist schon da«, sagt Susan hinter ihr her. »Es ist ein Mädchen.«

Was für ein Glück, denkt Susan, Scarlet zu sein. Scarlet hat alles und verdient nichts davon. Susan verlangt nach ihrer Mutter. Susan weint. Susan hat Schmerzen.

»Ich krieg ein Kind«, spricht sie in die Scherben ihres Lebens hinein.

Susan hat langwierige, schwierige Wehen. Sie dauern zweiundvierzig Stunden. Man bringt sie ins Krankenhaus, weil das den anderen einfacher scheint als Scarlet schon so schnell rauszuwerfen, und außerdem ist jetzt daheim nichts mehr für Susan bereit. Im Krankenhaus herrscht eine Grippe-Epidemie. Das Pflegepersonal ist knapp – Susan verbleibt fünfunddreißig Stunden im Wehenzimmer (keine Besuche, vielen Dank für Ihr Verständnis), dann bringt man sie in den Kreißsaal. Hier verliert die Organisation den Kontakt mit ihr. Sie liegt allein auf einer hohen, schmalen, harten Couch, vergessen, sechs Stunden lang. Sie klingelt, aber es kommt niemand.

Sie sind alle beim Tee. Sie hat Angst sich zu bewegen, um nicht von der Couch zu fallen. Die Zeit vergeht. Die Schmerzen werden intensiver, bis sie jedesmal fast in Ohnmacht fällt, dann lassen sie nach und bringen sie wie ein geschickter Folterknecht wieder voll zu Bewußtsein, machen sie bereit für die nächste Anwendung. Schließlich schreit sie, obwohl es kaum sie selber ist, die diesen ohrenzerreißenden Lärm macht. Jemand kommt angelaufen. Gestalten gruppieren, bewegen sich. Sie stellt fest, daß man hier gegen Narkosemittel ist. Sie schlägt nach jemand, Simeon taucht in die Welt. Sie ist überrascht. Sie hat vergessen, daß sie hier ist, um ein Kind zu bekommen. Man näht sie mit fünfzehn Stichen, wobei ihre Beine auf Stützen hochgeschnallt sind, wie sie ausschließlich für die Fußenden von Entbindungsbetten erfunden wurden. Sie kriegt fürchterliche Krämpfe in den Beinen – es entsteht eine Verzögerung wegen einer ganzen Warteschlange von Frauen, deren Beine in Erwartung des stichelnden Medizinstudenten hochgeschnallt sind – und findet beim Warten, daß diese Schmerzen fast ebenso schlimm sind wie die vorher, doch das sind sie selbstverständlich nicht.

Arme Susan. Glückliche Susan. Seltsamerweise kommt ihre Mutter sie fast sofort besuchen. Sie besieht prüfend das arme schiefgequetschte Baby – Simeon ist durch seine gemächliche Ausreise sehr verformt, obwohl sich dieser Zustand natürlich ausgleichen wird. Das jedenfalls hat man Susan gesagt. Susans Mutter spricht: »Wenigstens ist er in Ordnung, nicht wahr? Man weiß ja nie, wenn der Vater schon älter ist. Ich hab mir solche Sorgen gemacht.«

Als Kim zu Besuch kommt, kann sich Susan kaum erinnern, wer er ist.

Jetzt tritt eine kurze Pause ein. Unsere Angestellten werden in allen Teilen des Theaters Erfrischungen anbieten: Eis aus Walfett auf rosa Meereswellen für zwei Shilling oder zehn neue Pence, in Plastikspitztüten, in ihrer Spitze finden Sie eine klebrige Gelee-Erdbeere. Oder wenn Sie lieber einen Hamburger versuchen wollen an unserem Hallenbüfett für nur zwei Shilling Sixpence oder dreizehn neue Pence; beißen Sie in das heiße rosa Gummiwürstchen. Das Brot ist gesundheitsfördernd und enthält (wußten Sie das?) das gleiche Treibgas, das den Schaum bei Ihrem täglichen Spülmittel erzeugt.

Wahrhaft, ja wahrhaft köstlich. Oder doch jedenfalls für mich. Es gab eine Zeit, da hatten die Kinder Rachitis. Jetzt gibt es mehr Hühner im Lande als Menschen. Freilaufende für Hunderte oder Legebatterien für Millionen, Sie können wählen. Ich weiß, was ich wähle. Eine gute Frau weiß, daß die Natur ihr Feind ist. Man braucht ja nur zu sehen, was sie ihr antut. Gebt ihr einfach eine Packung Fischstäbchen und einen Eßlöffel Kartoffelbrei und im Fernsehen einen Werbespot, der ihr sagt, daß das gut ist. Wir schlucken eine Menge, wir Mütter, und lachen.

Hier unten bei den Frauen oder droben, hoch oben in den Hochhäusern, diesen erhobenen Phalloi männlichen Ergötzens.

Hier unten bei den Frauen hört man nie von einem Mann, der mißhandelt worden wäre, man hört von ihm als Verführer, Betrüger, Abtrünnigem, vom Mann als Ungeheuer.

Was hörte man vorige Woche an unseren Nachmittagen im Park? Ein Mann verläßt seine Frau, die junge Mutter von vier Kindern. Sie wartet auf einen Platz im Krankenhaus für eine Krebsoperation. Er kommt von einem Urlaub im Ausland wieder, bleibt ein paar Stunden und verläßt sie dann endgültig und erklärt dazu nur, er habe die Ehe satt. Was vermutlich auch stimmt.

Ein Mann geht an dem Tage mit der Sekretärin durch, an

dem sein Sohn zum erstenmal eine Freundin mit nach Hause bringt. Ein Mann verläßt sein Heim, während seine Frau in der Klinik das Kind bekommt. Sie kommt heim in ein leeres Haus mit unbezahlten Rechnungen. Und in der Klinik hat er sie doch besucht, ihr Blumen und Trauben gebracht – niemand begreift es.

Ein Mann scheint nicht so sehr niederträchtig als verletzlich zu sein, unfähig Schmerzen und Probleme zu ertragen, alt zu werden.

Gestern war ich mit L. im Park spazieren. Ein reiches Mädchen, klug, kultiviert, sie möchte M. heiraten, einen ebenso reichen und kultivierten Mann – wenn auch bereits verheiratet – und in der Öffentlichkeit einigermaßen bekannt. Eine passende Partie zwischen zueinander passenden Leuten. Wie aber wird man die nichtpassende Ehefrau los, auf freundliche Art, ohne sie zu verletzen? Und ohne L.s Namen zu erwähnen. Zwei volle Jahre, so erfahre ich, bekundet er seine Liebe zu seiner Frau und macht sich dabei so unangenehm wie möglich, schließlich verlangt die gequälte Frau selbst die Scheidung. Es ist die erwünschte Lösung. Er tut verletzt, gekränkt, empört und ist dabei innerlich entzückt. Er stürzt ans Telefon. Sie hat um die Scheidung gebeten. Sie hat sie erbeten. Endlich! Wie freundlich. Kann man sich eine solche Freundlichkeit vorstellen? Ja, die Männer glauben im Ernst, freundlich zu sein.

Lieber Gott, bewahre uns vor solcher Liebe.

Hier unten bei den Gehaltsempfängern haben wir natürlich diese Art von Geduld nicht. Unsere Liebe ist weniger erhaben. Geld und Gesetz beeinträchtigen sie.

Hier möchte ich ein Gedicht zitieren, das ich kenne, es heißt ›Der Dichter und seine Frau‹:

> Geld und Gesetz
> stehn in der Kinderzimmertür.
> Du hast mich geheiratet – wozu?
> Meine Liebe sollte dir nicht Nahrung geben,
> nicht Kleidung,
> sie sollte mehr Gedichte in meinem Kopf
> wecken.

Ich habe Kinder gezeugt.
Mein Gott,
soll ich sterben, damit sie aufwachsen,
wie's einer Mutter gefällt?

Ich war's, der bemuttert sein wollte,
und diese Brut tritt dazwischen
und nimmt mir täglich die Nahrung.

Geld und Gesetz
stehn in der Kinderzimmertür,
Geld und Gesetz, Geld und Gesetz
verschlingen die Welt.

Na ja.

Susan setzt sich in ihrem Klinikbett auf. Ihr Vater schickt ihr Blumen. Er ist in den USA, um mehr über Pulverkaffee zu erfahren. Susans Nähte haben sich entzündet. Jede Bewegung schmerzt. Kim ist nett zu ihr, glaubt aber, daß sie sich nur anstellt. Nun ja, es ist nicht sein erstes Kind. Schließlich gab es schon einmal Scarlet, vor ganzen zwanzig Jahren.

Scarlet kann (so haben Kim, Wanda, Scarlet und ihre Freundinnen – nicht aber Susan – beschlossen) mit ihrer Kleinen ebensogut in der Wohnung bleiben, bis Susan mit ihrem Sohn heimkommt.

Susan möchte schon jetzt heim, sofort. Aber Susan hat abends leicht erhöhte Temperatur. Die Klinik möchte nichts riskieren. Und das Baby hat auch noch nicht wieder sein Geburtsgewicht. Susans Brüste sind aufgesprungen und tun weh. Wenn das Baby saugt, männlich-gründlich, steigen ihr Tränen des Schmerzes und der Demütigung in die Augen.

Susans Mutter und die Stationsschwester meinen beide, daß man mit dem Stillen fortfahren soll, dem Baby zuliebe. Susan fährt fort, läßt ihre Kraft in das Baby strömen, nicht um seinetwillen, sondern um ihrer selbst willen. Sie möchte in ihr Zuhause. Sie möchte auch ihre Brüste wieder für sich haben. Sie wagt Kim bei seinen abendlichen Besuchen nicht zu fragen, ob Wanda Scarlet besucht.

Sie will sich nicht auf einen Namen für den Kleinen festlegen.

»Ich habe mir immer nur Mädchennamen ausgedacht«, sagt sie. »Wie nennt Scarlet denn ihres?«

Kim sagt, daß er es nicht weiß. Sie glaubt ihm nicht. Kim schläft auf dem Sofa. Sie meint, auch das nicht glauben zu dürfen. Aber sie muß es glauben, sonst würde sie verrückt. Männer schlafen nicht mit ihren Töchtern, schon gar nicht, wenn sie vor wenigen Tagen ein Baby gekriegt haben. Trotzdem liegt Scarlet in Susans Ehebett, und Susan ist tief gekränkt.

Simeon bekommt eine Augeninfektion. Er weint in der Ecke des oberen Kindersaales, der für infizierte Babys reservierten Ecke. Er mit seinem klebrigen, eiterverkrusteten Auge, ein anderes mit Dermatitis, ein drittes mit Dysenterie: sie liegen in 15 Zentimeter voneinander entfernten Bettchen. Der Mutter wird nichts gesagt. Sie wischen ihm die Augen, ehe sie ihn bringen.

Susan kann das Schreien ihres Babys heraushören. Er hat eine andere Tonart als die anderen. Mitten in der Nacht steht sie gegen alle Vorschriften auf und hinkt stöhnend die Treppe hinauf, um ihr Baby zu sehen. Sie hat noch nie im Leben bewußt ein Gebot übertreten, nicht einmal um auf den Gängen des Schulgebäudes zu rennen, nicht um die gesetzlich geschützten Miniaturfrösche zu fangen und für Sixpence zu verkaufen, die in ihrem paradiesischen Gärtlein auf den Antipoden hüpften und tauchten.

Und dort ist Simeon, abgesondert, ausgestoßen, bedroht, die Augen vereitert und fest geschlossen. Sie nimmt ihn in die Arme, will ihn nicht loslassen, drückt sich mit ihm in eine Ecke. Schwestern kommen gerannt, sie zerren an ihr, sie schnappt und beißt um sich wie eine Hündin, die Junge hat. Sie staunt selbst über sich. Man hält sie für verrückt. Es scheint auch wirklich so. Sie rufen Kim an, doch der ist nicht zu Hause. Wanda ist zu Hause. Das sagen sie Susan. Tranquilizer können sie ihr nicht geben, soweit ist es in der Weltgeschichte der Medizin noch nicht, daher versuchen sie es mit Phenobarbituraten; sie lassen sogar das Baby über Nacht bei ihr.

Am Morgen kommt Kim.

»Du darfst dich nicht so aufregen«, sagt er. »Viele kleine Kinder bekommen entzündete Augen.«

»Hol mich hier raus.«

»Aber Liebling, du kannst hier noch nicht weg. Du brauchst Ruhe.«

»Ruhe? Hier?«

»Ja. Du hast abends noch Temperatur. Die Schwester hat es gesagt.«

»Natürlich habe ich abends Fieber, nach allem, was ich durchgemacht habe. Wenn ich bleibe, wird das Baby blind werden.«

»Sei nicht albern. Es wird tadellos versorgt.«

»Er ist kein ›es‹.«

»Meinetwegen, er wird tadellos versorgt. Sei nicht so gereizt, versuch dich zu beruhigen und zu entspannen. Scarlet tut das auch, überleg mal, in welcher Lage sie ist.«

Susan weiß eine Weile nichts zu sagen. Dann fällt ihr etwas ein.

»Vielleicht möchtest du lieber Scarlet behalten und mich in ein Heim stecken? Vielleicht paßt sie besser zu dir.«

»Ich kann kaum meine eigene Tochter vor die Tür setzen, Susan, oder?«

»Doch«, sagt sie.

»Du gleichst deiner Mutter mehr, als ich dachte«, stellt er fest.

»Und worin?«

»In der Ichbezogenheit, Susan«, sagt er. Es ist deutlich ein beschönigender Ausdruck.

»Und du bist mehr wie mein Vater«, sagt sie, »als ich mir habe träumen lassen. Du liebst mich gar nicht. Du benutzt mich bloß.«

»Schscht!« murmelt er – denn sie haben laut gesprochen, und andere Frauen sehen sich um, als hätten sie nicht schon genug anzustarren. Er hatte Susan für so robust, so reizend, so vernünftig, so hübsch gehalten. Und jetzt sitzt sie da mit verschwollenen Augen, trübselig, eifersüchtig und jammernd. Sie hätte fast Wanda sein können, natürlich ohne Wandas Verstand. Er überlegt, ob sie das angenehmer oder weniger angenehm macht und kommt zu dem Schluß, dann doch angenehmer. Er greift nach ihrer Hand und tätschelt sie.

»Du bist ein braves, gutes, gescheites Mädchen«, sagt er, »und ich vermisse dich sehr. Es ist schrecklich für mich zu Hause ohne dich.«

Sie ist besänftigt.

»Bitte laß mich heimkommen«, bettelt sie. »Mr. Justice kann ja jeden Tag nach mir schauen.«

»Sieh mal«, sagt er, »hier drin ist alles gratis. Mr. Justice kostet Geld, und ich muß ihn doch schon dafür bezahlen, daß er Scarlet betreut. Bei uns ist es jetzt ein bißchen knapp, verstehst du? Ich muß für mehr Menschen sorgen als je in meinem Leben.«

»Ich verstehe dich nicht.« Susan ist entsetzt.

»Ich muß etwas tun, um Scarlet und Byzantia zu ernähren.«

»Scarlet und wen bitte?«

»Byzantia. So heißt das Baby. Tut mir leid, ich hätte es dir längst sagen sollen. Fürchterlicher Name, nicht wahr? Ich habe mich dagegen hartnäckig gesträubt, aber sie hat darauf bestanden. Sie ist so romantisch.«

Susan vergräbt den Kopf im Kissen. Sie will nicht mehr mit ihm reden. Es ist alles zuviel. Er bringt ihr Wasser und lächelt verlegen nach allen Seiten.

»Deinetwegen wird mir die Milch wegbleiben«, sagt sie endlich.

»Du bist ein prachtvoll gesundes, starkes, natürliches Mädchen«, sagt er, »das ist Unsinn.«

»Wahrscheinlich fließt Scarlet nur so über, wie?«

»So ziemlich, ja«, sagt er.

»In meinem Bett. Oder spritzt sie es gegen die Wand? Das tun sie hier – aus Angabe. Widerwärtig. Muß sie denn in meinem Bett sein?«

»Wo sonst kann sie sein?«

»Bei sich zu Hause.«

»Wer würde da für sie sorgen?«

»Wanda.« Susan nennt den Namen mit Widerwillen.

»Wanda ist den ganzen Tag weg, unterrichten«, sagt Kim.

»Und die ganze Nacht bei dir?« Jetzt ist Susan böse, und die Augen in ihrem Kopf werden kleiner. »Schweinsäuglein« hat ihre Mutter sie früher genannt.

»Du bist verrückt«, sagt er. »Um Gottes willen –«

»Sie war da, als ich anrief. Du aber nicht.«

»Und was hättest du gesagt, wenn ich dagewesen wäre?« Er lacht, ha-ha-ha. Er sieht jetzt älter und grauer aus, wie jeder Mann, den man mit Nörgeln und Zweifeln nervt.

»Wieso war sie da, und wo warst du?«

»Sie kommt und füttert das Baby um zwei Uhr, damit Scarlet ein bißchen Schlaf bekommt«, gibt er schließlich zu. »Ich war im Büro und wartete auf einen Anruf von deinem Vater. Frag ihn, wenn du mir nicht glaubst.«

»Ich glaube dir schon«, sagt sie. »Bist ja nie zu Hause. Für dich ist es nur ein Hotel. Wenn du vorigen Sonntag wie ein normaler Ehemann zu Hause gewesen wärst, wäre das alles nie passiert. Wahrscheinlich hat Scarlet tagsüber eine Kinderschwester.«

»Ja«, sagt er. Wieder Schweigen. Dann –

»Und für mich – für deine Frau – ist kein Geld übrig?«

»Was soll ich denn machen?« fragt er recht kläglich. »Man muß tun, was man kann.«

»Du hast es geschafft, es die letzten zwanzig Jahre nichts zu tun«, sagt Susan.

»Man muß sich seinen Verantwortungen stellen.«

»Es ist ihre Verantwortung, nicht unsere.«

»An dem Tag, an dem wir heirateten, ist sie losgezogen und hat sich schwängern lassen.«

»Aha, dann bin also ich schuld.«

»Es ist keine Frage von Schuld«, sagt er lahm, aber er denkt, ja, es ist Susans Schuld.

Byzantia ist ein sehr hübsches Baby, mit reiner, blasser Haut und wohlgeformten Zügen. Sein Sohn ist ein dunkelroter, fleckiger Kloß mit verklebten Augen. Er hat sich lange mit Wanda unterhalten. Sie hat ihn fast bis zu dem Punkt provoziert, daß er glaubt, es würde Zeit, die Malerei wieder aufzunehmen.

Aber wie kann er das, bei dieser Überzahl von zu Versorgenden? Wenigstens arbeitet Wanda – er kann sich nicht vorstellen, daß Susan jemals etwas anderes tut als herumsitzen und darauf warten, daß man sie ernährt. Arme Susan. Er streicht ihr das Haar aus der Stirn, sie hat Falten, die ihm bisher nie aufgefallen sind. Sie ist ganz verkrampft. Er wünschte, er hätte nicht diese Gedanken über sie.

»Scarlet gehört jetzt zu unserem Leben«, sagt er. »Wir müssen versuchen, das Beste daraus zu machen, das ist alles.«

Von allen Seiten platzen Schwestern herein: sie drängen ihn zur Seite. Es ist keine offizielle Besuchszeit, daher rechnen sie ihn nicht unter die Menschen. Die eine fährt das

Baby weg, die andere den Bettisch. Susan sieht zu, wie ihre Blumen, ihr Frühstück und die Scheiben Weißbrot mit Himbeergelee verschwinden. (Die Kliniken brauchen das im Krieg Gehortete auf. Gelee wird aus Rübenmus, Aroma und Speisefarbe hergestellt und – so glaubt wenigstens die Bevölkerung – Holzsplitterchen als Himbeerkernen). Andere Schwestern packen Susans Bett und rollen auch das weg.

Er folgt.

»Wohin bringen Sie sie?«

»Bitte fragen Sie die Oberschwester.« Sie sind gleichzeitig fest, brutal und freundlich: diese lächelnden Mädchen, mit ihren gepanzerten Busen und ihrer Wachsamkeit im Hinblick auf das Geschlechtliche, die die Vorgänge der Mutterschaft beobachten und observieren.

Die Oberschwester findet er im Lagerraum, auf einer Stehleiter, von der aus sie ein vergessenes Fach inspiziert. Sie hat ein künstliches Bein gefunden, das dort im Staub liegt, und kann sich nicht auf Kim konzentrieren. Susan hat allerdings, das gibt sie zu, Kindbettfieber.

»Was ist das?« will er wissen.

Die Oberschwester bleibt unbestimmt. Aber Susan wird auf die Isolierstation verlegt. »Um ganz sicher zu gehen.« Es sei doch nicht gefährlich, fragt er. Du meine Güte, nein, strahlt sie. Und sie kann doch jetzt das Baby bei sich haben, nicht wahr? Ohne die anderen Mütter zu stören.

Kim muß wieder weg, zurück ins Büro, die Drei-Zimmer-Suite in Mayfair. Susans Vater ist abwesend. Kim ist sowohl für die kreative wie auch die ausführende Abteilung zuständig und hat viel zu tun.

Aber er nimmt sich um die Mittagszeit frei, um mit Freunden in einem Pub an der Oxford Street etwas zu trinken. Dylan Thomas führt das große Wort, unterstützt von einem Schwarm von Dichtern. ›Penguin New Writing‹ ist bei der vierzigsten und letzten Auflage. Das Bier ist gut, wenn auch warm. Scotch ist wieder in Mode. Der Wohlfahrtsstaat umfängt sie. Im Black Horse trinkt Kim zur Feier seiner neuen Vaterschaft mit Freunden, die allesamt eher jünger sind als er, erst kürzlich aus dem Krieg heimgekommen, Dufflecoats tragen und eine kongeniale Basis suchen – heute noch Portier, morgen schon Produzent bei der BBC – wer weiß? Maler, Jazzmusiker, Schriftsteller, die ersten Soziologen, die eigentlichen Do-it-yourself-Leute, die die kulturellen Kanäle erweitern für das Durchschleusen der Massen.

Unter ihnen ist Kim ein Mann von Rang: er verdient genug, um für sie alle die Drinks zu bezahlen, er hat zwei Bilder in der Tate Gallery, wenn auch vor zwanzig Jahren gemalt und wenn auch nur im Keller, und jetzt hat er ein neugeborenes Baby. Sie freuen sich mit ihm. Es ist eine Zeit der Hoffnung. In dieser noch immer rationierten, noch unbemalten, noch kaum photographierten und selten gefilmten, aber lebhaften Welt sind Babys willkommen.

Kim fühlt sich veranlaßt, ihnen von Scarlet zu erzählen. Er gesteht, daß er ein Enkelkind hat. Sie finden das einen echten Witz. Tatsächlich, sie haben ja nicht einmal gewußt, daß er eine Tochter hat. Eine weitere Runde Drinks wird bestellt. Er begreift, daß er auf die neuen Verwandten stolz sein kann und sich nicht durch sie beunruhigen lassen muß. Als das Lokal schließt, nimmt er ein paar Freunde mit zu sich nach Hause, damit sie Scarlet und Byzantia kennenlernen.

In Wirklichkeit weiß er sehr wenig über Scarlet. Sie hat kaum ein Wort mit ihm gesprochen. Sie ist schüchtern, aber sie strahlt über Byzantia, dieses vortreffliche Baby, das nur schläft, um aufzuwachen und zu trinken, und trinkt, um wieder einzuschlafen – und sieht wesentlich besser aus als sonst. Im Moment jedenfalls freut er sich, sie als seine Tochter anzuerkennen.

Im Lauf des Abends kommen Scarlets Freundinnen, um sich das Baby anzusehen. Es wird eine richtige Party.

Jocelyn bringt Philip mit. Während Jocelyn Byzantia bewundert, sagt Philip, daß er daran interessiert wäre, in Kims Firma einzutreten, er sieht für sich eine große Zukunft in der Werbebranche, obwohl er die Intelligenztests der Personalabteilungen der etablierten Agenturen nicht bestanden hat. »Das spricht eher für als gegen mich, ha-ha«, lacht er. Darüber erhebt sich viel betrunkenes Kopfschütteln, aber Jocelyn merkt es nicht. Es gibt vieles an Philip, was Jocelyn nicht bemerkt. Wie kann sie es sich leisten, kritisch zu sein, da sie Sylvias Empfindlichkeiten mit Füßen getreten hat?

Mit Philip und Jocelyn kommt Sylvia – sie verbringt die meiste freie Zeit mit ihnen, als wäre es lehrreich, ihr Verhalten zu studieren.

Sie läßt sich von einem exzentrischen schottischen Grafen

(sagt er) aufgabeln und sehr betrunken machen. Er nimmt sie mit heim in sein Atelier, und dort paaren sie sich, in einer speziell konstruierten, gepolsterten Kiste, die die Kräfte des Orgasmus einfangen soll. Sylvia scheint Orgasmus ein sehr rüdes Wort, ja überhaupt eine rüde Sache zu sein – ohne daß sie sicher wäre, was es bedeutet. Der Graf selbst scheint befriedigt und stürzt schließlich nackt zu seiner Flasche mit destilliertem Wasser – extra bei Boots gekauft –, um nachzusehen, ob sich nun Bakterien gebildet haben. Das haben sie. Er ist hingerissen und küßt Sylvia mit echter Zärtlichkeit, sehr verschieden von seinem tölpischen Ungestüm vorher: sie würde ihn gern in die Arme nehmen, aber er rennt davon, um seinen Freunden per Telephon mitzuteilen, daß seine Theorie bewiesen ist. Das Leben entspringt dem Sex, nicht der Sex dem Leben. Der Kern aller Dinge ist der Orgasmus.

Unter diesen Umständen wäre es kaum angebracht, daß Sylvia verletzt oder beleidigt ist. Eine wissenschaftliche Entdeckung ist gemacht worden. Er ist ein gutaussehender, aufregender Mann, und sie fühlt sich geehrt, daß er sie gewählt, sie gewissermaßen nicht nur in aristokratische, sondern auch schöpferische Kreise eingeführt hat.

Erschöpft kehrt sie zu Jocelyn zurück – der Graf kann seinen Untersuchungen nicht so viel Zeit entziehen, um sie nach Hause zu fahren – mit der Anweisung, sich am nächsten Tag wieder einzustellen. Und Jocelyn ermutigt Sylvia zu gehen, sie weiß ganz genau, daß dieser ernsthafte Begatter in Wirklichkeit gar kein Graf ist, sondern nur so tut. Eben jetzt kann sie Sylvia nicht ertragen.

Auch Audrey kommt Scarlet besuchen. Sie bewundert flüchtig das Baby und spricht dann über sich und ihren Keramiker. Er kommt jeden Abend. Das scheint ein guter Kompromiß. Sie ist sich nicht sicher, ob sie schon heiraten will. Sie bekommt andauernd so schreckliche Schmerzen, viel viel schlimmere – davon ist sie überzeugt – als bei einer Entbindung. Scarlet sagt, eigentlich sei Entbinden kinderleicht, aber Audrey hört nicht zu.

Und Helen? Helen kann Scarlet nicht besuchen kommen. Helen liebt X., und X. liebt Helen. Sie liegen in dem dunklen Schrank unter der Treppe, wo Y. sie nicht finden kann. Das schräge Dach ist in irgendeinem Stadium mit weißem Papier mit gelbem Sternenmuster tapeziert worden. Helen schaut hinauf, auf den Kreis, den das Licht der Taschenlampe macht. Diese Erinnerung bleibt ihr, solange sie lebt. Wenn sie vor dem Einschlafen die Augen zumacht, sieht sie eben dies, und wenn sie aufwacht, mit diesem Farbeindruck. Später wird sie Kleiderstoff mit gelben Sternen für ihr Töchterchen kaufen.

Natürlich kann Helen Scarlet nicht besuchen kommen. Später wird Byzantia vergessen, Helen zu besuchen, und Helen stirbt. Nicht, daß es viel geändert hätte. Aber vielleicht doch.

Kim hat so viel getrunken, daß er vergißt, Susan zu besuchen. Susan thront großartig in der Isolierstation, ihr Baby neben sich. Jetzt lassen sie sie das Baby nicht mehr stillen: sie bringen ihr ein Fläschchen. Sie muß im Bett bleiben. Sie fühlt sich großartig. Solange sie nicht geht, tun die Nähte ihr nicht weh.

Die Ärzte kommen, starren sie an und fragen, wie sie sich fühlt.

»Prima«, sagt sie, und die Ärzte schauen sich verwundert an, während sie sie untersuchen, abklopfen und ihr Medikamente geben. Sie verstehen es nicht, und warum sollten sie auch? Sie haben ihre Reagenzgläser verwechselt.

Auf der Station treibt eine andere junge Frau langsam dem Tode zu, ohne daß man es merkt. Würde Susan den Irrtum erwähnen, wenn sie es wüßte? Und das Behagen und die Sicherheit ihrer Position aufgeben? Zum Glück fordert niemand sie auf, freiweg zu sprechen: Man sagt es ihr erst später. Als Kim an diesem Abend nicht kommt, meint sie, er sei ihr böse, weil sie sich schlecht benommen hat und eifersüchtig gewesen ist, und schreibt ihm ein trauriges Entschuldigungsbriefchen.

Am nächsten Morgen liegt Kim stöhnend und verkatert auf dem Sofa. Scarlet steht auf, macht Tee und holt die Post herein. Er bittet sie, den Brief von Susan zu lesen. Scarlet tut es. Scarlet hält Susan für noch närrischer als vorher.

Trotzdem, so meint sie, sollte sie vielleicht aufräumen, ehe Susan wiederkommt, und – wenn Kim ihr Geld dafür gibt – die Babysachen ersetzen, die sie gebraucht hat. Sie nimmt es sich fest vor.

Susans Station wird jedoch abrupt geschlossen, die Infektion, vor der Susan bewahrt blieb, weil man sie isoliert hat, greift um sich und gerät außer Kontrolle. Susan wird ohne Vorwarnung heimgeschickt, noch immer mit einer entzündeten Naht, Simeon noch immer untergewichtig, ungetauft und mit verklebten Augen. Sie kommt hereingewankt und findet Scarlet und Byzantia in ihrem Bett und Kim, wie er mit Wanda von alten Zeiten spricht.

Arme Susan, wie durchscheinend ihr doch jetzt ihre Kauribäume vorkommen. Gar kein Schutz mehr.

Wanda und Kim haben sich um Scarlet gestritten. Beide wollen sie. Scarlet will keinen von ihnen. Scarlet hat die Vision von einer kleinen Wohnung in South Kensington, wo man Liebhaber empfangen und Byzantia erziehen kann, in dieser Reihenfolge. Sie hat beschlossen, nie zu heiraten. Sie hat vor, schön, romantisch und begehrt zu sein.

Beim Liegen in Susans Bett, tagsüber gepflegt von einer Schwester und nachts von ihrer Mutter, besucht von Kims gutaussehenden, aufregenden Bekannten, sich an ihres Vaters Teilnahme erfreuend, scheint ihr alles möglich.

Wer die Miete zahlen wird? Das ist ein Detail, nur ein Detail. Lebt sie nicht hier auf Teppichböden? Kim macht sich um Geld keine Sorgen. Warum sollte dann sie es tun? Wie der Vater, so die Tochter.

Byzantia nagt und lutscht, ihr starkes Körperchen enthält alle Energien der Vergangenheit, zu denen, um nur einige zu nennen, die hier aufgeführten beigetragen haben.

Harry h. Lettice   Anthony h. Frieda   Edwin h. Liz   Thomas h. Mary

Wanda h. Kim   Meryl h. Peter

Scarlet   Stephen

Byzantia

Scarlet zeichnet diesen Stammbaum auf ihr Basildon-Bond-Papier (obwohl sie die Namen von Stephens Vorfahren erfinden muß) und singt innerlich: »Die Zeiten des Heiratens sind vorbei, laßt uns beginnen mit den Zeiten des F.«

Susan nähert sich in ihrem Taxi, um diesem Unsinn ein Ende zu machen.

»Du willst sie nur hierbehalten, um mich zu ärgern«, sagt Wanda mittlerweile zu Kim.

»Dein Ärger oder Nichtärger sind mir total egal«, sagt Kim und lügt wie gedruckt. »Mich interessiert nur Scarlets Wohlbefinden.«

»Das ist ja ganz neu«, sagt Wanda mit schwachem Sarkasmus. Kim macht sie verlegen, sie hat den Verdacht, daß er sie dafür bemitleidet, nicht mehr das Mädchen von einst zu sein.

»Nein«, sagt Kim, »ist es nicht. Ich war immer besorgt um meine Tochter, aber ich durfte es nicht zeigen. Du hast ja mein Geld nicht nehmen wollen.«

»Es war Hurengeld«, sagt Wanda. »Du hast dein Talent prostituiert, um es zu kriegen. Und überhaupt«, setzt sie hinzu, »hast du es mir nur einmal angeboten.«

»Geld ist Geld«, sagt er. »Du redest dumm daher. Ob es von reichen Idioten stammt oder davon, kleinen Kindern Unwahrheiten beizubringen, wie du es tust, man kann damit das Essen bezahlen.«

»Ich wollte, daß Scarlet mit einem Gefühl für Integrität aufwächst«, sagt Wanda und klingt ganz verloren und unglücklich.

»Dann war es sehr impertinent von dir«, sagt er mitleidslos, »meinem Kind solche neurotischen Wertvorstellungen aufzuzwingen. Du siehst ja, was dabei herausgekommen ist.«

»So ist's recht«, sagt sie – nach klassischem Vorbild –, »gib nur mir die Schuld!«

»O ja, das tue ich«, sagt er.

»Dein Kind, also wirklich. Du hast sie nie auch nur besucht. Du hast dich überhaupt nicht für sie interessiert.«

»Ich habe es angeboten. Das Angebot wurde abgelehnt. Was hast du denn erwartet – daß ich auf die Knie falle und mich erniedrige, um mein eigenes Kind zu besuchen?«

»Das Angebot«, sagt Wanda, »wurde abgelehnt, weil ich im Gefängnis saß, wohin du mich gebracht hast.«

»Dahin hast du dich selbst gebracht. Ich habe dich nicht aufgefordert, meine Bilder zu zerschneiden. Warum sollte ich die Polizei bitten, von deiner Verhaftung abzusehen? Warum mußtest du meine Bilder kaputtmachen? Ich habe dir nicht geschadet.«

»Du hattest eine Geliebte.«

»Aber von der hast du doch nichts gewußt.«

So nehmen sie den Streit dort wieder auf, wo sie ihn vor fünfzehn Jahren abbrachen. Es hat sich nicht viel geändert, außer daß sie beide älter sind, und jedes vergangene Jahr macht den Hader trauriger.

»Diese Bilder waren keine Bilder, sondern ein Hohn«, behauptet Wanda, denn jetzt kommt sie in Fahrt.

»Was verstehst du davon? Du hattest keine Ahnung von dem, was ich da versuchte. Du hast das Auge einer Frau, das bedeutet, überhaupt keins. Du warst nur gern die Zuhälterin einer Kunstwelt. Dein Neid und deine Bosheit haben dich selbstzerstörerisch gemacht. Ein eifersüchtiges Luder warst du. Deine Eifersucht hat mich zu dieser anderen getrieben, dieser – wie hieß sie noch?«

»Du weißt es nicht mehr, was?« Wanda hüpft schadenfroh.

»Nein, wirklich nicht.«

»Männer!« sagt sie. Die Wucht dieses Anwurfs erschüttert sie selbst.

»Wieso sagst du in diesem Ton ›Männer‹? Du haßt sie, was? Ich finde, man müßte Scarlet vor dir retten.«

»Ich hasse Männer nicht«, sagt sie und gewinnt wieder Haltung. »Ich bemitleide sie. Es sind unvollkommene Geschöpfe. Sie ertragen es nicht, unter Gleichrangigen zu sein, und müssen immer nach Schwächeren suchen. Ob im Bett oder in der Kneipe, egal.«

»Ich verstehe nicht, was du meinst«, beklagt er sich. Er ist trotz allem etwas erschüttert.

»Das arme Kind, diese Susan, zu heiraten. Das war Blödsinn, und du weißt es.«

»Ich liebe sie.«

»Liebe ist etwas für Gleichwertige.«

»Du weißt nichts von ihr.« Er fühlt sich ertappt. Und erkennt das Gefühl wieder, nach all den Jahren.

»Ich hab sie gesehen, das genügt. Ich nehme an, sie bewundert dich.«

»Ja, das tut sie.«

»Und sie kritisiert dich nicht?«

»Nein. Warum sollte sie?«

»Was für armselige, schwache Kreaturen ihr Männer doch seid«, sagt Wanda lachend, richtig vergnügt, weil sie meint, bewiesen zu haben, daß sie recht hat. »Warum machst du solchen Unsinn? Du hast sie heute abend nicht im Krankenhaus besucht. Warum nicht? Langweilt sie dich? Beklagt sie sich? Ist sie ein quengelnder Jammerlappen, diese deine Kind-Braut?«

»Es ist ihr erstes Baby«, sagt er, mehr in die Verteidigung gedrängt, als ihm lieb ist.

»Meiner Ansicht nach wäre es unklug, Scarlet zum Bleiben aufzufordern«, sagt Wanda. »Scarlet würde dich sofort durchschauen. Und ich kann mir kaum vorstellen, daß Susan es schätzen würde, wenn in ihrem Liebesnest überall neugeborene Verwandte herumliegen.«

»Susan ist ein vernünftiges Mädchen. Susan war schon immer dafür, den Kontakt zu Scarlet wieder aufzunehmen. Susan akzeptiert genau wie ich, daß Scarlet meine Tochter ist.«

»Scarlet ist *meine* Tochter«, ruft Wanda leidenschaftlich aus. »Ich habe sie geboren. Ich habe all die Jahre für sie gesorgt. Du kannst jetzt nicht einfach daherkommen und sagen, sie gehört dir. Vaterschaft, wie du sie betreibst, ist nichts wert.«

»Scarlet denkt anders.«

»Scarlet hat kein Hirn, um damit zu denken.«

»Ich wäre gern ein Vater gewesen«, lenkt Kim ein. »Du hast mich daran gehindert. Du wolltest sie für dich. Ich finde dich niederträchtig, Wanda.«

»Und ich finde dich blutschänderisch«, sagt Wanda außer sich vor Zorn. »Als Kind hast du sie ignoriert, du hast gewartet, bis sie mannbar ist, und jetzt hast du sie in deinem Bett. Dafür würde sich möglicherweise die Polizei interessieren. Wie wär's, wenn zur Abwechslung einmal du ins Gefängnis müßtest?«

Kim ist ganz erschrocken.

»Ich dachte, ich sei dich seit Jahren los«, ist das einzige, was ihm zu sagen einfällt. »Hast du denn kein eigenes Leben, daß du dich wieder in meins einschleichen mußt?« Das verletzt sie.

»Du tust mir richtig leid«, sagt sie. »Du warst einmal ein ganz guter Maler. Und nun schau dich an. Werbung! Das ist wohl kaum, was du dir erträumt hast. Ein Jammer, Talent so in die Binsen gehen zu sehen.«

»Ich dachte, du hättest gesagt, es seien keine Bilder, sondern nur Lächerlichkeiten«, gelingt ihm zu sagen.

»Oh, auf der Ausstellung. Ja. Das war eine Schande. Mösen, Titten und Arschlöcher. Schau nicht so entsetzt. Wenn man sie malen kann, kann man sie auch aussprechen. Ich hab dir einen Gefallen getan, als ich sie zerschnitt. Ich nehme an, *ihr* haben sie gefallen?«

»Wem?«

»Na, der Dingsda. Dem Weibsstück, deren Namen du vergessen hast. Die, mit der du gepennt hast, während du mit mir verheiratet warst und ich vierzehn Stunden pro Tag gearbeitet habe, damit du dir Farben kaufen konntest, und deine Hemden gebügelt und deine Aschenbecher geleert habe, wenn ich abends erschossen heimkam.«

»Und das alles auch noch sehr schlecht, soweit ich mich erinnere«, bemerkt er.

Sie sieht sich grimmig um. Er erinnert sich der Zeiten, in denen sie mit Gegenständen warf. Er krümmt die Daumen, weil ihm einfällt, wie er sie dadurch in Schach halten konnte, daß er die Daumen in beide Nervenstränge auf ihren Schultern preßte, bis sie vor Schmerz schrie. Er freut sich direkt darauf. Damals endeten Kräche damit, daß man miteinander ins Bett ging. Jetzt ist er daran nicht interessiert. Der Krach wird um des Krachs willen geführt, aber es ist lange her, seit er auch nur dieses Vergnügen hatte.

Zum Glück ruft Scarlet, wie sie als ganz kleines Mädchen aus ihrem Bett gerufen hat, beunruhigt nicht so sehr vom Geräusch des Kampfes, als von der gespannten Atmosphäre.

Jetzt will sie nicht Wasser, wie als Kind, sondern Olivenöl, um sich den Bauch einzureiben – er sieht aus wie ein verschrumpelter Ballon, und das will sie nicht. Sie muß an ihre Zukunft als führende Konkubine Londons denken.

Wanda bringt ihr die Flasche – Crosse & Blackwell Olivenöl, das die Engländer damals eher zu kosmetischen als zu kulinarischen Zwecken benutzten. Scarlet hätte sich die Flasche sehr gut selbst holen können. Wanda schaut grimmig und schweigt. Dadurch wird Scarlet verunsichert und ängstlich. Sie wünschte, Wanda würde weggehen und sie ihren belanglosen Schwätzchen mit ihrem Vater überlassen. Sie argwöhnt, daß Wanda ihre Phantasien kennt.

Als Wanda wieder zu Kim kommt, haben seine Daumen sich entspannt. Er lächelt sogar freundlich.

»Wir wollen nicht streiten«, sagte er. »Dazu sind wir zu alt.«.

»Ich streite nicht«, sagt sie. »Ich stelle Tatsachen fest. Wenn du für Scarlets Unterhalt sorgen willst, schlage ich vor, daß du monatlich etwas auf mein Konto überweist.«

»Soll das ein Witz sein?«

»Meinetwegen auf ihr Konto, aber du weißt ja, wie unpraktisch sie ist.«

»Weiß ich zufällig nicht. Ich kenne sie nicht näher.«

»Also willst du?«

»Will ich was?« Er ist eigensinnig.

»Ihr Geld geben?«

»Nein.«

»Dacht' ich mir.« Sie triumphiert.

»Nicht, wenn sie bei dir ist. Nur wenn sie bei mir ist. Es wäre nicht fair gegen Susan.« Er lächelt strahlend. Er hat ein strahlendes Lächeln. Man könnte glauben, es sei ihm ernst.

»O nein.« Sie ist sarkastisch. »Es wäre nicht fair gegen Susan! Die bringst du daher, wenn es gerade paßt und sonst nicht. Die arme vernachlässigte kleine Kuh.«

»Susan schafft alles sehr gut«, sagt er mit einer Art rauhem, fast freundlichem Dünkel.

»Hier ist kein Platz für Scarlet.«

»Sehr viel mehr als in deiner Wohnung, glaube ich. Peter hat dich nicht gut versorgt, was?«

»Peter?« Sie ist verwirrt.

»Peterchen«, erinnert er sie. »Dein Liebhaber.«

»Ach, der.« Er ist vor langer Zeit schon untergegangen, untergegangen in der nebligen Vergangenheit der Liebhaber.

»Der hat nicht lang gehalten«, meint Kim.

»Er hatte seine Vorteile«, sagt Wanda gedehnt. »Er hat die Kaution für mich bezahlt, und er war gut im Bett.« Sie weiß nicht mehr, ob er es war oder nicht, aber man kann Kim damit ärgern.

»Schade, daß seine Frau so umgekommen ist. Vielleicht überfordert, wie?«

»Mehr infolge Abstinenz. Sie wollte nie.« Sie sehen sich mit einer Art erschrockener Sympathie an. Sie fangen an, sich zu amüsieren.

»Ganz wie in alten Zeiten«, sagt Kim. Er lächelt zaghaft.

»Genau«, sagt sie, so kühl wie nur was. »Hast du manchmal erfrischende Kräche mit der gefühlsduseligen Susan?«

»Nein«, sagt er, ehe er sich bremsen kann, und ärgert sich sofort darüber. Er verfällt in Schweigen.

»Ich sag dir was«, sagt er schließlich. »Wir wollen Scarlet fragen.«

»Sie soll sich nicht aufregen«, sagt Wanda.

»Du hast Angst, nicht wahr? Du warst endlose Jahre eine schlechte Mutter, und jetzt fällt es auf dich zurück.«

Er hat recht. Wanda hat eine Todesangst. Sie, die lautstark den Tag herbeigewünscht hat, an dem Scarlet von daheim wegzieht und sie frei ist, dreht durch bei der Vorstellung, ihr unberechenbares Kind könne nicht so sehr sie ablehnen als vielmehr seinen Vater wählen.

Gemeinsam wollen sie sich Scarlet stellen. Die drückt Byzantia an die Brust und blickt ihren Eltern entgegen, als sie das Zimmer betreten. »Schade«, meint sie, »daß Susan existiert. Sonst könnten wir alle wieder zusammen sein.«

Genau in diesem Augenblick betritt Susan, die arme Susan, wieder ihr Heim.

Susan hat keinen Hausschlüssel, weil sie die Wohnung so hastig verlassen hat, und muß klingeln. Wanda geht an die Tür. Susan steht hilflos auf der Schwelle. Simeon brüllt. Er hat eine durchdringende, grelle Stimme.

Wanda nimmt ihr das Baby ab. Susan leistet keinen Widerstand. Sie geht gleich durch bis ins Schlafzimmer und findet dort ihren Mann und ihre Stieftochter. Sie verzieht das Gesicht.

»Liebling«, sagt Kim bestürzt. »Was machst du hier?« Er glaubte sie im Krankenhaus in sicherem Gewahrsam.

»Man hat uns rausgeworfen«, sagt Susan matt. »Rings um mich herum sind Leute gestorben.«

»Gestorben?« fragt Scarlet scharf. »Woran?« Susan beachtet sie nicht.

»Willst du, daß ich wieder gehe?« erkundigt sich Susan bei Kim mit masochistischer Heftigkeit. »Ich meine, bin ich im Wege?«

»Liebling«, sagt er. »Liebling, du hättest anrufen sollen. Ich hätte dich geholt.«

»Ich wollte dich überraschen«, sagt Susan kläglich.

Wanda legt ihm sein Kind in die Arme.

»Schade, das mit seinen Augen«, sagt sie, denn Simeons Lider sind noch verkrustet.

»Halte ihn von Byzantia weg, bitte«, setzt Wanda hinzu.

»Was hat er an den Augen?« Scarlet ist schroffer denn je, weil sie ihr Kind verteidigt, aber niemand antwortet.

»Du solltest dich hinlegen«, sagt Kim zu Susan, und dann zu Wanda: »Sie sollte sich hinlegen, nicht wahr?«

»Ich bin ganz in Ordnung«, sagt Susan. »Ich möchte nur zu Hause sein.«

»Sie will uns hier raus haben««, sagt Wanda.

»Sie will nichts dergleichen«, sagt Kim. »Stimmt doch, Liebling?«

Susan antwortet nicht.

»Das Baby hat Hunger«, sagt Susan.

»Dann füttern Sie es«, sagt Scarlet. »Ich füttere Byzantia fast andauernd, und sie schreit nie.«

»Ich kann's nicht«, sagt Susan. »Mir ist die Milch weggeblieben. Jetzt ist er auf Kuhmilch, die spuckt er sowieso dauernd. Ich möchte wirklich nur aus dem Fenster springen. Ich meine, das wäre für alle die einfachste Lösung.«

Es herrscht Schweigen. Keiner widerspricht ihr. Susan bekommt wieder Mut. Da niemand sonst für sie und ihr Baby sorgen will, wird sie es klarerweise selbst tun müssen.

»Ich möchte alles etwas organisieren«, sagt sie fest. Sie blickt böse auf die Unordnung auf dem Wickeltisch. In der einen Stunde, seit die Tagesschwester weg ist, haben Wanda und Scarlet ein puderiges, fettiges Chaos mit all den Salben und der Watte angerichtet. »Und ich muß das Baby irgendwo hinlegen«, setzt sie hinzu. »Eigentlich«, sagt sie, »ist in dieser Wohnung nur Platz für *ein* Baby.«

Sie zittert. Sie hat noch nie in ihrem Leben so entschieden, so aggressiv ihren Standpunkt klargemacht. Sie gefällt sich nicht, wenn sie unangenehm ist, aber sie weiß, wann sie es sein muß. Sie starrt eigensinnig zu Boden.

»Ich glaube, du hast recht«, sagt Kim traurig, dessen Vision künftiger Unterhaltung sich verflüchtigt. Er legt die Arme um Susan. Er hat sie auf sich genommen. Er wird es durchhalten. Die Aussicht, wie er Wanda quält und Scarlets Freundinnen aufs Kreuz legt, löst sich auf. Susan schnieft gemütlich an seiner Schulter. Scarlet, Byzantia und Wanda gehen fort. Byzantia schmiegt sich in die unterste Büfettschublade.

Kim nimmt Susans Gesicht in beide Hände, um sie richtig zu Hause willkommen zu heißen.

»Faß mich nicht an«, sagt sie. »Bitte faß mich nicht an.«

So etwas hat sie noch nie gesagt.

»Und überhaupt«, sagt Scarlet, »hätte Byzantia sich bei dem Baby nur mit irgendwas Schrecklichem angesteckt.«

»Ihrem Onkel«, stellt Wanda fest.

»Diese Verwandtschaft macht ihr aber keine große Ehre, fürchte ich. Hast du seine Augen gesehen? Und so ein sonderbar geformter Schädel. Glaubst du, daß er in Ordnung ist?«

Wanda hat Scarlet noch nie so unfreundlich über andere reden hören.

Hier unten bei den Frauen. Im Park ist ein Sittenstrolch, ein armseliger, bleicher Mann mittleren Alters, der vor kleinen Mädchen die Hose herunterläßt. Die kleinen Mädchen sind schockresistent oder scheinen es zu sein. »So was hab ich zu Hause schon besser gesehen«, schreien sie spottend, und er schleicht sich davon. Ihren Müttern erzählen sie es nicht, weil sie wissen, daß die sich dann aufregen und die Polizei anrufen. Und obwohl die Kinder die Aufregung lieben und das plötzliche Hereinstürzen von Polizisten mit Hunden in den Park, mögen sie auch den Sittenstrolch gern, er vermittelt eine besondere Erregung, tritt unerwartet hinter Bäumen vor, und das möchten sie sich nicht nehmen lassen. Noch nicht, bis es ihnen langweilig wird.

Zwei der kleinen Mädchen kommen vorbei. Ich kenne sie gut, kindliche Diebe. Die katzenzahnige Christine, sechs Jahre alt, und die schielende Theresa, fünf Jahre alt. Sie tragen die Schuhe ihrer Mutter, ihre eingegangenen Pullover, sie tragen Spielzeughandtaschen, sie wackeln mit den Hüften. »Und überall Blut«, sagt Christine gerade, »unterm Tisch und auf'm Fernseher, und den Krankenwagen haben sie mit'm Schlauch abspritzen müssen.« Und Theresa nickt, weise und entsetzt, wie ihre Mutter es tun würde, und sagt: »Mich haben sie mal zusammengenäht, weil mein Arm ab war.«

»Mit wieviel Stichen?« fragt Christine.

»Tausend«, sagt Theresa.

»Das ist gar nichts«, sagt Christine. »Mir haben sie siebenhundertzweiunddreißig verpaßt, als mir beinahe die Hand abging.« Sie amüsieren sich. Sie werden nie zu den Mädchen gehören. Sie sind hier unten bei den Frauen geboren. Es sind die geborenen Aasvögel und Unratfresser. Christine und Theresa werden sich, winzig, schmuddelig und gealtert, auf dem Flohmarkt bekämpfen, nicht wegen einem alten Pullover für Sixpence – wer will denn den schon? –, sondern weil sie nicht wollen, daß die andere ihn kriegt.

Alice und Regina kommen vorbei, Schwestern. Huren sind es nicht. Sie werden nicht bezahlt. Sie sind drogensüchtig, glaube ich. Ich kenne ihre Mutter, sie wird vor Sorge fast verrückt und droht ihnen immer wieder, sie zur Fürsorge zu geben. Alice ist vierzehn, Regina sechzehn. Mitläufer, Groupies, Gangsterbräute, Revolutionäre, wo ist der Unterschied? Die Nebeneinnahmen sind die gleichen, und denen, die man am meisten bewundert, nutzt man und wird von ihnen benutzt. Eine gut angezogene Frau kommt vorbei. Ich kenne sie nicht. Sie ist nicht mehr jung, hat ein Raubvogelgesicht. Sie spricht mit sich selbst – murmel-murmel. Sie ist wütend. Sie trägt einen Hut mit Blumen darauf. Ich glaube, ich weiß, was sie will. Sie will hängen, auspeitschen, köpfen, aufs Rad flechten, steinigen, kahlscheren, guillotinieren. Sie will ihre Rache. Wenn sie dem Sittenstrolch begegnete, würde sie ihn öffentlich kastrieren und dabei selber das Messer führen.

Ich bin sicher, ihr Haus ist sauber. Ich bin sicher, nirgends liegt auch nur ein Körnchen Staub. Je sauberer das Haus, desto zorniger die Bewohnerin. Wir sind die Saubermänner. Wir leeren die Aschenbecher, die morgen wieder voll sind. Wir kehren die Böden, die morgen wieder staubig sein werden. Wir kochen das Essen und scheuern die Toilettenschüsseln. Wir heben die schmutzige Wäsche auf und waschen und bügeln sie. Wir sorgen dafür, daß die Welt sich dreht. Jemand muß es ja tun. Wenn sie stirbt, wird man von ihr sagen, sie sei eine wunderbare Ehefrau und Mutter gewesen. Sie hat hunderttausend Essen gekocht, hat eine Million Böden gekehrt, eine Milliarde Teller gespült, hat die Schränke durchgesehen und nach fehlenden Knöpfen gesucht. Sie hat gemurrt, aber wir werden sie vermissen.

Hier unten bei den Frauen mögen wir das Chaos nicht. Wir kriechen vom Krankenlager, um aufzuräumen und zu putzen. Wir leben parterre, waschend und wischend. Wenn wir nach oben schauen, dann nicht zu den Sternen oder dem Unnennbaren, sondern nur, um den oberen Rand der Fenster sauberzumachen. Wir sind selbst schuld.

»Jawohl, Gott«, sagen wir. »Hier sind deine Pantoffeln und dein leckeres, warmes Essen. Und einstweilen füttere uns, sorge für uns, hol die Kohlen, und wenn du schon dabei bist, sag was Nettes.«

Audrey und Helen teilen sich eine Wohnung. Audrey tut

nichts im Haushalt. Sie ist eine ziemliche Schlampe. Um des lieben Frieden willen macht sie manchmal sauber, ist aber nicht mit dem Herzen dabei. Männer, die ihre häuslichen Gewohnheiten bemerken, haben den Eindruck, hieran sei etwas unnatürlich. Frauen auch. Sie nehmen ihr ihre Freiheit übel. Die Art, wie sie saubermacht, ist auf den Mann ausgerichtet. Wenn ihr der Mann abhanden kommt, verflüchtigt sich auch Audreys Kapazität für Hausarbeit. Schmutzige Höschen häufen sich auf dem Boden des Badezimmers, das Brot wird auf dem Büfett geschnitten, und die Krümel bleiben liegen für die Mäuse.

Helen wiederum hat häusliche Talente. Wo sie hinkommt, entsteht Schönheit. Sie steckt Blumen in ein Marmeladeglas, und es sieht bemerkenswert aus, sie öffnet ihren Schrankkoffer, holt gestickte orientalische Stoffe heraus, aus denen sie Kissen und Vorhänge machen wird. Sie deckt hübsch den Tisch und faltet die Papierservietten zu netten Formen. Ihr Essen schmeckt besser.

Das Arrangement, wonach Audrey die Rechnungen zahlt und Helen die Wohnung mit ihrer ordentlichen Anwesenheit beglückt, funktioniert recht gut, solange es sich gewissermaßen unbemerkt vollzieht.

Nun aber beklagt sich Paul bei Audrey – nicht ohne Berechtigung –, daß Helen sie ausnützt, und X. beklagt sich, weil sie durch Audreys Schlafzimmer müssen, um in das von Helen zu kommen, und somit – wie er meint – mit der Paarung Tieferstehender konfrontiert sind. Es entstehen Spannungen. Herbe Worte werden gesprochen, nicht zueinander, sondern zu gemeinsamen Bekannten. Helen sagt von Audrey: »Sie ist eine gewinnsüchtige Chaotin« und will damit andeuten, daß es an Audreys fehlender Erziehung liegt, wenn sie Helen beschuldigt, die ganze Nacht den elektrischen Heizofen eingeschaltet zu lassen, damit X. in einem warmen Zimmer aufstehen kann.

(Y. hat sich zu einem Kunstwettbewerb gemeldet. Es sieht fast so aus, als würde sie ihn gewinnen. Es steht ein Preis von 1500 Pfund aus. X. hätte gern mitgemacht, kann aber nicht in unmittelbare Konkurrenz zu seiner Frau treten. Sie hat sich angemeldet, ohne es ihm zu sagen. Er ist nervös und verstimmt und fühlt sich nur wohl, wenn er gerade innerhalb von Helen aktiv ist. Er sagt Y. nicht, wo er nachts hingeht, und wenn man ihn fragt, wird er böse. Und Y., die meint, ihm großes Unrecht getan zu haben, indem sie sich zu dem Wettbewerb meldete, hat nicht den Mut, beharrlich weiterzufragen. Wenigstens kommt er morgens schon gefrühstückt heim, da braucht sie ihm keinen Kaffee zu kochen und kann unverzüglich mit der Arbeit anfangen. Nie hat sie besser gearbeitet. Er ist, was die Arbeit betrifft, abwechselnd frenetisch und apathisch und bringt wenig zustande.)

Audrey sagt von Helen: »Wenn sie sich neue Kleider leisten kann, kann sie sich auch leisten, die Stromrechnungen zu zahlen. Warum nimmt sie nicht einen vernünftigen Job an? Und außerdem ist er ein verheirateter Mann, das sollte sie bedenken.«

Trotzdem, wenn Audrey mit Paul im Bett liegt und geduldig seinen Reden zuhört, sieht sie den dunklen Schattenriß von X., der an ihr vorüber zu Helen ins innere Zimmer geht, und fühlt Neid.

Sie glaubt zu wissen, daß sich X. nicht mit Worten erniedrigen würde, wie Paul. X. gehört zu einer Welt der Romantik, zu der sie nicht aufsteigen kann. Audrey ist unten an der Treppe geboren, mit Beinen, die, wie sie zu Recht fürchtet, selbst für Emma-Audrey zu kurz sind, um in die erhabeneren Sphären aufzusteigen, in die Paul ihr nicht folgen kann. Und doch sehnt sie sich dorthin, verlangt danach, findet X.' flüchtiges, verächtliches Vorübergehen an ihrem Bett erotisch stimulierender als die volle halbe Stunde von Pauls geduldiger verbaler Reizung und gewandtem Manipulieren. Gepackt, genommen und verlassen zu werden ist alles, was sie will.

Paul findet diese mitternächtlichen Störungen unerträglich. Er ist kein Maler, kein Schriftsteller, kein Dichter – seine Keramik ist streng und sachlich. Er versucht es wieder und wieder, aber mehr ist für ihn unerreichbar. Er begnügt sich mit schöpferischen Schmähreden gegen X.s Malerei und hat für Y. ein schwaches Lob. Er verachtet Helen und begehrt sie und prophezeit, daß es mit ihr ein böses Ende nehmen wird.

Sein Heiratsangebot an Audrey ist noch gültig, doch er drängt sie nicht. Warum sollte er? Er hat ihr, unbesonnen wie er ist, eine Stellung bei einer Frauenzeitschrift verschafft.

Sie ist begeistert, animiert, berauscht von ihrer Tüchtigkeit. Sie rümpft die Nase über den Verleger, die Bildunterschriften, die Werbeleiter – sie ändert beim Abtippen die Überschriften, die Texte. Sie kann es besser als jede andere, das weiß sie. Paul hört zu und lacht. Im Büro kennt man sie als Emma. Er fühlt sich ganz sicher. Abends bringt er ihr das Kochen bei, das Musikhören, gibt ihr Übungen für pornographische Texte auf und benotet sie von eins bis zehn. Sie steht Modell für Aktfotos, stellt aber fest, daß sie davon Magenschmerzen bekommt. Die ängstigen ihn. Er hört damit auf.

Eines Tages gibt Emmas Verlagsleiter ein Rundschreiben an alle Büros heraus, in dem steht, daß die Zeitschrift keine Geschichten mehr bringen wird. Überall auf den Korridoren entsteht Aufruhr. Der Verleger hat ganz offensichtlich die Ergebnisse einer Leserumfrage falsch gedeutet. Wer soll ihm das sagen? Nein, er ist ein viel zu jähzorniger, dominierender Mann. Der engagiert und feuert binnen einer Sekunde. Was denn? Klein-Emma? Die trippelt vor den Schreibtisch des Verlegers und sagt ihm, er sei ein Narr. Er lächelt, er läßt die Geschichten wieder zu und befördert Emma. Wie im Märchen. Jetzt ist sie Chefin der Abteilung Fiction. Sie geht mit Autoren essen. Zu Hause findet man sie unerträglich. Sie redet von nichts anderem als von Büro-Interna. Helen gähnt. X. lehnt es ab, überhaupt aufzutauchen (Y. denkt: Da sieht man es, Geduld und Takt haben ihn mir zurückgewonnen). Paul bekommt vor lauter nervöser Gereiztheit fürchterliche Kopfschmerzen. Dies ist nicht entfernt, was er beabsichtigt hat.

Paul bittet Emma, ihn zu heiraten. Dann wird sie selbstverständlich mit der Arbeit aufhören müssen. Wenn sie schon zusammen sein wollen, dann total und untrennbar, sowohl tags wie nachts.

Emma zögert. Emma hat nach Hause geschrieben und sich ihres neuen Jobs gerühmt. Sie hat es also geschafft. Ihre Eltern antworten darauf grob mit der Forderung von 53 Pfund, die sie ihr während ihrer Collegezeit zusätzlich zu einem Stipendium geschickt haben.

Emma willigt ein, Paul zu heiraten. Emma braucht eine Zuflucht. Paul erlaubt ihr nicht, auch nur einen Penny nach Hause zu schicken. Emma muß, so sagt er, alle Beziehungen zu ihrer Familie vollständig abbrechen und ein neues Leben anfangen. Sie tut es nur zu gern. Sie werden aufs Land ziehen, nach Suffolk (in Suffolk gibt es keine Verleger, keine Lunches, keine Taxis, keine Spesenkonten, nichts von den Verführungen des Bürolebens). Sie werden gemeinsam die Töpferei führen. Emma ist gut im Tippen und Rechnungen ausstellen. Sie wird sehr nützlich sein. Sie werden so nahe der Natur leben, wie die US-Luftstützpunkte in der Gegend es zulassen. Sie wird selbst Brot backen und einen Kräutergarten anlegen. Er wird ein kleines Glashaus voller Kolibris halten – das war schon immer sein Ehrgeiz. Es klingt bezaubernd. Emma reicht ihre Kündigung ein.

Die Trauung ist standesamtlich. Audrey mit ihrem ordinären Geschmack hat von Chorälen, Chor, weißen Schleiern und Frackschleifen geträumt. Emma weiß es besser. Sie spottet und kichert hemmungslos über die wenigen freundlich gemeinten Worte des Standesbeamten, der den vergeblichen Versuch unternimmt, aus der Zeremonie etwas mehr zu machen als eine juristische Transaktion. Ihre Mutter wollte kommen. Paul hat es nicht zugelassen, und Emma ist ihm dankbar.

Pauls Bruder Edward ist da, ein Lehrer, schwer asthmaleidend. Er scheint Paul einigermaßen lächerlich zu finden, was Emma ärgert. Scarlet ist da, ihr Ringfinger ist nackter denn je, sie trägt die kleine Byzantia auf dem Arm. Helen kommt, auch Jocelyn und Sylvia mit Philip. Auch Pauls erste Frau. Wer sie eingeladen hat? Paul natürlich. So ist Emma froh, als der Tag vorbei ist und sie sich mit Paul ins Bett zurückziehen kann, der zur Feier der Gelegenheit fünf Viertelstunden lang Liebe mit ihr macht, gemessen mit seiner Stoppuhr; wobei er das Vorspiel dazurechnet, vom ersten Kneifen ins Ohrläppchen bis zum letzten In-die-Nüstern-blasen und endlich dem zarten Befingern genau eine Stunde zwölf Minuten.

Er ist wirklich ein außergewöhnlicher Mann.

Nach ein paar Wochen Leben in Suffolk kriegt Emma entweder keine Magenschmerzen mehr, oder aber sie gewöhnt sich daran. Schließlich hört sie auf, von X. zu träumen.

Helen kann es sich nicht leisten, nach Audreys Wegzug die Wohnung zu halten. Sie vertraut ihre Probleme Y. an, mit der sie jetzt häufig zusammen ist. Sie dringt gern in X.s Revier ein, wenn er nicht da ist, um seine Kaffeetasse abzuwaschen, seine Briefe zu lesen, den Kopf zwischen seine Anzüge zu stecken, in seinem Sessel zu sitzen, seine Angehörigen zu sehen, wie er sie sehen muß. Sie liebt Y., weil sie ein Teil von X. ist. Manchmal liebt sie X., weil er ein Teil von Y. ist. Y. erscheint ihr immer schöner, eine blasse, stille, magere Frau mit hellen Augen, umrahmt von noch helleren Wimpern, und mit langen dünnen Beinen. Ihre Bilder sind traurig und eindringlich. Helen möchte Y. das strähnige Haar aus den Augen streichen, Tee für sie kochen, ihr helfen, sich zu entspannen, zu lächeln, fröhlich zu sein. Doch wenn X. erscheint, ist sie rasend vor Ungeduld, wartet darauf, daß er eine dunkle Ecke findet, sie dort übermannt und befriedigt.

Y. beargwöhnt Helen nicht mehr. Sie glaubt, X. habe das Interesse an Helen verloren, eine andere, neue Flamme gefunden und sie tue ihm jetzt sogar leid. Daher läßt sie sich Helens ständige Anwesenheit in ihrem Haus gefallen, Helen redet zuviel und zu naiv, findet X., aber sie macht sich bei den Kindern nützlich.

»Wenn ich Geld hätte, würde ich Ihnen aushelfen«, sagt Y. zu Helen, »aber ich habe keines. Außer ich gewinne diesen Preis, und das ist nicht wahrscheinlich.« Aber insgeheim weiß sie, daß sie ihn gewinnen wird.

Helen bleibt recht oft zum Abendessen. Sie essen alle dikke Bohnen mit Speck, sprechen von Kunst und Künstlern: von Lehrern an der Slade, Camberwell und der Central. Es kommen viele Freunde, es gibt viel zu trinken, sie machen sich ihr Bier und ihren Wein selbst. Sie leben billig, aber gut. Sie kratzen die Farbe von unmodern gewordenen Möbeln und entdecken die Schönheit darunter. Sie sind jung. Eine Dufflecoat-Auferstehung liegt in der Luft. Irgendwann abends steht X. auf und geht. Niemand fragt wohin, denn sie wissen ja, daß er gern nachts arbeitet. Und wenn die anderen gehen, geht Helen auch.

Oder aber sie bleibt manchmal noch ein bißchen, um Y. zu trösten.

»Du brauchst dir deswegen keine Sorgen zu machen«, sagt Helen. »Das bedeutet nichts. Du bist diejenige, die er liebt. Er hat so viel zu geben, da wundert es einen nicht, daß er mehr als eine Frau braucht, um in Schwung zu bleiben, nicht wahr? Wie könnte man von einem Mann wie ihm, einer so großen schöpferischen Begabung, erwarten, daß er sich an kleinbürgerliche Vorschriften hält. Das wäre der Tod für seine Malerei. Du hast ein solches Glück, seine Frau zu sein« ergänzt Helen, und Y. lächelt ihr verkniffenes, kleines, blasses Lächeln und sagt nichts.

»Ihr seid alle so begabt«, klagt Helen. »Ich wollte, ich könnte auch irgend etwas. Ich bin einfach nur ein Parasit. Ich brauche diese symbiotische Beziehung zu den Großen, oder ich gehe ein.«

»Zu den Großen? Ist X. denn groß?« Y. ist belustigt.

»Aber ja.« Helen meint es ganz ernst. »Und du bist es auch«, setzt sie hinzu.

Y. bestreitet das. Aber nach solchen Gesprächen mit Helen sieht sie ihren Mann doch ein bißchen anders und neigt noch weniger dazu, ihn zu kritisieren. Wie könnte sie, so klein, so durchschnittlich, so alltäglich, das Recht auf seine ganze ungeteilte Person haben? Sie muß dankbar sein für das, was er ihr gönnt, es darf sie nicht bedrücken, daß er manchmal mehr zu brauchen scheint, als sie ihm zu bieten hat. Sexuelle Eifersucht ist eine niedrige, abscheuliche, destruktive Emotion. Helen sagt das dauernd.

»Wenn man jemand wirklich liebt«, sagt Helen ständig, »möchte man ihn glücklich und frei.«

Und binnen kurzer Zeit hat Y. nicht mehr wie früher den Mut, zu erwidern: »Nein, ich will ihn für mich.« Sie bemüht sich, großzügig und nobel zu sein. X. schläft ebenso häufig mit ihr wie früher, und doch spürt sie, daß er böse ist, ob mit sich selbst oder mit ihr, weiß sie nicht zu sagen.

»Am vernünftigsten verhält sich eine Ehefrau«, sagt Helen, »wenn sie es ihrem Mann leichter macht, außerehelichen Vergnügungen nachzugehen, wann und wo er will. Ich meine, worin besteht denn für eine Ehefrau die wahre Gefahr? Doch nicht darin, daß ihr Mann sie betrügt, sondern daß er anderswo Liebe findet. Männer verlassen ihr Heim nicht wegen Sex, sondern nur wegen Liebe. Und wir wissen alle, daß verweigerter Sex sich bald in Liebe verwandelt. Die Untreue eines Ehemanns sollte man als Bereicherung einer Ehe ansehen und ermutigen. Er bringt etwas Zusätzliches heim.«

»O ja«, sagt Y. sarkastisch, »solange es keine Geschlechtskrankheit ist.«

»Penicillin«, sagt Helen, »wird mit den Geschlechtskrankheiten ein für allemal Schluß machen.«

Und doch: trotz der Erkenntnis, daß Helen jung und unklug ist, läßt Y. sich beeinflussen. Es kommt ein Brief. Y. hat den Preis von 1500 Pfund gewonnen. Y. versteckt den Brief tagelang. Doch es wird ja bald in der Zeitung stehen. Y. wird es ihm sagen müssen. Sie wartet, bis er guter Stimmung und Helen nicht zu Hause ist. Sie hat den Eindruck, als ob Helens Anwesenheit ihn irritiert.

»Ich habe ein Geschenk für dich«, sagt sie ganz unvermittelt. »Ich habe den Preis, ich habe den Scheck gekriegt und dir eine Atelierwohnung gekauft. Sie liegt gleich um die Ecke.«

»Eine Wohnung? Wozu?« Er ist ganz verblüfft.

»Dort wirst du vielleicht leichter arbeiten können«, sagt sie. »Und Modelle haben und Mädchen und all das.« Sie bringt die Worte nur mit Mühe über die Lippen, aber sie schafft es. »Es macht mir wirklich nichts aus, verstehst du. Das darfst du nicht denken. Ich werde dich immer lieben. Bei dir ist Sex mit anderen Frauen im Grunde doch nur eine Art Nervenzucken. Ich meine – schließlich bist ja auch das du, nicht wahr? Ich habe dich als Ganzes geheiratet.«

Sie verstummt. Er sagt nichts. Sie kann nicht unterscheiden, ob er sich freut oder böse ist.

»Es ist eine hübsche Wohnung«, sagt sie. »Mit einem wunderschönen Atelierofen. Es ist ein Pither. Ich habe ihn poliert. Er ist aus Messing.«

»Das mit dem Preis ist fein«, sagt er schließlich. Diesen Teil hat sie ganz vergessen.

»Er besagt nicht viel«, sagt sie. »Ich meine, die haben eigentlich kein Urteil, nicht wahr? Die Leute, die Preise vergeben.«

Es herrscht wieder Schweigen zwischen ihnen.

»Also vielen Dank«, sagt er.

»Ich werde dort nicht hinkommen, nie«, sagt sie. »Das ist deine Privatwohnung.«

So entgegenkommend, klein beigebend, besänftigend, sichert sie ihre Ehe.

Helen hört auf, sich über die Miete zu beklagen.

Jocelyn hat Arbeit. Jocelyn hat endlich einen Job gefunden. Sie ist vorübergehend Hilfspraktikantin bei einer Regierungsstelle. Sie verdient nur sechs Pfund zwei die Woche, darüber murrt sie, und dabei hat sie im Gegensatz zu ihren Freundinnen ein eigenes Einkommen – die Zinsen eines von einem Großvater hinterlassenen Kapitals, und die Aussicht auf noch mehr.

Jocelyn ist zu einem Stellenvermittlungsbüro in der Marlborough Street gegangen. Dort hat sie sich zwischen Küchenhilfen und Näherinnen in eine Warteschlange weiblicher Kunststudentinnen mit Abschlußexamen eingereiht. Die will keiner. Warum auch? Eingebildete, aufgeblasene Dinger, die nichts zu bieten haben als ihre Kenntnisse in mittelalterlichem Englisch und/oder Geschichte der Diplomatie und schlechtgelaunt Akten abheften. Hochnäsige, reizlose Mädchen, die wie alle anderen kündigen, um zu heiraten, und bis dahin nur Ärger machen.

Jocelyn jedoch wird von ihren Talenten eingeholt. Sie sitzt schließlich in einer Filiale des Foreign Office, immer noch für sechs Pfund zwei die Woche und sichtet Flüchtlingsprotokolle und hört Sendungen aus dem Ost-Block ab. Sie schreibt Berichte, die von Churchill gelesen werden, für die jedoch der Chef ihres Departements Anerkennung erntet. Wenn sie sonst nichts zu tun hat, kocht sie Tee und legt streng geheime Dokumente ab in dem schäbigen Badezimmer, in dem die Geheimakten aufbewahrt werden. (Die Abteilung ist in einem georgianischen Herrenhaus im Herzen Londons untergebracht. Man hat ein paar Zwischenwände gezogen, sonst aber nichts verändert, außer daß die Wasserleitung zum Badezimmer abgestellt wurde, damit nicht wichtige Dokumente durch Dampf beschädigt werden. In der Geheimablage werden Denkschriften von Botschaftern aufbewahrt. Sie enthalten meist Anträge auf zusätzlichen Sherry und Bettdecken oder Klagen über die Zentralheizung im Botschaftsgebäude, und natürlich die Hüte und Mäntel der Angestellten.)

Manchmal wird das Personal gebeten, etwa eine Stunde in den Büros zu bleiben. Bei einer solchen Gelegenheit sieht Jocelyn, die durch ein Schlüsselloch lugt, eine Gruppe anonymer und unauffälliger Männer, alle in Regenmänteln, obwohl es seit Tagen nicht geregnet hat. Agenten, schließt sie daraus.

Jocelyn interpretiert beim Schreiben ihrer Meldungen die Wahrheit so, wie ihre Arbeitgeber es gerne sähen. Sie lügt nicht, sagt aber auch nicht die Wahrheit. Es ist ihr so oder so egal. Sie ist mit ihrem Innenleben beschäftigt.

Denn Jocelyn möchte heiraten.

Byzantia wird, wenn sie ins heiratsfähige Alter kommt, vor Zeugen äußern: »Ich will nicht heiraten. Warum soll ich heiraten? Ich möchte nicht die Frau von irgendeinem Mann sein. Außerdem bin ich gegen diese unmodernen bürgerlichen Formeln. Kinder? Nein, die Welt ist zu schrecklich.« Damit meint sie Vietnam und all das, was sie täglich im Fernsehen sieht, vor dem sie in der Geborgenheit des mütterlichen Hauses in ihrer proteingefütterten Schönheit sitzt und jammert.

Aber Jocelyn möchte gern heiraten. Sie möchte eine Trauung in Weiß und einen Empfang mit einer Hochzeitstorte, mit lokalen Photographen, neidischen ehemaligen Boyfriends, einer weinenden, geschäftigen Mutter und einem gewissenhaften, mit belegter Stimme sprechenden Vater. Ihre Eltern sind schon älter. Sie bewohnen ein behagliches Haus in einem Landstädtchen, pflegen ihren Garten und halten sich für Jocelyn nicht mehr für verantwortlich. Sie würde sie nicht ungern auf diese einprägsame Weise an ihre Existenz erinnern.

Sie möchte, daß man sagt: »Was für ein liebliches Mädchen! Und dabei war sie früher eigentlich häßlich. Wißt ihr noch, wie sie ganz und gar im Hockey aufging?«

Sie möchte Miss Bonny zu ihrer Hochzeit einladen. Das hat sie sich gelobt, als sie fünfzehn war. Sie wünscht sich eine Wohnung in London, ein Einkaufskonto bei Harrods, sie möchte, daß man sie als MRS. So-und-so kennt. Sie möchte eine bekannte Gastgeberin werden.

Sie möchte auch, daß im Büro für ihre Hochzeit gesammelt wird. Alle sollen wissen, daß Jocelyn wirklich und wahrhaftig eine Frau ist, die man wahrhaftig begehrt und die sich jetzt verheiratet, um sich zu vervollständigen.

Als Gatten hätte sie gern Philip. Er ist jung, passend, Gentleman aus guter Beamtenfamilie, eine elegante Erscheinung und Internatszögling. (Er hat einen Job in der Werbung, und schließlich arbeitet er für Susans Vater, ist stellvertretender Geschäftsführer von Watson und Belcher.) Daß sie Philip liebt, merkt sie daran, daß sie solche Beklemmungen hat, wenn er sonntags, montags, dienstags, mittwochs, donnerstags und freitags ihrem Bett fernbleibt. In diesen Nächten schläft er in einer Wohnung, die er mit zwei Sportsfreunden teilt. Jocelyn glaubt, daß seine Abneigung, sich auf andere Nächte als die von Samstag festzulegen, mit Sylvias Anwesenheit zusammenhängt. Aber sie hat das Gefühl, das Gespräch nicht auf dieses Thema bringen zu dürfen.

»Vielleicht war es töricht von mir«, gesteht sie Helen, von der es heißt, sie wisse alles über Männer. »Vielleicht hätte ich nicht einwilligen sollen, mit ihm zu schlafen. Vielleicht glaubt er, ich sei zu verdorben zum Heiraten, und wünscht sich eine jungfräuliche Braut oder so etwas. An Sylvia hat er doch ziemlich rasch das Interesse verloren, nicht wahr? Aber wenn ich es nicht getan hätte, hätte er einfach jemand anders gefunden. Und überhaupt, sonst hätten wir doch gar keine Beziehung zueinander. Ich meine, wir sind uns im Bett begegnet, wenn du weißt, was ich meine. London ist schrecklich. Wenn wir zu Hause lebten, wüßte jeder genau, was los ist, und er müßte mich heiraten. Helen, glaubst du, wenn ich mich zurückgehalten hätte, er hätte mich um meine Hand gebeten?«

»Allerdings«, sagt Helen, die keine hohe Meinung von Philip hat. »Aber hättest du ihn dann heiraten wollen? Wenn man sexuelle Erpressung anwenden muß, um einen Mann dazu zu kriegen, daß er einen heiratet, dann ist er doch bestimmt nicht wert, geheiratet zu werden.«

Am Abend vor Audreys Hochzeit mit Paul verläßt Jocelyn ihr Büro etwas früher, um sich ein Kleid zu kaufen. Sie sieht jetzt besser aus. Ihre Beine haben die Hockey-Knubbel verloren. Ihre Taille ist erfreulich schmal. Bei Audreys Trauung weint Jocelyn. Teils aus Neid und teils, weil die Kürze der Zeremonie sie kränkt. Daß man Audrey unter dem Namen Emma traut, stört sie nicht. Sie findet solche Hingabe an einen Mann bewundernswert, sie prophezeit den beiden eine glückliche Zukunft. Das tun alle.

Als sie wieder in ihren blattgoldverzierten Raum im Foreign Office zurückkehrt, wird sie dort von Sicherheitsbeamten erwartet. Drei graue Männer, die nicht lächeln, stehen neben dem dunkelgrauen Blechschrank im Badezimmer. Er ist mit einem Klumpen rotem Siegellack von der Größe eines

Tellers versiegelt, auf dem feierlich das Siegel des Foreign Office prangt.

»Aber es war doch gar nichts Geheimes drin«, sagt Jocelyn.

»Das spielt keine Rolle«, sagen sie.

Jocelyn verliert ihre Stellung. Man sieht sie ungern gehen, denn es hat noch selten jemand für so wenig Geld so schwer gearbeitet, aber Vorschrift ist Vorschrift.

Philip, Gentleman wie immer, bietet ihr an, sie zu heiraten.

Scarlet spielt sich auf

Byzantias erster Geburtstag fällt auf einen Sonntag. Mehr von Zorn als von Familiensinn getrieben, nimmt Scarlet ihr Kind und fährt wieder zu Besuch zu Kim und Susan. Sie ruft nicht vorher an. Sie möchte sie angenehm überraschen.

Kim ist nicht zu Hause, und insgeheim ist sie froh darüber. Aber Susan und Simeon sind da und daher zum Glück unbeschützt. Byzantia ist dunkel, schmuddelig und aufgeweckt. Scarlet hat ihr die schäbigsten, verwaschensten Sachen angezogen. Byzantia zahnt und sabbert dauernd, und die Nase läuft ihr so, daß sie um den Mund einen wunden rötlichen Fleck hat, und trotzdem ist Byzantia schön. Sie läuft auch schon gut.

Scarlet ist froh darüber, daß Simeon – in ihren Augen ein in sich gekehrtes und fades Kind – bis jetzt nur kriechen kann. Byzantia hat der Welt wenigstens schon ein paar Wörter zu bieten. Simeon hat nicht das Verlangen, mit jemand Konversation zu machen. Er möchte seine Mahlzeiten in genau den gleichen Zeitabständen und regelmäßig schlafen, das ist die Summe seiner derzeitigen Wünsche. Wenn man seinen Fahrplan nicht genauestens einhält, ist er reizbar und verdrießlich. Unbekannte Orte mag er nicht. Andere Leute mag er nicht. Dadurch hält Simeon Susan wie eine Gefangene. Sie hat sich mit ihrer Haft abgefunden. Sie widmet ihr Leben seiner Pflege. Wenn Kim ausgehen will, sagt sie: »Du weißt doch, wie er mit Babysittern ist.« Wenn Kim mit ihr schlafen will, sagt sie: »Nein, Simeon wacht immer im falschen Moment auf.« Wenn Kim sein Baby nehmen und in die Höhe werfen will, sagt sie: »Nein. Du regst ihn so auf, und dann spuckt er.«

Susan ist nicht glücklich, aber sie hat das trostreiche Gefühl, im Recht zu sein. Man kann sie schwer tadeln, und das weiß sie. Sie hält die Wohnung wunderbar, sie zieht sich ordentlich an, sie kocht nach einem Kochbuch und nicht nach dem Gedächtnis; sie hält fremde Katzen, fremde Hunde, fremde Leute und fremde Bazillen in Schach. Jetzt wandert sie nicht mehr durch Geheimwälder, sie hat sie vergessen. Sie ist die angekettete Elster. »Geh weg, hinaus«, schreit sie innerlich und erwacht in der Nacht, zornig umflattert von schwarzen Flügeln.

Sie lächelt selten und blinzelt häufig. Sie weiß, spürt aber nicht, daß Kim ein Recht darauf hat, ihr Kind, ihr Bett, ihr Heim, ihr Leben zu teilen. Sie möchte ihn hinauswerfen und wäre doch beim bloßen Gedanken entsetzt.

Watson und Belcher, die Fachleute für Werbung, sind erfolgreich. Das ist unter anderem gut für Kim, der schließlich auch Freude im Leben haben soll. Die Büros umfassen jetzt sechs Räume. In der kreativen Abteilung arbeiten schon vier Angestellte, die Kim dirigiert. Er muß Überstunden machen und manches Wochenende im Büro zubringen. Er spricht liebevoll von seiner jungen Frau und seinem Söhnchen, zeigt im Pub seinen Freunden Fotos, aber eher so, als müsse er sich in Erinnerung rufen, daß es sie wirklich gibt.

Er schickt kein Geld an Scarlet. Einmal hat er Susan angedeutet, daß er das vielleicht tun sollte, doch sie bekam einen roten Kopf und meinte, wenn Geld übrig sei, wäre es doch bestimmt besser, es in eine Ausbildungsversicherung für Simeon einzuzahlen. Er pflichtet ihr bei. Er ist sich klar, daß ihr Mißtrauen gegen ihn von dem Tage datiert, an dem er Scarlet in die Wohnung gelassen und mit Wanda gesprochen hat, und fühlt sich schuldig.

Seine Sekretärin Alison lenkt ihn von solch trüben Gedanken ab. Er verschwendet viel emotionelle Kraft bei dem Versuch, mit ihr intim zu werden, ohne daß Susans Vater es merkt. Nicht so sehr, weil Susan seine Tochter ist – Mr. Watson hat eine eigene ziemlich stadtbekannte Zerstreuung in Gestalt einer hübschen jungen Designerin, er hat zum erstenmal im Ernährungsministerium etwas mit ihr angefangen, als seine Frau in Neuseeland war, kann und darf daher keinen tadelnden Zeigefinger heben –, sondern weil diese Alison über vierzig und unschön ist, und Kim findet, er habe einen Ruf zu wahren.

Zur Zeit kann er es nicht ertragen, lange allein, müßig oder nüchtern zu sein.

Scarlet trinkt den Zitronentee, den ihr Susan mit kaum verhohlenem Widerwillen angeboten hat. Byzantia und Simeon sitzen auf dem Fußboden und starren sich an.

»Er arbeitet auch an Wochenenden, aha«, sagt Scarlet, »da

muß er das Geld ja nur so scheffeln.« Sie ist so barsch und unverschämt, wie sie nur kann.

»Nein«, sagt Susan fest, »die Agentur ist gerade in einer etwas schwierigen Phase. Man muß bedenken, sie ist ganz neu.«

»Du verstehst womöglich was von finanziellen Dingen, wie?« sagt Scarlet, die etwas davon versteht oder doch jedenfalls verstehen würde, wenn sie sich darauf konzentrierte, aber das tut sie nicht. Sie möchte gern glauben, daß Susan nicht nur ungebildet, sondern auch dumm ist. Susan antwortet nicht. Byzantia schlägt nach Simeon. Simeon sieht erstaunt aus. Susan nimmt ihn beschützend auf den Arm.

»Du hast ihn also Simeon genannt«, stellt Scarlet fest. »Onkel Simeon, na ja, klingt sehr würdig. Die beiden sind ungefähr gleich alt, wie?«

Byzantia wackelt zu ihrer Mutter und streckt die Ärmchen aus, um hochgenommen zu werden. Scarlet tut ihr den Gefallen. Scarlet weiß, daß sie sich schlecht benimmt, kann sich aber nicht bremsen. Sie spürt ihren Groll beinahe körperlich, als Klumpen in der Brust.

»Wie ich sehe, hast du einen neuen Teppich«, sagt Scarlet. »Mochtest du den anderen wegen der Farbe nicht, oder was?«

»Nein«, sagt Susan, die anfängt ärgerlich zu werden. »Den mochte ich nicht.«

»Was hast du mit dem alten gemacht? Den Armen gegeben?«

»Ich habe ihn den Leuten von der Müllabfuhr gegeben, wenn du es genau wissen willst.«

»Kann Byzantia einen Keks oder so was haben?« fragt Scarlet.

»Lieber nicht«, sagt Susan kühl. »Wenn Simeon ihn sieht, will er auch einen, und ich gebe ihm zwischen den Mahlzeiten nichts.« Scarlet sieht Simeon ostentativ mitleidig an.

»Armer kleiner Simeon«, sagt sie doch tatsächlich. Susan sitzt sehr gerade und hat einen roten Kopf.

»Also ich«, sagt Scarlet, »mach so einen Teppich jeden Tag sauber. Ich gehe nämlich putzen, wenn Wanda von der Schule heimkommt.«

»Bei anderen Leuten saubermachen muß recht interessant sein«, sagt Susan schließlich. Sie ist entgeistert. Sie sieht Scarlet als lebenslängliche Bürde.

»Ist es nicht«, sagt Scarlet. »Aber was soll ich sonst machen. Mir hilft ja keiner. Ich bin ganz allein«.

Susan dreht Simeons Haar zu einer hochstehenden Locke. Sie lächelt ihm zu.

»Vielleicht«, äußert sie sich, »hättest du vorher dran denken sollen. Ich meine, was hattest du erwartet? Ein uneheliches Kind zu haben ist nicht leicht, nicht wahr?«

Scarlet antwortet nicht gleich. Auch sie hat einen roten Kopf. »Ich will dir was sagen«, sagt sie schließlich. »Wenn ich käme und für dich und meinen Vater putzte, könntet ihr mir vielleicht einen Shilling oder so was über den üblichen Satz zahlen.«

»Wir haben schon eine Putzfrau«, sagt Susan steif.

Scarlet lacht.

»War nur Spaß«, sagt sie. Aber das stimmt natürlich nicht. Für sich braucht sie nichts. Aber sie macht sich Sorgen um Byzantia. Sie macht sich jetzt immer Sorgen. Sie macht sich Sorgen, wenn Byzantia schreit, wenn sie Schnupfen hat, sie ist wie gelähmt vor Angst, wenn sie erhöhte Temperatur bekommt, sie hat Hemmungen, Wanda zu bitten, den Babysitter zu machen, beunruhigt durch ihren eigenen Ärger wegen Byzantias Gequengel, Windeln, Schrullen und Angewohnheiten, und hat fürchterliche Angst (warum denn nur?), daß Wanda sie hinauswerfen und sie wohnungs- und hilflos werden könnte. Sie fühlt sich nicht wie einundzwanzig, sie fühlt sich so alt und zerbeult wie die Gebirge auf dem Mond.

Genau wie Jocelyn möchte sie heiraten. Doch sie ist nicht von Ehrgeiz motiviert, sondern von Verzweiflung. Sie wünscht sich Sicherheit und Ehrbarkeit. Sie will Versorgung. Sie hat es satt, bemitleidet zu werden. Sie will ihre Menschenwürde wieder haben. Aber wer würde Scarlet heiraten wollen? Sie ist eine Katastrophe, das weiß sie jetzt. Sie hat Pickel, ist übergewichtig, schlampig und wütend, und man kann ihr nur eines zugute halten: ihre hingebungsvolle Liebe zu Byzantia, ihrer Bürde.

»Wenn ich hübsch und schlau wäre«, sagt sie plötzlich, »würde mein Vater mich anerkennen.«

»Aber er erkennt dich doch an«, sagt Susan verlegen. »Er kann sich nur nicht leisten, für dich zu sorgen. Ich glaube ehrlich gesagt auch nicht, daß er einsieht, warum er es sollte. Wanda hat sich sehr schlecht aufgeführt.«

»Aber ich bin ich. Ich habe mit Wanda nichts zu tun.«

»Für ihn schon. Du hattest jahrelang Zeit, um mit ihm Kontakt aufzunehmen. Aber nur zu kommen, wenn du etwas von ihm willst...«

»Bitte versuch doch, ihm zu erklären –« Scarlet verstummt. Sie weiß, daß es keinen Zweck hat.

»Sprich doch selbst mit ihm«, sagt Susan.

»Nein«, sagt Scarlet. Dazu hat sie nicht den Mut. Offengestanden ängstigt und geniert sie sich vor ihrem Vater. Sie ist den Umgang mit Männern nicht gewöhnt.

»Könnte nicht der Vater des Babys helfen?« erkundigt sich Susan. Scarlet schüttelt den Kopf. Allerdings ist auch ihr der Gedanke gekommen, daß von Byzantia aus gesehen jeder beliebige Vater besser ist als gar keiner. Sie hat versucht, sich an den verantwortlichen jungen Mann zu wenden, aber er hat sein möbliertes Zimmer aufgegeben, ohne eine Adresse zu hinterlassen – oder jedenfalls keine, die für traurig klingende weibliche Stimmen erreichbar wäre.

Sie, die einst so gleichgültig war, sucht jetzt in Byzantias ungeformten Zügen nach Spuren dieses jungen Mannes, der einmal ein Mädchen namens Scarlet Rider nach einer Party mit heimgenommen und vier Stunden mit ihr im Bett verbracht hat, dann aufstand, sich rasierte, einen Schlips umband und wegfuhr, um den Sonntag mit den Eltern seiner Braut zu verbringen.

Nicht daß Scarlet ihn jetzt möchte, ehrlich nicht. Scarlet will keine Einmischung. Scarlet wird zugleich Vater und Mutter sein für ihr Inzest-Kind – denn damit kein Mißverständnis entsteht, und um die Psychoanalytikerin viele Jahre später zu zitieren: Scarlet wollte unbewußt das Kind ihres Vaters. Und deshalb, in dieser besonderen Variante der Ereignisse, die Schüchternheit gegenüber ihrem Vater, die Angst vor Wanda und der Zwang, sich an Jahrestagen mit Susan anzulegen.

Sie ist kaum vernünftig.

Sie macht jedermann Ärger.

Niemand liebt sie, nicht einmal Wanda, die gelangweilt und müde ist.

Nur Byzantia, die sieht sie mit den Augen reiner Liebe an. Scarlet packt Byzantia und stürzt auf und davon. Byzantia erschrickt, beklagt sich aber nicht. Simeon würde in einer solche Streßsituation brüllen vor Angst. Scarlet gönnt sich eine Sekunde, in der sie unverkennbar höhnisch lächelt. Die beiden Frauen treffen sich jahrelang nicht wieder.

Hier unten bei den Frauen hat Geld, wie Wanda es ausdrückt, eine bittere und grimmige Realität.

Also nimmt man seine Erniedrigung auf sich und geht putzen, wie Scarlet. Also verliert man sein Portemonnaie bei Woolworth, weil man eigentlich seine Mutter verlieren möchte. Aber für das Putzen bekommt man Geld, und wenn man seine Geldbörse bei Woolworth liegen läßt, kann man die Miete nicht bezahlen. Dann kommen entweder die Beamten und setzen einen auf die Straße, oder aber sie kommen nicht.

Scarlet hat Geldsorgen. Scarlet fürchtet, daß der Staat einschreiten und ihr Byzantia wegnehmen wird, ihr illegitimes Kind. Daher die latente Angst. Denn die staatlichen Heime sind voller Kinder, für die besser als die eigene Mutter zu sorgen die Jugendfürsorger sich einbilden.

Vielleicht haben sie recht, denkt Scarlet und starrt verzweifelt auf Byzantia, während das Kind vor Freude kreischt und auf den Boden stampft, und die Leute in der unteren Wohnung mit dem Besen gegen die Decke pochen, und Scarlet, in ihrer Niedergeschlagenheit wie gelähmt, weiß, daß sie Wanda gleich gestehen muß, was wieder passiert ist und noch schlimmer, daß sie hinuntergehen, den Leuten gegenübertreten und sich entschuldigen muß.

Wenn sich Mieter der unteren Wohnung beim Grundstücksverwalter beschweren, müssen Scarlet und Byzantia ausziehen. Es gibt im Mietvertrag eine »Keine-Kinder-Klausel«. Und wo sonst sollen sie unterkommen?

Scarlet bekommt Ausschlag.

Wanda hatte vor vielen vielen Jahren die gleichen Sorgen. Jetzt langweilen sie sie. Sie betrachtet ihre fleckige, apathische Tochter und beklagt ihre vergeudete eigene Jugend, in der sie ein Kind großgezogen hat, das es jetzt als Erwachsene nicht besser hat als sie.

»Das Blöde daran, daß man Babys hat«, sagt sie säuerlich, »ist eben, daß man sie nicht hat. Was man hat, sind nur noch mehr Leute.« Und so wie das klingt, hat sie für Leute nicht viel übrig.

Und doch, wenn Scarlet nicht hinschaut, kräht Wanda Byzantia zu, denkt sich allerlei Schnickschnack aus, damit sie lächelt und zufrieden und brav ist. Sie kann besser mit Byzantia umgehen als Scarlet, aber selbstverständlich erwartet Byzantia von Scarlet auch mehr, sie sieht in ihrer Mutter ein zusätzliches Glied, das ihr zu gehorchen hat, und wird enttäuscht und wütend, wenn das nicht funktioniert wie erwartet oder sie gar eigenen Willen, eigene Absichten an den Tag legt.

Wanda verdient zehn Pfund die Woche. Sie macht sich weniger finanzielle Sorgen als ihre Tochter, weil sie länger in Armut gelebt hat, und außerdem hat sie nicht die Fähigkeit der Tochter, Schulden zu machen. Die Miete beträgt drei Pfund fünf Shilling. Drei Pfund gehen für Lebensmittel drauf. Byzantia kostet auf die eine oder andere Weise ein weiteres Pfund die Woche, andere Haushaltsausgaben einschließlich Fahrgeld, Heizung, Licht und Heißwasser belaufen sich auf vier Pfund die Woche.

Scarlet, die als Putzfrau geht, verdient zwei Pfund zehn Shilling die Woche.

Es bleiben ihnen zu dritt wöchentlich 25 Shilling, wenn das Allernotwendigste bezahlt ist. Das sollte genügen, nur daß eben Scarlet zum Verdruß ihrer Mutter Lippenstifte, Zigaretten und Spielsachen für Byzantia kauft und Wanda, zum Verdruß von Scarlet, Rum.

Wanda hat angefangen zu trinken. Diese Freude hat sie erst spät im Leben entdeckt. Viel zu kaufen kann sie sich nicht leisten, aber sie geht in Kneipen, lehnt an Theken und wird von Männern zu einem Glas eingeladen. In Kneipen wirkt sie am besten. Sie sieht schäbig, verbraucht, zugänglich und lebhaft aus, ist in keiner Weise eine Quelle des Vorwurfs, weil sie normalerweise in noch schlimmerer Verfassung ist als ihre Zechgenossen. Scarlet ist entsetzt.

»Und dabei bist du Volksschullehrerin«, mahnt sie. »Wenn du nicht aufpaßt, verlierst du deinen Job.«

»Man kann so betrunken sein, wie man will«, behauptet Wanda, »aber was die nicht dulden, ist Politik.« Und sie setzt finster, um Scarlet zu erschrecken, hinzu: »Wart nur, bis sie mir daraufkommen.«

Sie hat recht. Lehrer mit kommunistischer Vergangenheit sind verdächtig. Ein paar haben schon ihre Stellung verloren.

Wenn sie nun die Kinder verderben oder andeuten, daß mit der Welt nicht alles in Ordnung ist? Nicht so sehr die politische Meinung wird hier gefürchtet als vielmehr der Geist der Unruhe. Im Jahre 1951 spöttelt keiner. Stalin ist noch nicht tot. Wanda ist entsetzt darüber, wie Scarlet zu Partys geht, in weit ausgeschnittenem schwarzem Pulli, und erst am Morgen heimkommt, schmuddelig, müde und bitter.

»Wie eine Katze auf dem Dach«, klagt sie.

»Ich dachte, du wärst so sehr für sexuelle Freiheit«, sagt Scarlet.

»Nicht für Mütter«, sagt Wanda. »Du hast dich ausgetobt. Du solltest daheimbleiben und für dein Gör sorgen. Wie soll ich weiterarbeiten, wenn ich um zwei, drei, vier und fünf Uhr morgens aufstehen muß?«

Es stimmt, Byzantia hat aufgehört, durchzuschlafen. Sie braucht Unterhaltung in kürzeren Abständen als Nahrung. Sie brüllt, als ob eine Windelnadel sie sticht; oder eine Ratte sie bedroht, bis das Licht angeht und ein Gesicht auftaucht. Dann gickert, gurgelt und genießt sie und heult erst wieder, wenn das Gesicht verschwindet und es erneut finster wird.

»Du mißgönnst mir jedes Vergnügen«, sagt Scarlet. »Wie soll ich je heiraten können, wenn ich in dieser öden Wohnung bleiben muß? Hierher kann ich ja niemand einladen, da müßte ich mich schämen.«

»Vergnügen?« sagt Wanda, die die Beobachtung macht, daß Scarlets nächtelange Abwesenheit ihre Depressionen noch verstärkt.

»Du glaubst, Sex ist schmutzig und unanständig«, sagt Scarlet. »Du versuchst ohne auszukommen, aber du kannst es nicht. Deswegen bist du immer so grob. Es ist gar keine Ehrlichkeit und Offenheit, es ist die pure Angst.«

»Ich finde nicht, daß Sex schmutzig und unanständig ist«, entgegnet Wanda blitzschnell. »Ich finde, du bist es.«

Und es ist wahr, daß Scarlet anfängt, sich eher von Verzweiflung als von Schmutz durchdrungen zu fühlen. Wenn sie nicht daran denkt, daß sie einen Ehemann will, denkt sie, sie brauche die wahre Liebe.

Doch ach, keines von beidem scheint verfügbar – sie selbst ist das einzige, was verfügbar ist. Es gibt mehr als genug Männer, mit denen sie ins Bett gehen kann und bei jedem hofft sie, daß er sich in sie verliebt und sie errettet. Sie fühlt, sie habe eine Menge zu bieten. Sie öffnet ihr Herz und ihre Seele, wenn sie die Beine breit macht, doch ach, nur Letzteres ist von praktischem Nutzen, und sie kommt – da Erfahrung Wandas Erziehung bestätigt – zu dem Schluß, daß die Männer sich nur fürs Praktische interessieren.

»Das Schlimme ist«, sagt sie zu Helen, die eines Tages auf eine Stippvisite hereinschaut, »wenn ich moralisch korrupt, wenn ich ein berechnender Mensch wäre, wenn ich mit Männern umginge wie mit Fischen an der Angel, hätte ich abtreiben lassen, statt Byzantia zu kriegen. Wenn ich kalt, hart und unfreundlich wäre, wären die Männer hinter mir her.«

»Damit Männer hinter einem her sind«, sagt Helen und stößt Scarlet damit in Tiefen hinab, aus denen zu befreien sie Jahre brauchen wird, »muß man schön sein.«

Scarlet irritiert Helen, tut ihr aber auch leid. Helen polstert ihr Liebesnest mit Seide und Daunen, reißt sich die Haare auf den Beinen einzeln aus, lernt Gedichte auswendig wie ein Kind und bewirtet ihren Liebhaber. Y. zahlt die Miete und ruft nie an.

Scarlet, die mit einem alten Tiegel auf einem unmodernen Gasherd herumwerkt, den Kaffee in gesprungenen Bechern serviert, wirkt auf Helen, als habe sie Jugend, Hoffnung und Schönheit aufgegeben. Scarlet, denkt Helen, kann nicht mehr tiefer sinken. Wie wenig weiß doch Helen!

Jocelyn gibt eine Verlobungsparty. Scarlet wird eingeladen. Scarlet nimmt an, daß sie hingehen kann, weil die Party an einem Sonntagabend stattfindet, und das ist der Tag, an dem Wanda ihr Meeting für die Anonymen Geschiedenen abhält. Sie kann also Byzantia ruhig zu Hause lassen. Am Sonntagabend sieht sie bestürzt, daß sich Wanda eine Brosche ansteckt, ihr einziges Zugeständnis an einen abendlichen Ausgang.

»Gehst du weg?« fragt sie.

»Ja«, sagt Wanda.

»Wohin denn?«

»Geht dich das was an?«

»Aber es ist doch der Geschiedenen-Abend!«

»Wir treffen uns in der Kneipe.«

»Aber ich geh doch auf eine Party«, heult Scarlet.

»Du wirst eben nicht gehen«, sagt Wanda. »Du wirst zu Hause bleiben und das Baby hüten.«

Scarlet ist verzweifelt.

»Die finden es bestimmt gräßlich in der Kneipe«, behauptet sie.

»Warum? Sie sagen, sie wollen Männer. Die Kneipen sind voll davon. Betrunkene, rotnasige, elende Mannsbilder in zerknitterten alten Hosen, meist verheiratet. Impotente, stiernackige, stinkende, dumme Männer mit geschwollenen Bäuchen – wenn sie gehen, hört man das Bier in ihrem Bauch gluckern, hast du das gewußt, ganz zu schweigen davon, wenn sie rammeln wollen –, aber eben Männer. Sie sagen, sie wollen Männer. Gut, dann kriegen sie Männer.«

Wanda ist ärgerlich auf ihre Damen. Sie hat sich bemüht, ihnen beizubringen, daß das Leben auch ohne Männer möglich, sogar wünschenswert ist für Frauen, die über das gebärfähige Alter hinaus sind, ja, daß sogar die Summe menschlicher Glückseligkeit und Vollendung größer würde durch Apartheid zwischen den Geschlechtern. Doch die bestehen trotzdem auf ihrem Verlangen nach männlicher Gesellschaft, lehnen Lesbianismus als Lösung für ihren sexuellen Frust ab, wickeln sich Locken, tragen Lippenstift auf und versuchen jünger auszusehen, als sie sind. Warum? Weil sie offenbar nur in der Beziehung zu Männern existieren können. Wanda wird sie mit in die Kneipe nehmen, um sie zu bestrafen und um ihrer Tochter Unannehmlichkeiten zu machen.

»Du hättest mir das sagen sollen«, sagt Scarlet.

»Wieso? Möchtest du einen billigen Babysitter?«

»Du hast gewußt, daß ich ausgehe.«

»O nein. Du hast mich nicht gefragt.«

»Aber die Karte steht seit Wochen auf dem Kaminsims.«

»Eine Karte! Was für eine Party kann das schon sein, zu der man mit einer Karte einlädt? Deine Jocelyn muß eine ulkige Nudel sein. Trägt sie Twinsets und Perlen?«

»Etwas fad ist sie«, sagt Scarlet, »aber sie macht gern alles so, wie es sich gehört. Und was noch mehr ist, sie hat mich eingeladen.«

»Wieso? Tust du ihr leid?« fragt Wanda.

»Jawohl«, sagt Scarlet, »ich tue ihr sehr leid, weil ich mit dir leben muß.«

Wanda rauscht ab. Die Beziehung zwischen ihnen wird noch schlechter. Der Abend in der Kneipe ist eine Katastrophe. Die ganze Gesellschaft ist peinlich berührt, geht bald und verliert von da an das Vertrauen zu Wanda. Nur Lottie bleibt.

»Die wollen die Männer nicht einmal wirklich«, sagt Wanda angewidert und doch froh, weil ihr Standpunkt bewiesen ist. »Die wollen nur eines: Status. Sie wollen Männer, um sie an der Leine zu führen. Sie sind nicht unglücklich, weil sie ihre Ehemänner verloren haben, sie sind nur verdrossen. Wie ich Weiber verachte!«

»Sollen wir uns Männersachen anziehen?« erkundigt sich Lottie. »Ich bin seit kurzem so mager, daß ich als Mann gehen könnte. Und du –« Sie verstummt.

»Ich bin immer ein halber Mann gewesen«, sagt Wanda. »Ich weiß. Ich wäre gottfroh, wenn ich eine Ehefrau hätte, die hinter mir aufräumt, das ist alles.«

Natürlich verkleiden sie sich nicht als Männer. Etwas in ihnen revoltiert. Was? Die männlichen Unterhosen? Die männlichen Hosen? Und je intimer sie gefühlsmäßig miteinander werden, desto mehr nehmen sie sich in acht, einander nie, niemals zu berühren. Wanda spricht hinter Lotties Rükken schlecht von ihr, liebt sie aber in Wirklichkeit sehr.

Scarlet wischt Wanda eins aus, indem sie Byzantia mit auf die Party nimmt. Das bedeutet, daß sie nicht mit einem Mann in dessen Wohnung mitgehen kann und die letzte U-Bahn nach Hause nehmen muß, mit einem quengelnden Baby auf dem Schoß. Sie hat plötzlich panische Angst, daß man sie dem Jugendamt meldet, weil sie zu einer solchen Nachtstunde mit einem Kind unterwegs ist. Jetzt wünscht sie fast, daß es dazu kommt. Sie glaubt nicht mehr weitermachen zu können. Die Gier, ihr eigenes Leben zu leben, wird so übermächtig, daß sie glaubt, nicht länger vernunftgemäß handeln zu können. Sie fürchtet, Byzantia zu schaden.

An Jocelyns Verlobungsparty erinnert man sich, weil sie so langweilig war. Philip hat seine jungen Geschäftsfreunde eingeladen, die kein anderes Thema haben als Wagen und Gehälter. Helen schämt sich, ihre künstlerischen Freunde einer derart spießigen Versammlung auszusetzen, kommt selbst nicht und denkt gar nicht daran, jemand anders hinzubitten. Sylvia bringt eine Gruppe Verkaufsleiter mittleren Alters mit, die zuviel trinken, herumgehen und den Mädchen an den Busen fassen, die sehr ehrbar aussehen in tief ausgeschnittenen, eng taillierten Kleidern mit weitem Rock, das Haar aus dem Gesicht gestrichen und stark gelockt. Audrey ist mit Paul in Suffolk und kann nicht kommen oder, wie ein Gerücht wissen will, darf nicht kommen. Scarlet bringt natürlich ihr Baby mit, das brüllt und die jungen Männer durch Zukunftsvisionen deprimiert.

Vaterschaft ist noch nicht Mode. Die Väter sind bei der Geburt ihrer Kinder noch nicht anwesend, wenn sie es irgendwie vermeiden können. Sie machen keine Einkäufe, schieben keinen Kinderwagen, entwerfen keine Wohnung. Heirat ist eine Falle für den unverheirateten jungen Mann, und Sex ist der Köder, den man mit List und Schlauheit aus dieser Falle holen kann. Mittellose, passive, überzählige Mädchen der Mittelklasse planen, intrigieren und verführen, um Männer an den Altar zu kriegen.

Scarlet selbstverständlich nicht. »Schau durch meine Oberfläche ins Innere meiner Seele«, bettelt sie bei allen Neuankömmlingen, »und sieh, was dort alles ist. Sieh, wie sehr ich lieben, empfinden, reagieren kann und lieben, ach lieben. Wenn du nur akzeptierst –« Aber warum sollen sie sich damit abgeben, warum sich die Mühe machen, eine trostlose Seele auszuloten, wenn es Millionen von funkelnden Oberflächen wahrzunehmen gibt. Scarlets Oberfläche funkelt nicht. Selbst ihr tief ausgeschnittener, schwarzer Pulli ist staubig, und ihre Hemdträger sind schmuddelig.

Philip kann sie nicht ausstehen, das jedenfalls sagt er zu Jocelyn. Er hat etwas gegen diese Freundschaft. Jocelyn ist – obwohl sie an Samstagabenden mit ihm schläft, worüber er bereit ist, hinwegzusehen – gutes Material für eine Ehefrau, im Herzen noch Jungfrau, wenn auch nicht de facto. Scarlet ist nur eine Nutte.

Und doch schlendert er zu ihr hinüber und unterhält sich mit ihr. Er sagt sich, er tue das nur, weil sie Mr. Belchers Tochter ist – obwohl er wissen muß, daß ein gutes Wort, von Scarlet für ihn eingelegt, ihm schwer schaden würde.

Sie verblüfft ihn. Sie spricht gut. Sie scheint dem Mittelstand anzugehören. Warum aber lebt sie dann so?

»Sie tun all Ihren Freunden leid«, bemerkt Scarlet.

»Warum?« fragt er entgeistert.

»Weil Sie jetzt eine lebenslängliche Gefangenschaft antreten«, sagt Scarlet. »Die Ehe. Sie sind der erste, der dran glauben muß.« Plötzlich imitiert sie wallisischen Dialekt: »Was, heiraten und nicht mal schwanger? Huch nein, wie nobel.«

»Die sind doch nur neidisch«, sagt er.

»Nein, sind sie nicht.« Was für eine unbequeme Person sie ist!

»Natürlich sind sie es«, beharrt Philip. »Und warum auch nicht? Ich bekomme mein Essen gekocht, oder? Und meine Wäsche gewaschen. Die Hausarbeit wird getan. Die ungemütlichen Zeiten sind vorbei.«

»Ach so, deswegen heiraten Sie«, sagt sie. »Soll ich das Jocelyn erzählen?«

»Intrigantin sind Sie womöglich auch noch?«

»Wieso auch noch?«

Er antwortet nicht. Er lächelt und sieht sie auf eine Weise von oben bis unten an, wie er Jocelyn nie angesehen hat. So sauber, verwöhnt und heikel er ist, sie zieht ihn irgendwie an. Sie ist in seinen Augen köstlich verkommen.

»Ich brauche eine gute Stellung«, sagt sie. »Ich muß viel Geld verdienen, das ist der einzige Ausweg. Wissen Sie mir eine?«

»Ich kenne einen Nachtclub, da könnten Sie Zigaretten verkaufen.«

»Seien Sie nicht albern«, sagt sie. »Ich? Hören Sie, ich hab Köpfchen. Ich hab's bis zur Uni geschafft.«

In Gedanken zieht er sie aus, badet sie, dreht ihr Locken, kleidet sie in lange durchbrochene Strümpfe, Stöckelschuhe, schwarzes Korsett, hängt ihr ein Tablett unter den Busen und schickt sie los, den Reichen und Lasziven Zigaretten zu verkaufen. Seine Phantasie geht noch weiter. Aber selbst hier tritt seine Mutter dazwischen, gütig, lächelnd, rein und freundlich und bringt ihn dazu, sich zu schämen. Er hat seine Mutter nur mit knapper Not von dieser Party abhalten können. Es trifft sich glücklich, daß seine Mutter Jocelyn gern mag. Oder ist seine Mutter nur wieder einmal gütig, lächelnd, rein, freundlich und höflich?

Scarlet langweilt sich bei seinem Schweigen, das sie für Stumpfsinn hält, läßt ihn stehen und unterhält sich mit Sylvia.

»Jocelyn hat zwei Seiten«, klagt sie. »Die konventionelle und die menschliche, und ich fürchte, daß die falsche Seite siegt. Bett ist gut und schön, aber Ehe ist was anderes. Jetzt wird er jeden Augenblick anfangen, sonntags Golf zu spielen.«

»Gegen Sport ist nichts einzuwenden«, sagt Sylvia unbestimmt. Zwischen ihren Augen steht eine kleine Falte. Jocelyn und Philip werden zusammen in der Wohnung leben. Sie wird, so glaubt sie, ausziehen müssen, obwohl das von den beiden noch nicht zur Sprache gebracht wurde. Sie will jetzt nicht daran denken. Sie trinkt jedenfalls mit Philips Freund Butch, der einen Meter neunzig groß ist, Rugby spielt und in der Verkaufsabteilung einer Staubsaugerfirma arbeitet. Er hat Spaß an ihrer verschwommenäugigen Zerbrechlichkeit und gießt sie voll Gin und Bitter. Und jetzt spricht sie Gutes über Sport, den sie bisher immer verachtet hat.

Butch hat eine Ehefrau, aber eine unangenehme. Er mußte sie verlassen. Er weint. Sylvia ist für ihn traurig. Ihr gefällt seine Schlichtheit. Später dann, im Bett, erzählt sie ihm Dinge, die sie noch nie jemand erzählt und sich kaum selbst eingestanden hat. Sie erzählt ihm, daß sie mit fünfzehn einen Jungen geliebt hat, sich von ihm hat verführen lassen und schwanger wurde, und wie ihre Mutter sie aus dem englischen Literaturkurs herausgenommen hat, damit sie abtreiben ließ. Sie netzt seine Schulter mit ihren Tränen, und er tröstet sie auf seine unbeholfene Weise.

»Wenn ich den Jungen fände«, sagte er, »ich würde ihm den Schädel einschlagen.«

»So war es nicht«, verteidigt sie ihn. »Er war nicht schuld. Niemand war schuld. Es war einfach etwas Gräßliches, das passiert ist.«

»Ich würd ihm die Eier abschneiden«, beharrt Butch. Getauft ist er Christopher, aber alle nennen ihn Butch. Er ist bei der Liebe feinfühliger, als man annehmen möchte. Er hat ganz von sich aus, in einer Welt, in der sich das noch nicht eingebürgert hat, die Freuden des oralen Sex entdeckt. Morgens wollen sie einander nicht verlassen und sitzen in enger körperlicher Berührung, er so schwerfällig und sie so zart. Philip warnt Butch großmütig vor Sylvia. Sie ist wunderbar für ein rasches Abenteuer, gehört aber nicht zu der Sorte, mit der man sich auf die Dauer einlassen sollte. Ihre moralischen Grundsätze sind so schwach wie ihre Sehkraft und ihr Gehör. Er freut sich, als Butch diese Warnung beiseite wischt. Nun wird es leichter sein, Sylvia zum Auszug zu bewegen.

»Sie ist ein bißchen durcheinander«, sagt Butch. »Sie hat einen schlechten Start gehabt. Ab jetzt wird alles gut gehen.«

Nach der Verlobungsparty gibt Philip einen Junggesellenabend. Sein Vater bietet sich an, ihn zu bezahlen. Philips Eltern sind Schattengestalten, selbst für ihren Sohn. Philips Vater ist von barscher Freundlichkeit und wedelt mit dem Scheckbuch, um seine guten Absichten zu beweisen. Philip sieht seine Mutter mehr in der Phantasie als in der Realität. Sie erscheint, sehr ladylike, in geblümtem Kleid, um seine Leidenschaft zu dämpfen, seine Konzentrationsfähigkeit zu stören und ihn schuldbewußt zu machen. Im wirklichen Leben ist sie Vorstand von Frauenvereinen, tut Sozialarbeit und ist immer ruhig und gütig. Nur ein einziges Mal hat er sie weinen sehen. Das war, als man ihn wegschickte, damit er im Internat zum Mann werden sollte.

Philip, aus dem ein Mann geworden ist, gibt jetzt seinen Junggesellenabschied. Philip geht zu einer Agentur und bestellt eine Striptease-Tänzerin, um die Festlichkeit heiterer zu gestalten. Die Agentur nimmt sein Geld, aber das Mädchen taucht nicht auf. Philip ist erleichtert. Die Abwicklung der Sache hat ihm lange im Kopf herumgespukt. Er müßte dem Mädchen die Tür aufmachen, sie vorstellen, sie bezahlen und nach Hause schicken. Wie, im Taxi? Wenn sie aber nun ältlich, hager und unerfreulich ist? Mehr erwartet als Geld? Die Schwester von einem seiner Freunde ist? (In South Kensington soll es ein hochherrschaftliches Bordell geben, in dem Mädchen aus guten Familien sich ein Taschengeld dazuverdienen. Ein Offizier der Guards wurde in ein Zimmer geführt, in dem seine Schwester nackt auf einem Bett wartete. »Mensch, Amanda, altes Mädchen!« »Mann, Jonathan, wie geht's denn so?«)

Nein, die Vorstellung von einer Stripperin ist weit, weit besser als die Wirklichkeit.

Nach der Trauung – in einer Kirche von Jocelyns Heimatdorf und mit allem Zierat, den sie sich gewünscht hat, nur daß ihre Mutter nicht weinte und die Stimme ihres Vaters nicht belegt klang, aber das Ganze immerhin weit genug entfernt, als daß ihre Freundinnen hätten dabeisein können – wird Philip immer wütender auf die Agentur, die ihm, wie er glaubte, unter falschen Voraussetzungen Geld entlockt hat. Er droht mit einer Klage. Die Agentur behauptet, seine Klage sei gegen das Mädchen gerichtet. Er läßt durch seinen Anwalt sein Geld zurückverlangen.

Jocelyn, die zufällig davon erfährt, ist entsetzt. Erst einmal, weil er überhaupt eine Stripperin hat engagieren wollen und dann, daß er sich rächen will. Er versucht es ihr zu erklären.

»Aber es war doch mein Junggesellenabschied«, sagt er und lächelt auf seine distanzierte, männliche Art. »Meine letzte Ausschweifung. Jetzt würde ich so was nicht mehr tun.«

»Du bist doch kein anderer Mensch, nur weil du verheiratet bist«, sagt sie.

»Nein, aber jetzt muß ich mich anständig aufführen«, sagt er. Er glaubt, ihr damit zu gefallen. Aber sie sieht nicht erfreut aus.

»Was hat es überhaupt für einen Sinn, einem fremden Mädchen zuzuschauen, das sich auszieht?« wiederholt die arme, unschuldige Jocelyn. »Ich kann mich doch für dich ausziehen.«

Nach dem Hockeyspielen pflegten sie und die Mädchen sich auszuziehen und zu duschen. Sie war nie prüde. An ihrem Körper hatte sie schon immer Freude.

»Dann zieh dich aus«, sagte er ganz konventionell, aber das tut sie natürlich nicht. Die Geheimnisse, die mit seiner Begierde zusammenhängen, beleidigen sie.

»Aber du solltest nicht so rachsüchtig sein«, klagt sie. »Ich verstehe nicht, was mit dir los ist.« Das versteht sie wirklich nicht, auch er nicht.

»Wir brauchen jeden Penny, den wir kriegen können«, wagt er zu sagen. Das stimmt. Sie haben mehr als sein Einkommen ausgegeben und einiges von Jocelyns Kapital. Sie haben die Wohnung streichen lassen und nach einem während der Ausstellung von 1951 in Mode gekommenen Stil möbliert. Jocelyn schreitet über grüne und gelbe Teppiche, fragt sich, wieso Philip nach wie vor nur am Samstagabend mit ihr schläft, und dann so lau, und da fällt ihr – aus keinem anderen denkbaren Grund als allgemeiner Niedergeschlagenheit – das grüngelbe Linoleum von Scarlets Mutter ein. Die Vorhänge sind braun und gelb, die Decken rosa, und die

Tapete hat ein gelbrosa geometrisches Muster. Sollte das alles gewesen sein, was sie sich gewünscht hat? Ist das das Gefühl, der Kern, die Struktur des Ehelebens? Sie hat nicht den Mut, an Miss Bonny zu schreiben.

Es kommt ihr sogar in den Sinn, daß sie an Samstagnachmittagen wieder in einem Team Hockey spielen könnte, während Philip Rugby spielt, aber sie weiß im Grunde ihres Herzens, daß diese Zeiten vorüber und solche Quellen des Trostes versiegt sind.

»Glaubst du, daß er am Samstagabend immer deswegen so müde ist, weil er Rugby spielt?« fragt sie Helen.

»Wenn er nicht an Samstagen Rugby spielte, hättest du wohl kaum Gelegenheit zu erfahren, ob er müde ist oder nicht.«

Jocelyn sieht sie verständnislos an.

»Diese Rugbygesänge,« sagt Helen, »die bringen ihn in Schwung. Und er braucht irgendwas, fürchte ich.«

Jocelyn ist ganz blaß.

»Die sind so gräßlich«, klagt sie. »Da ist überhaupt kein Gefühl drin. Ich hör mir die nie an.«

»Wenn du Gefühle willst«, sagt Helen überheblich, »mußt du was mit einem Künstler anfangen. Die einzigen kompletten Männer auf dieser Welt sind Künstler.«

Helen lebt ein sonderbares, isoliertes Leben in dem Atelier, indem X. nachts arbeitet und das Y. bezahlt. X. hält seine Liaison mit Helen teilweise geheim. Er nimmt mit Bestimmtheit an, daß Y. davon weiß, aber seine Freunde nicht. Natürlich irrt er sich bei beidem. Sowohl X. wie auch Y. wundern sich bei den seltenen Gelegenheiten, bei denen Helen jetzt zum Abendessen kommt, warum all ihre Freunde neuerdings so unhöflich zu ihr sind.

X. mag keine Fremden in seinem Atelier, darum darf Helen entweder nur heimlich oder aber nie Gäste haben. Sie wird mehr und mehr zu Jocelyn, Sylvia und Scarlet hingetrieben, hat inzwischen aber mit keiner von ihnen noch viel gemeinsam. Sie hat jedoch die Freude, nach ihrer Meinung gefragt zu werden, und genießt den Goldglanz einer Reputation in Sachen Sex. Sie ist unausgefüllt. Sie schreibt Gedichte, geht zu Dichterlesungen, pflegt ihr kleines Heim und wartet auf X. Sie hat wildwuchernde Topfpflanzen. Sie wird zunehmend weiß und odaliskenhaft. X. verbringt etwa vier

Nächte pro Woche mit Helen, etwa drei mit Y., was doch gewiß ein Sieg für Helen ist.

Er arbeitet gut. Y. ist, nach dem Zwischenspiel mit dem Preis und dem bißchen Anerkennung, in ein Loch der Erfolglosigkeit gefallen. Aber sie freut sich, daß X. gut arbeitet. Das Atelier war eine gute Idee. Sie argwöhnt, daß X. von Zeit zu Zeit Mädchen mit dorthin nimmt, aber sie will es nicht genau wissen. Jedenfalls ist er zufrieden.

Y. ist Helen dankbar dafür, daß sie mitgeholfen hat, ihr Leben zu verbessern. Nachmittags kommt Helen manchmal zu Besuch, wie Y. auffällt, immer dann, wenn sie weiß, daß X. zum Unterrichten außer Haus ist, und sie trinken Kaffee, sprechen über die Männer im allgemeinen und über X. im besonderen, und Helen hilft ihr, die Kinder zu Bett bringen. Die Kinder beherrschen Y., und für X. sind sie uninteressant. Einmal hat X. versucht, sie zu malen, hat aber das Wesentliche an ihnen nicht erfassen können. Und obwohl er ihnen Phenobarbiturate eingegeben hatte, um sie ruhig zu halten, zappelten sie trotzdem. Nichts kann sie davon abhalten, zu zappeln und zu quengeln. Keine Drohungen, kein Anschreien, keine Bestechung, kein Lächeln und keine Drogen.

»Du mußt dir einen Liebhaber nehmen«, sagt Helen jetzt zu Jocelyn. »Einen Künstler oder Dichter. Ich werde sehen, was ich tun kann. Das sind die einzig lohnenden Männer.«

Jocelyn ist indigniert. Sie bereut, ihre Schwierigkeiten Helen anvertraut zu haben. Sie glaubt, illoyal gegen Philip gewesen zu sein. Als Helen das nächste Mal anruft, ist sie kurz und abweisend, und Helen ruft eine ganze Weile nicht mehr an.

Jocelyn eröffnet ein Einkaufskonto bei Harrods und überzieht es hemmungslos. Sie kauft sich Reifenohrringe aus massivem Gold, die jeder für Blech hält.

Philips Brief wegen der Striptease-Tänzerin, in dem er seine zehn Guineen zurückverlangt, bleibt unbeantwortet. Nur ungezogenes, demütigendes Schweigen. Philip grübelt. Er meint, seine Bekannten beobachteten ihn und warten darauf, daß er die Situation bereinigt.

Eines Samstagabends nach einem harten Rugbyspiel und zwei aufrührerischen Stunden in der Kneipe nimmt Philip sich ein Taxi und fährt statt nach Hause zu Jocelyn zur

Wohnung des Mädchens, um gewissermaßen Zahlung in Naturalien zu erzwingen.

»Von einer Hure darfst du dich nicht zum Narren machen lassen«, hatte Butch nachmittags im Umkleideraum zu ihm gesagt, als sie beide von Seife und Schweiß glitschig waren und sich in einem Augenblick der Wahrheit ganz nah zu kommen schienen. »Das ist etwas, woran du sonst dein Leben lang denkst.«

Daher donnert und ballert Philip jetzt an ihre Tür. Das Mädchen, das weder hager und ältlich noch die Schwester seines besten Freundes ist, vielmehr drall und jung, und zotig spricht, läßt ihn ein und anerkennt ihn als Sieger. Philip zieht sich recht gut aus der Affäre, hat aber das Gefühl, daß sie ihn auslacht, wofür er sie ein bißchen schlägt.

Verwirrt und deprimiert kehrt Philip zurück zu Jocelyn. Er erzählt ihr die ganze Sache und bittet sie um Verzeihung.

»Ich verzeihe dir«, sagt sie (was soll sie auch sonst tun? Sie sind seit einem Monat verheiratet) und sitzt auf dem Fußboden am Gaskamin, während er in heilsamem Schlaf auf dem Sofa schnarcht. Sie weint ein bißchen, aber nicht viel, und mehr über ihre Lage als über Philips Untreue, die ihr, nun sie eingetreten ist, eine kosmische Unvermeidbarkeit zu haben scheint. Sie hat immer darauf gewartet, daß die Welt – wenn sie sie schon nicht betrügt – doch ihre Bitte um Glück ignoriert. Möglicherweise hat ihre Jugend sie jahrelang für die Wahrheit blind gemacht, doch jetzt sieht sie die Wirklichkeit wieder klarer. Der Gaskamin ist schadhaft, er pufft und knallt, und eine Flamme brennt klein und blau statt golden und kräftig. Jocelyn dreht am Haupthahn in der Küche das Gas ab, vergißt aber, den Kamin selbst abzudrehen, bis die Katze, die nach ihrer Gewohnheit oben auf dem Bücherregal schläft, stöhnt und bewußtlos herunterfällt.

Es gibt fast einen bösen Unfall. Jocelyns Leben ist voll von bösen Unfällen.

Philip erzählt jahrelang die Geschichte, wie die Katze vom Bücherregal fiel und ihm das Leben rettete.

Am Samstag darauf spielt er Rugby mit mehr als der üblichen Heftigkeit und fährt Butch mit seinen schweren Stiefeln seitwärts an den Kopf. Butch hat Gehirnerschütterung, und als er aus der Klinik kommt, muß Sylvia zu ihm in die Wohnung ziehen, um ihn zu pflegen.

Das paßt sowohl Butch wie Sylvia gut. Sie liegen da und halten sich umschlungen, beide besorgt, durch keine Bewegung Butchs Verletzungen zu verschlimmern. Ihre auf diese Weise unterdrückte Leidenschaft verwandelt sich in den Goldglanz der Liebe, der ihnen prächtig zustatten kommt, wenn nicht für Jahre, so doch für Monate.

Die verzeihende Jocelyn und Philip, dem verziehen wurde, nehmen ihr Eheleben wieder auf. Sie sind höflich zu einander, freundlich und vielleicht ein klein wenig verlegen wegen der Intimitäten des Ehelebens. Jocelyn stellt fest, daß sie sich ihres Körpers stärker schämt, als sie je für möglich gehalten hat, und zieht sich im Badezimmer aus. Er, der seifig und nackt unter Männern so fröhlich ist, tut das schließlich auch. Er ist ein rücksichtsvoller und treuer Gatte. Er und Butch werden nie wieder miteinander Rugby spielen. Als Butch genesen und wieder auf dem Spielfeld ist, hat Philip damit aufgehört. Er beginnt statt dessen mit Tennis, damit Jocelyn und er samstags gemeinsam Sport treiben können. Stillschweigend lassen sie einander abwechselnd gewinnen.

Bald darauf wird Philip Abteilungsleiter der sich rasch vergrößernden Firma Watson und Belcher und kurz danach, als das Schlafzimmer frisch gestrichen wird, zieht er in eines der Einzelbetten. Es gibt beinahe einen peinlichen Augenblick, als der Umzug aus dem Doppelbett vollzogen wird, und beinahe hätte Jocelyn protestiert, aber dieser Moment geht vorüber. Philip achtet darauf, sich mindestens einmal im Monat zu Jocelyn ins andere Bett zu verfügen und manchmal sogar noch öfter, wenn er einen Kunden in einen Pornofilm oder einen Striptease-Klub geführt hat, und die Erinnerung daran ihm noch im Kopf spukt.

Aus Freundlichkeit gegenüber ihrem Mann übt Jocelyn sich in sexueller Interesselosigkeit, ja sogar Abneigung. Schließlich entschuldigt sie sich vor aller Welt wegen ihrer Frigidität. Sie läßt die festlichen Tapeten von den Wänden kratzen, die Wände rein weiß tünchen und fängt an, Antiquitäten zu kaufen. Sie ist stolz auf ihr Heim. Sie gibt Vormittagskaffees für ein paar nette, befreundet Damen, die alle Einkaufskonten bei Harrods haben. Noch immer schreibt sie nicht an Miss Bonny, obwohl sie hört, daß Miss Bonny jetzt in einem Häuschen in Westmoreland wohnt, zusammen mit Miss Tippin, Lateinlehrerin.

Stalin stirbt. Jocelyn denkt an das Amt und überlegt, von welchen Schrecknissen die jetzt dort zehren werden, nun ihr Dämon dahin ist. Sie überlegt, ob sie nicht wieder arbeiten gehen soll, aber Philip ist davon nicht begeistert.

Jeden Monat fahren Philip und Jocelyn jeweils zu den Schwiegereltern. Das junge Paar übernachtet in einem Gästezimmer, das sich in beiden Häusern bemerkenswert gleicht. Es hat rosa Nachttischlampen, ein riesiges Doppelbett und Chintzvorhänge und blickt auf einen gepflegten Blumengarten. Philips Vater gibt Philip einen Rippenstoß und fragt nach den Striptease-Klubs; Philips Mutter bietet Jocelyn Topfpflanzen an und verkneift sich deutlich die Frage, wieso Jocelyn nicht schwanger ist.

Jocelyns Eltern sagen praktisch gar nichts.

Jocelyn schreibt an Miss Bonny und zerreißt den Brief. Sie hat Miss Tippin nie gemocht. Hockey eins, Hockey zwei, Hockey drei und los! Sonnige Winternachmittage, die Erde noch knusprig und knackig vom Frost, die Enden des Parks dunstverschleiert. Soll denn das alles gewesen sein?

Sie wird recht mager. »Sie wird sich, wenn sie so weitermacht, fürs Leben ruinieren«, schreibt Audrey an Sylvia und unterzeichnet mit Emma. »Sie kann über nichts anderes mehr reden als über Frisuren und Hüte.« Sie sollten aufs Land ziehen, meint Audrey-Emma. Philip sollte die Werbung aufgeben, ehe ihm die Seele total verfault. Wie können Menschen hoffen, glücklich zu sein, wenn sie ein so unnatürliches, antisoziales Leben führen? Audrey-Emma ist außerdem überzeugt, daß Jocelyn und Philip zuviel Kaffee trinken; wie jedermann weiß, ist das schlecht für die Leber.

Sylvia läßt sich nicht ausholen. »Ich sehe Jocelyn in letzter Zeit nicht viel«, schreibt sie. »Wir leben ziemlich weit vom Schuß.« In Wirklichkeit hat Butch sich schließlich doch mit Philip überworfen – er hat kein Verständnis für einen Mann, der freiwillig bei Rugby ausscheidet, um Tennis mit seiner Frau zu spielen, und macht es Sylvia schwer, die Freundschaft aufrechtzuerhalten.

Sylvia fühlt sich müde und krank. Sie ist schwanger, und Butch ist nicht zufrieden, wenn er ihre aufgetriebene und verzerrte Figur ansieht. Er nennt sie öffentlich Fettsack und wundert sich in Gegenwart von Freunden und Kneipenbekanntschaften über ihren zunehmenden Umfang. Butchs

Scheidung wird langwierig, teuer und kompliziert. Er und Sylvia haben jetzt ein Häuschen in Dulwich gemietet, es ist schwer, finanziell über die Runden zu kommen: Die Anwälte von Butchs Ehefrau bestanden auf einem Interimsunterhalt von einem Drittel dessen, was Butch bei seiner Staubsaugerfirma verdient.

Sylvia leistet Heimarbeit als Redakteurin einer Buchhalterzeitschrift. Sie hat zu kämpfen, um deren Inhalt zu begreifen und ist blaß vor Anstrengung und Langeweile. Aber es gibt wenigstens einen Fernseher – die BBC überträgt abends live ein paar Shows. Der Fernseher hat einen Bildschirm von acht Zoll.

Sylvia sieht nicht gern fern, aber Butch wartet begierig darauf, daß das Programm anfängt. Sie haben zur Zeit wenig Gesprächsstoff, und irgend etwas muß das Schweigen aufsaugen.

Hier unten bei den Frauen.

Ich habe auf meiner Parkbank Gesellschaft bekommen. Zwei junge Mädchen lassen sich kichernd neben mir nieder. Sie legen ihre Päckchen ab und ziehen ihre Stiefel aus. Es sind Freundinnen, und sie sehen sich ähnlich. Sie haben den gleichen schlanken Körper, langes, glattes Haar, rundliche mollige Gesichter, willige Augen und unreine Haut. Sie sind angeregt und fröhlich. Sie betrachten mich aus den Winkeln ihrer unruhigen Augen, als erwarteten sie von mir einen Klaps. Warum sollte ich sie schlagen? Sie gefallen mir.

Die eine wird demnächst heiraten. Sie hat die Kleider für die Brautjungfern in einer Tragtüte bei sich. Sie sind gelb und durchsichtig. »Das wird den Geistlichen aufregen«, sagt sie befriedigt.

Sie schwatzen. Sie ringen nach Luft und quietschen. Die Braut ist schwanger und ist es gern. Ihre einzige Sorge ist, ob ihr an dem Tag ihr Brautkleid noch paßt. Sie sprechen über die Zeremonie, den Empfang, die Kleider, die Geschenke. Sie sprechen von allem und jedem außer dem Bräutigam. O gesegnetes Paar.

In zehn Jahren – nein, nicht daran denken. Das Hochhaus, in dem ich wohne, ist voll von Frauen, die einmal solche Mädchen waren und die jetzt in ihrer Verzweiflung Bingo spielen und ihre Kinder zu Hause einsperren; sie sind bleich, verhärmt, altern schlecht und haben nicht einmal mehr den Mut, sich eine Gratis–Plastikblume hinters Ohr zu stecken.

Wenigstens gesteht der Geistliche ihnen eine Seele zu. Wenigstens tanzen sie wie Eintagsfliegen kurz in der Sonne, ehe sie in der Dunkelheit untergehen.

Die beiden sammeln ihre Päckchen wieder, winden sich in ihre Stiefel, beäugen mich mit einer gewissen neugierigen Freundlichkeit – sie verstehen nicht, wie ich so allein, still und ehrbar dasitzen kann ohne einen Freund – und gehen auf und davon, ihrer Zukunft entgegen.

Ich sitze auf meiner Parkbank und weine um alle Frauen dieser Welt.

Ich glaube, daß wir uns möglicherweise mitten in den Wehen einer Evolution befinden, die wir ertragen müssen, während wir uns nolens volens in etwas Absonderliches und Wunderbares verwandeln. Wir keuchen, wir schnappen nach Luft mit schmerzenden Lungen, wie die Kreaturen, die als erste aus dem Meer hervorkrochen, um auf dem Festland zu leben.

Die Sonne kommt heraus. Eine alte Frau: oben Filzhut, unten schwarze Gummistiefel, geht an mir vorbei und lacht in den Wind. Sie widerlegt mich. Ihr Gesicht ist rosig, hager und vergnügt. Sie scheint das zu sein, was die Natur geplant hat. Aber ich glaube nicht, daß Byzantia so aussehen wird, wenn sie mal fünfundsiebzig ist.

Ich weine über meine Bosheit, Grausamkeit, Selbsttäuschung und Dummheit.

Die Kinder kommen heran. »Was ist denn?« fragen sie. »Wind in den Augen«, sage ich. »Gehen wir heim?« frage ich. »Nein«, sagen sie, »noch nicht.«

Wo haben wir Wanda und Scarlet verlassen? In längstvergangener Zeit, auf schlechtem Fuße miteinander, verschlimmert durch Byzantias Schlaflosigkeit.

Wanda befindet sich im Widerstreit mit der Welt. Scarlet ist fett und picklig. Byzantia zahnt.

Doch die Rettung naht.

Wanda hat einen Freund.

Es hat Schwierigkeiten mit dem Unterrichtsministerium gegeben. Wandas Job ist in Gefahr. Nicht, wie sie prophezeit hat, wegen ihrer politischen Vergangenheit, sondern weil sie einer Klasse von Neunjährigen genau erklärt hat, woher die kleinen Kinder kommen. Sie hat eine schematische Darstellung an die Tafel gezeichnet. Die Eltern haben sich beschwert. Die Presse hat sich eingemischt. Die Tatsache, daß Scarlet eine ledige Mutter ist, wird in anonymen Briefen ans Unterrichtsministerium als Beweis dafür zitiert, daß Wanda für das Lehramt ungeeignet ist.

»Sie haben völlig recht«, sagt Scarlet. »Du bist ungeeignet. Und überhaupt, warum sollen Kinder die Wahrheit wissen? Wo sie so abstoßend ist. Ich würde viel lieber glauben, daß ich aus dem schwarzen Köfferchen des Doktors herausgekommen bin, als aus dir.«

»Geh und leb bei deinem Vater«, sagt Wanda. »Ich will dich nicht.«

Es ist ihre normale Retourkutsche, wenn Scarlet zu weit geht und es bringt ihre Tochter garantiert zum Schweigen.

Wandas Freund ist ein Schulinspektor, den man beauftragt hat, das Vorkommnis zu untersuchen. Er ist ein langer, leicht gebeugter Mann mit angenehmen Zügen und einem Kaninchenmund, mit flatternden Hosen wie eine Vogelscheuche und Taschen voller – wie Scarlet glaubt – Bindfäden und weißer Mäuse. Er ist Briefmarkensammler und spielt auf dem Spinett. Seine Frau hat ihn kürzlich verlassen. Sie ist mit einem anderen Mann auf und davon.

Er zeigt Wanda Fotos von seiner Frau. Sie sieht Scarlet nicht unähnlich, nur ohne die Pickel. Wanda macht darüber eine Bemerkung, und Edwin Barker, der fünfundfünfzig ist, betrachtet Scarlet mit erhöhtem Interesse. Er hat ein Reihenhaus in Lee Green, einem Londoner Vorort weit außerhalb.

Edwin führt Wanda an drei aufeinanderfolgenden Sonntagnachmittagen aus. Er verzeiht ihr, daß sie eine Geschiedene ist, daß sie Kinder sexuell aufklärt und daß sie eine ledige Mutter zur Tochter hat, aber Wanda liegt nichts an seiner Verzeihung. Er lädt sie zu Aufführungen eines Liebhabertheaters ein und zu Fahrten aufs Land in seinem kleinen Wagen, aber ihr liegt nichts an Laienspiel, und sie sieht nichts Reizvolles am Land um des Landes willen. Er rettet ihr ihren Job, und das weiß sie zu schätzen. Am dritten Sonntag parkt er den Wagen und versucht sie zu küssen, aber Wanda findet das Vorhaben widerwärtig und wehrt ab. Er ist beleidigt und verdutzt. Auf dem ganzen Heimweg erzählt er davon, wie er von einem Briefmarkenhändler um drei Pfund zehn Shilling betrogen worden ist.

Am nächsten Tag, einem Montag, ruft Edwin bei Scarlet an, als Wanda in der Schule ist und lädt sie und Byzantia für den kommenden Sonntag ein. Scarlet nimmt an, fürchtet sich aber, es Wanda einzugestehen.

Sechs Tage lang denkt sie über Skinny Winny nach – wie Wanda ihn nennt – und hat Angst vor Wanda und hat sich faktisch in Edwin verliebt. Nun, es ist niemand sonst da, auf den sie ihre Gefühle richten kann.

Am Samstag ist sie besonders nett zu ihrer Mutter, bringt ihr das Frühstück ans Bett, sagt ihr, wie gut sie mit Byzantia ist, bietet sich an, ihr die Knöpfe anzunähen, und Wanda fragt sie, was los ist. Sie haben sich sehr gern, diese beiden:

aber sie leisten Widerstand gegen diese Zuneigung, kreisen umeinander in der größtmöglichen Entfernung, die unfreundliche Worte schaffen können, und müssen doch ihre Umlaufbahn umeinander durchmessen.

»Skinny Winny hat mich und Byzantia für morgen zu sich eingeladen«, bekennt Scarlet. »Na ja, er hat Byzantia gern und wird sie nicht verlieren wollen und weiß, daß du ihn unausstehlich findest. Drum muß er mich einladen.«

Wanda lacht nur.

»Er braucht eine Frau«, sagt Wanda. »Er möchte befördert werden, und bei der Postenjagd haben verheiratete Männer bessere Chancen als Junggesellen. Er zahlt auch ungern Einkommensteuer für Junggesellen. Für Byzantia könnte er Kindergeld beantragen. Bei dem Gehalt, was er zur Zeit kriegt, käme unterm Strich das Gleiche heraus, wie wenn ich ein Gehalt bringe oder er für dich und Byzantia Familienbeihilfe verlangt. Um solche Sachen macht er sich Sorgen. Für einen Mann wie ihn bist du eine gute Investition, und es wird ihm Freude machen, dir zu verzeihen.«

»Willst du damit sagen, daß du nichts dagegen hast, wenn ich gehe?« Scarlet klingt enttäuscht.

»Natürlich nicht, meine Liebe«, kräht Wanda, »fort mit dir und amüsier dich gut. Vögle dich krumm und lahm, wenn es das ist, was du möchtest.«

Scarlet ist höchst indigniert. Aber sie geht. Sie und Edwin kommen gut miteinander zurecht: Sie macht Tee und gebutterte Teekuchen. Sie halten sich an den Händen. Scarlet gefällt die behagliche Mittelmäßigkeit von Edwins Heim. Ihr gefällt der Gedanke an einen Toaster. Ihr gefällt, daß man ihr verzeiht. Ihr gefällt die Art, wie er Byzantia auf den Knien hält und Zukunftspläne für sie schmiedet. Ihr gefällt, daß er ehrbar ist. Sie sehnt sich nach Ehrbarkeit.

Später entdeckt sie, daß es ihr gefällt, mit ihm gesehen zu werden. Die Leute glotzen. Er ist so alt und mager und sie so jung und drall. Man hält sie irrtümlich für Vater und Tochter, bis er sie an der Hand nimmt oder seinen mageren Arm um sie legt und das Gegenteil beweist. Das amüsiert sie.

Sie hat es sogar gern, wenn er den Wagen parkt und sie küßt. Er ist so alt. Sie ist sich bewußt, daß seine Vergangenheit weit, weit zurückreicht, ist sich der großen geheimnisvollen Summe seiner Existenz bewußt, die ihr jetzt mit dem Druck seiner Lippen offeriert wird.

Nicht ihre Begierde wird geweckt, sondern ihre Phantasie. Aber wie kann sie das wissen? Sie hat das Gefühl, ihn zu lieben. Wenn sie daran denkt, daß er sie küßt, ist sie einfach entzückt. Kein Mensch kann sie verstehen.

Edwin kommt täglich zu Besuch in die Wohnung, nickt Wanda ein klein wenig, nur ein klein wenig verlegen zu und macht Scarlet weiterhin den Hof. Er läßt sie nicht mehr putzen gehen. Er überreicht ihr schweigend jede Woche zwei Pfund fünf Shilling. Byzantia lacht und gurgelt, wenn er sich über sie beugt und freundliche Fältchen sich um seine blassen Augen ziehen. Er ist ein gutmütiger Mann. Er ist ein alter Mann. Sein Rücken ist schwach – er hat rätselhafte Kreuzschmerzen, derentwegen er einen Arzt nach dem anderen konsultiert. Byzantia weiß das nicht. Sie streckt ihm die Ärmchen entgegen. Er hebt sie hoch und versucht, dabei keine Grimasse zu schneiden. Sie lieben sich: der Alte mit den flattrigen Hosenbeinen und die rundliche, lockige, blitzgescheite Byzantia.

Byzantia will nicht im Bettchen bleiben. Sie will nicht einschlafen. Sie ist ein anstrengendes Kind. Wanda ist müde. Wanda hat Edwin satt, sie hat Scarlet satt, das Leben satt, sie hat es satt, Byzantia immer wieder ins Bett zu heben, während Scarlet und Edwin schattige Wege entlangfahren und sich – obwohl sie nicht zusammenpassen – küssen.

Wanda ist barsch und kurz angebunden. Wanda läßt ihre Kinder in der Schule nachsitzen.

Edwin macht seinen Heiratsantrag.

Scarlet nimmt ihn an.

Die Leute reden. Kim ruft Wanda an. »Misch dich nicht ein«, sagt Wanda. »Entweder du sorgst für ihren Unterhalt, oder du hältst dich da raus. Hör mal, er ist ein Mann und kann ihr ein Heim bieten. Großer Gott, ich glaube sogar, sie liebt ihn.«

Kim hält sich heraus.

»Wie man sich bettet, so liegt man«, sagt Susan unverzeihlicherweise. Und damit zieht sie sich in ihr Bett zurück, mit Migräne, und nimmt Simeon mit, umklammert ihn und stöhnt vor Schmerz. Er lächelt, glaubt, daß sie spielen will, weil es seine übliche Spielzeit ist. Sie findet ihn fürchterlich, gibt ihm einen Klaps und wünscht ihre Mutter herbei. Als ihr einfällt, daß jetzt sie es ist, die für ihre Mutter sorgen muß – denn Mrs. Watson hat mittlerweile herausgekriegt, daß Mr. Watson eine Freundin hat –, weint Susan. Sie hat es jetzt furchtbar schwer und tut sich leid.

Audrey schreibt vom Lande ihre Glück- und Segenswünsche. Sie unterzeichnet mit Emma, erwähnt, daß die Töpferwerkstatt durch eine Freilauf-Hühnerfarm ersetzt werden wird, und behauptet, die Ehe sei eitel Wonne. Sie näht eine Flickendecke. Die wird sie Scarlet für ihr Ehebett schicken. Sie freut sich, daß nun doch alles gut geworden ist. Kinder brauchen einen Vater. (Audrey ist im sechsten Monat schwanger und scheint ihren Zustand zu genießen. Jocelyn, die sie besucht hat, klagt allerdings über die dortige Atmosphäre aus Hühnerfedern, Vollkornbrot und Hoffnungslosigkeit.)

Jocelyn versucht Scarlet abzuraten. »Wenn du ihn heiratest«, sagt sie »wirst du eine Hausfrau von Lee Green.«

»Ich bleibe ich selber«, sagt Scarlet, »nur viel behaglicher und ohne daß meine Mutter versucht, mein Leben kaputtzumachen.«

»Aber man bleibt nicht man selber, wenn man heiratet«, sagt Jocelyn. »Vor der Welt begibst du dich auf das Niveau deines Mannes. Du übernimmst seinen Status, sein Einkommen, seinen Freundeskreis und seine Art zu leben. Seine Kaste, wenn du so willst. Du wirst zu einem Aspekt von ihm. Es ist ganz in Ordnung, wenn ein Mädchen hinaufheiratet, aber nie und nimmer darf es hinunterheiraten.«

»Du bist ein entsetzlicher Snob«, sagt Scarlet.

»Sei nicht böse«, bittet Jocelyn. »Ich will nur nicht, daß du dein Leben ruinierst, das ist alles.«

»Es ist sowieso ziemlich ruiniert«, erklärt Scarlet. »Außerdem, woher weißt du, daß es so ist? Vielleicht übernehme nicht ich seine Art zu leben; vielleicht übernimmt er meine.«

»Er ist fünfundzwanzig Jahre älter als du«, sagt Jocelyn. »Es ist nicht sehr wahrscheinlich, nicht wahr?«

»Zweiunddreißig«, sagt Scarlet voller Genugtuung, und Jocelyn ist schockiert. »Außerdem braucht Byzantia einen Vater.«

»Aber doch nicht diesen, Scarlet! Ich bin sicher, daß er an

frühe Erziehung zur Sauberkeit glaubt und an Disziplin und Kinder in dunkle Schränke einsperrt.«

»Hör mal«, sagt Scarlet, »es tut mir leid, daß du ihn nicht magst –«

»Es ist nicht so, daß ich ihn nicht mag«, fleht Jocelyn. »Es ist nur, weil er so unpassend ist.«

»Vielleicht ist er nicht – na ja, besonders gebildet und auch nicht wirklich an abstrakten Dingen interessiert, aber er ist lieb. Und außerdem trägt er Hosen und will mich heiraten, Himmel noch mal.« Scarlets Stimme wird schrill. Jocelyn hat einen Papagei, der aus Sympathie zu kreischen anfängt. Die Lungen der Katze waren nach dem Gasunfall geschwächt, und sie starb ein paar Monate später. Philip kaufte Jocelyn einen Papagei, um sie aufzuheitern.

»Verlassen kann ich ihn immer noch«, sagt Scarlet schließlich, und Jocelyn ist noch mehr schockiert. Jocelyn glaubt, daß man für immer heiratet.

»So wie jetzt kann ich nicht weitermachen«, versucht Scarlet ihr zu erklären. »Überall herumschlafen. Ich mag das nicht wirklich. Ich muß zur Ruhe kommen. Und ich habe es so satt, mir Geldsorgen zu machen um die Miete und Wanda und alles.«

Es ist ein Hilferuf nach Unterstützung und Verständnis, aber Jocelyn wird noch distanzierter, eisiger und mißbilligender.

»Das ist alles so chaotisch«, sagt sie nur. »Du wirst nicht glücklich werden.«

»Byzantia ist es schon«, sagt Scarlet und macht Mutterliebe geltend. Jocelyn bleibt ungerührt. Sie zieht die Brauen hoch und schlürft ihren Tee mit abgespreiztem kleinen Finger. Sie nimmt keinen Zucker. Scarlet nimmt welchen. Jocelyn hat versehentlich Salz in die Zuckerdose getan und es vergessen.

»Was weißt du schon, was es heißt, Mutter zu sein?« fragt Scarlet, als der Tee in den Ausguß geleert und eine frische Tasse eingegossen ist und Erklärungen und Entschuldigungen vorbei sind. Jocelyn empfindet diese Bemerkung als grundlose Attacke, und man trennt sich kühl.

Scarlet lädt Jocelyn und Philip zu ihrer Hochzeit ein, aber sie kommen nicht. Jocelyn hat das Datum verwechselt. Als sie ihren Irrtum bemerken, sind sie eher erleichtert als enttäuscht. Jocelyn schildert Philip Edwin zwar, und er nimmt ein lüsternes Interesse an der Vereinigung dieser beiden so grundverschiedenen Körper, aber Scarlets Schicksal interessiert ihn im Grunde nicht. Seiner Meinung nach ist sie schon vor langer Zeit zur Schlampe geworden und hat die Welt der seriösen Leute freiwillig verlassen. Er hofft, daß diese Heirat sie etwas mehr von Jocelyn fernhalten wird. Er hat nicht gern mit Glücklosen zu tun. Er fürchtet, diese Krankheit könne so ansteckend sein wie Masern.

Sylvia freut sich, daß Scarlet heiratet. Sie sieht die Ehe als wünschenswerten Zustand. Butchs Scheidung zieht sich immer noch hin. Doch auf die Hochzeit geht sie nicht. Sie fürchtet, Jocelyn könne dort sein. Butch hat den Streit mit Philip beigelegt, jetzt ist es Sylvia, die sich noch zurückhält. Butch hat neulich eine erschütternd positive Bemerkung über Jocelyns Hintern gemacht. Sylvia findet seine Ausdrucksweise jetzt recht roh. Früher hat sie sie anregend gefunden. Sie ist sehr mager, und ihre Augen sind groß und dunkel.

Helen sagt von Scarlet einfach: »Sie macht es richtig. Er wird ihr ein guter Vater sein.« Und von Jocelyn: »Je frustrierter die Dame, desto ausdrucksvoller ihr Hintern.«

Wanda kann sich kaum dazu durchringen, mit Scarlet zu sprechen. War das alles, wofür sie so viele Entbehrungen auf sich genommen hat? Ihre Tochter in den Händen dieses grauen, gebückten Briefmarkensammlers zu sehen? Byzantia an die Nebenstraßen von Lee Green zu verlieren?

Ihr Ruf geht ihr an den Schulen voraus. »Miss Brown ist krank. Miss Rider kommt.« Die Anzahl der Fehlenden steigt rapide. Kleine Kinder greifen sich an den Magen und überzeugen ihre Eltern, daß sie krank sind.

Der ältliche Edwin bringt Scarlet zu seinem noch ältlicheren Vater, einem pensionierten Eisenbahner, der dies durch eine goldene Uhr beweisen kann. Der alte Mann kann Scarlet kaum sehen, denn seine Augen sind schlecht, aber das, was er sieht, gefällt ihm nicht. Er kann das Vorhandensein von Byzantia nicht begreifen. Als sie versuchen, es ihm zu erklären, glaubt er in seiner Verwirrtheit, daß sie ein fremder Besuch ist, der nicht wieder wegfahren will.

Die Hochzeitsvorbereitungen gehen weiter. Edwin kann nicht verstehen, warum Scarlets Vater nicht zahlt, da noch immer der Brautvater die Kosten der Hochzeit übernimmt. Scarlet bettelt und fleht ihn an, sich nicht an Kim zu wenden, aber Edwin tut es doch. Edwin schreibt an Kim und erbittet siebenundfünfzig Pfund zehn Shilling. Kim, zu verblüfft, um sich zu weigern, schickt einen Scheck über 50 Pfund. Edwin sieht davon ab, noch einmal zu schreiben und die sieben Pfund und zehn Shilling zu reklamieren und macht Scarlet ausführlich klar, wie großzügig und verständnisvoll er ist. Sie glaubt ihm

Ein kleines Problem stellt sich für Scarlet dennoch ein. Edwin erzählt ihr, wie das bei Liebenden so üblich ist, die Höhepunkte seines Lebens, und dabei erfährt Scarlet eine Anekdote, wie er und ein Freund es als junge Männer gemeinsam fertiggebracht haben, eine junge Bäuerin zu schwängern und dann die Gegend zu verlassen. Da sie falsche Namen angegeben hatten, war es der Frau unmöglich, einen von ihnen zu finden, wodurch Probleme vermieden wurden. Er erzählt diese Geschichte als Beleg für seine Schläue und Geistesgegenwart.

Scarlet schiebt Byzantia Stunde um Stunde im Kinderwagen und bemüht sich, ihre Liebe zu Edwin wiederzufinden. Byzantia hat Löcher in ihren Wollschuhchen. Ihr kleiner rosiger Zeh bohrt sich durch. Noch während Scarlet hinschaut, gibt ein weiterer Wollfaden nach, und sieh da, es erscheint Byzantias halbes Kinderfüßchen, kalt und nackt. Scarlet findet ihre Liebe zu Edwin wieder.

Die Pläne für die Hochzeit gehen weiter. Edwin fährt mit Scarlet für eine Woche in Urlaub. Sie tragen sich in einem Boarding House an der Südküste unter falschem Namen ein – »Johnson ist mal was anderes als Smith«, erklärt Edwin. »Verstehst du, ins Ausland hätten wir nicht fahren können. Die fragen nach den Pässen.« Er ist entzückt von dem Schwindel. Er bereitet ihm erotisches Vergnügen, und sie gehen schon am ersten Abend dort miteinander ins Bett. Als »Nicht-Ereignis des Jahres« bezeichnet es Scarlet Jahre später gegenüber Jocelyn. Doch am nächsten Tag hat er schlimme Kreuzschmerzen – der kalte Seewind, nimmt er an – und bittet die Pensionswirtin, ob sie in ein Zimmer mit zwei Betten umziehen könnten. »Damit ich nicht in Versuchung komme«, erklärt er Scarlet.

Auf dem Heimweg nach London hält er an, um auszutreten. Scarlet sieht ihn stehen, eine hohe, graue, gebückte Gestalt, sorgsam mit dem Rücken zum Wind, empfindet totalen Widerwillen und weiß, das sie verrückt ist. Aber sie will es nicht abblasen. Will es nicht.

Es kommt der Hochzeitstag. Das Ganze ist eine trübselige Angelegenheit in einem Standesamt. Der Standesbeamte, so möchte wenigstens Scarlet es sehen, wirkt verstört. Zwar ist er gewöhnt, reiche und kraftvolle ältere Männer mit hübschen jungen Mädchen zu verbinden, aber Edwin sieht aus wie ein Totenkopf. Edwins Rückenschmerzen an seinem Hochzeitstag sind schlimm.

Scarlet glaubt, er macht es nicht mehr lange. Sie ist entsetzt über sich. Sie nimmt seine Hand und drückt sie, wünscht ihm mit aller Kraft Gesundheit und Glück, will ihn gegen alles Böse schützen. Und doch hätte sie gern das Häuschen in Lee Green für sich allein. Es hat Teppichböden, rotgemustert mit gelben Zickzackstreifen.

Auch Wanda kommt nicht zur Trauung. Sie sagt, sie bleibt zu Hause und hütet Byzantia.

Der Empfang in einem Hotel in Lee Green ist eine ziemlich trostlose Sache. Es gibt warmen, süßen Wein, aufgeschnittenen Schinken, Kartoffelsalat und Schichtflammeri. Die Leute bleiben so kurz wie möglich und gehen, ohne miteinander über die Hochzeit zu reden. Es gibt nichts zu sagen.

Die Ehe wird monatelang nicht vollzogen. Edwin entdeckt Scarlets verheimlichte Schulden, das Kreditkonto eines Kaufhauses ist auf dreißig Pfund aufgelaufen – und ist der Ansicht, sie habe ihn absichtlich getäuscht. Er schmollt tagelang. Scarlet bietet an, arbeiten zu gehen, um die Schuld abzutragen, aber das bringt ihn nur noch mehr auf. Eine Ehefrau von ihm geht nicht arbeiten. Es ist das erste Mal, daß Scarlet so etwas hört.

Sie blickt in eine leere Zukunft. Byzantia hat wenigstens ein Zimmerchen für sich, und Edwin hat ihr ein Fries mit tanzenden Lämmchen für die Stange hinter dem Bett gekauft. Scarlet hängt es auf. Es sind plumpe, ordinäre Lämmchen, aber sie tanzen, Byzantia, meint Scarlet, wird in den kommenden Jahren alle Heiterkeit brauchen, die sie kriegen kann.

Edwin gerät aus seiner Schmollphase heraus in einen neuen Anfall von Rückenschmerzen. Scarlet fragt ihn nach Einzelheiten. »Die Ärzte sind Idioten«, sagt er, »die wissen nichts. Ein Fremdkörper drückt zwischen ein paar Bandscheiben. Das weiß ich. Ich fühle es. Etwas, das nicht dort hingehört. Sie behaupten, dort sei nichts. Sie sagen, ich bilde mir das nur ein.«

»Aber wenn es wehtut, muß doch was los sein«, sagt Scarlet.

»Natürlich«, sagt er. »Aber versuch mal, sie dazu zu bringen, es zuzugeben. Einmal haben sie mich sogar schon zum Psychiater geschickt.«

»Und was hat der gesagt?«

»Der? Es war eine sie. Die Welt ist verrückt.«

»Und was hat sie gesagt?«

»Sie hat gesagt, ich sei ein verhinderter Homosexueller.« Und er lacht. Er kann lachen. Er hat ein sehr liebes Lachen, wie ein kleiner Junge, der nur zu genau weiß, wie man sich einschmeichelt. Scarlet lacht auch.

»Und was, bitte, hätten Rückenschmerzen damit zu tun, daß ich ein verhinderter Homosexueller bin, selbst wenn ich es wäre, was ich natürlich nicht bin? Die Leute sind schon wirklich sonderbar. Schließlich war ich zweimal verheiratet.«

»Und was glaubst du, ist das, was zwischen deinen Bandscheiben klemmt?« fragt Scarlet.

»Ein bißchen Kies, denk ich mir. Ein bißchen Dreck. Vermutlich etwas winzig Kleines. Tut mir leid. Viel hast du nicht von deinen Flitterwochen, was?« Und er lacht nervös. Er empfindet freundschaftlich für sie, fürsorglich und hat die Sache mit den dreißig Pfund ganz und gar verziehen, nun, da ihm der Rücken weh tut und er von seinen ehelichen Pflichten entbunden ist.

Eine Zeitlang macht es Scarlet nichts aus. Sie schläft in Byzantias Zimmer, Edwin sagt, da wäre besser. Sein ewiges Hin- und Herwälzen könnte sie stören. Scarlet röstet Toast im Toaster. Sie fährt Byzantia zum Spielplatz. Sie kauft in der High Street ein. Sie lächelt die Nachbarn huldvoll an. Sie, die gewöhnt ist, sich anderen Leuten unterlegen zu fühlen, fühlt sich ihnen jetzt überlegen. Als gebildetes, kultiviertes Mädchen steht sie über ihren Mann, der alt und krank ist, über ihren Nachbarn und über ihren Mitkunden.

Edwin verläßt um acht Uhr dreißig morgens das Haus und kommt um fünf Uhr wieder. Er ist ein Mann regelmäßiger Gewohnheiten. Er zahlt Rechnungen an dem Tage, an dem sie eintreffen. Sie bekommt regelmäßig ihr Haushaltsgeld. Manchmal reist er für die Unterrichtsbehörde im Lande umher, dann sorgt er dafür, daß sie in seiner Abwesenheit alles hat, was sie braucht.

Sie fühlt sich gut versorgt.

Es wundert mich nicht, denkt sie, daß er Inspektor ist. Das Inspizieren liegt ihm im Blut. Er fährt mit dem Finger über Türrahmen, er dreht die Gasflammen klein, wenn er in die Küche kommt. Er erträgt es nicht, wenn sie hoch brennen. Er inspiziert Byzantias Haar, Fingernägel und Hals, ob sie nicht schmutzig sind.

Scarlet wartet darauf, daß er stirbt.

Monate vergehen.

Die Ehe wird erstaunlicherweise eines Nachts ganz rasch vollzogen, in einem Boarding House an der Südküste. Edwin und Scarlet haben einen Geistheiler aufgesucht, einen alten Freund von Edwin. Scarlet stellt sich ihm vertrauensvoll vor und meint, wenn der alte Mann überhaupt eine übersinnliche Wahrnehmung von allem hat, wird er auch wahrnehmen, daß sie jemand Außergewöhnliches ist. Doch der Spiritualist reagiert nicht gut auf sie. Er mag sie ersichtlich nicht. Er ist auf Seiten Edwins.

Scarlet ist deprimiert. Der Vollzug der Ehe – obwohl er sich nicht wiederholt – heitert sie nicht im geringsten auf. Im Gegenteil. Es bedeutet, daß sie die Ehe nun nicht mehr annulieren lassen kann.

Edwin wird kritischer, begieriger, etwas zum Tadeln zu finden. Sie streiten. Er will nicht baden. Das tut seinem Rükken nicht gut, sagt er. Er sitzt stundenlang auf dem Klo.

»Du impotenter dreckiger Alter«, kreischt sie.

»Du geile Hure!« knurrt er.

Wenn beide ruhiger sind, behauptet er, daß das Geschlechtliche nur ein kleiner Teil des normalen Lebens ist. Ihre bisherige Lebensauffassung sei irrig. Sie habe einfach in einer verdrehten, perversen Clique verkehrt, aus der er sie errettet habe. Er zitiert mehrere Ehepaare seiner Bekanntschaft in den Fünfzigern, die – wie Edwin sich ausdrückt – »es nie machen«. Seine Eltern hätten es auch nie gemacht.

»Und wieso bist du dann geboren?« fragt Scarlet.

»Es gab nur dieses eine Mal«, behauptet Edwin. »Und das war nicht zum Vergnügen, das war, um ein Kind zu zeugen. Du willst kein zweites Kind (versichert er ihr, obwohl er sie nie gefragt hat), Byzantia genügt dir sowieso völlig – und übrigens, wenn sie erst in den Kindergarten kommt, findest du nicht, daß man sie unter einem normalen Vornamen eintragen sollte? Linda zum Beispiel? Es ist ja nicht nur, weil man schon um ihretwillen ihren etwas unkonventionellen Start im Leben nicht noch unterstreichen möchte, sie trägt doch meinen Nachnamen und gilt als mein Kind. Nein, ich verstehe deine Klage wirklich nicht. Du muß ein sehr sonderbarer Mensch sein. Wenn du dich sexuell vernachlässigt fühlst, kann ich dir nur vorschlagen, hie und mal eine Nacht wegzubleiben. Es wird mir zwar das Herz brechen«, fügt er hinzu, »aber wenn du wie eine Hure empfindest, so ist das eben mein Kreuz, und ich muß es tragen.«

Manchmal allerdings spürt er, daß er sie enttäuscht hat. Tränen treten in seine Augen (Edwin weint leicht, er ist sehr sentimental und bei Freundlichkeit leicht gerührt. Er weint, wenn Byzantia, die ihn gern hat, trotz seiner Kontrolleursgewohnheiten, ihm einen Geburtstagsgruß zeichnet oder irgendeine liebevolle Geste macht).

»Ich weiß, ich bin dir zu nichts nütze«, sagt Edwin. »Aber ich bin ein kranker Mann. Mir bleibt nicht mehr viel Zeit auf der Welt. Hab doch ein bißchen Geduld mit mir.«

»Ja«, sagt sie und hat sie dann auch.

Manchmal beschuldigt er sie, sie warte nur auf seinen Tod, um sein Geld zu erben. 400 Pfund in Gold. Das Haus, das 2500 Pfund wert ist, mit einer noch abzuzahlenden Hypothek von 1500 Pfund. Ein anderes Mal verdächtigt er sie, sie wolle ihn dadurch verrückt machen, daß sie ihm das Wort im Mund herumdreht. Wenn er so redet, klingt er wirklich wie ein Irrer, und sie könnte ihn als solchen abtun, wüßte sie nicht, daß es wahr ist, was er sagt.

Sie wünscht sich, daß er stirbt, sie möchte ihn eingesperrt, fortgeräumt, begraben, weg.

Doch als er tatsächlich für eine Untersuchung ins Krankenhaus gebracht wird, besucht sie ihn täglich, betet um seine Genesung, kämpft mit Ärzten, Schwestern, Pflegern um seine Behaglichkeit, macht sich Sorgen um ihn, empfindet Teilnahme und pflegt ihn bis an die Grenzen ihrer Kraft wieder gesund.

Während seiner Genesung singt er, es ist eine vergnügte Zeit. Scarlet war gut zu ihm, und er ist glücklich.

Überm Frühstück sanken hin
Onkel Alf und Tante Lynn.
Daher muß die Warnung bleiben,
niemals morgens es zu treiben.

Und er schaut Scarlet listig an, um zu sehen, ob sie schokkiert ist. Sie ist es. Ihre Mutter hat unanständige Lieder gesungen. Muß dieser Mann es auch tun?

Scarlets Freundinnen besuchen sie nicht. Lee Green liegt weit draußen, und außerdem vertragen sie sich nicht mit Edwin. Manchmal schreiben sie ihr. Scarlet antwortet nicht. Jocelyn gibt Partys und lädt Scarlet dazu ein. Scarlet erscheint nicht. Sie will nicht bemitleidet werden.

Edwin und Scarlet sehen Wanda sehr selten. Wanda hat sich den Kernkraftgegnern angeschlossen, und das erschreckt Edwin. Kommt man doch einmal zusammen, ist sie brüsk und offiziell, und das erschreckt und beunruhigt Scarlet.

Wanda ist nur dann zufrieden, wenn sie gerade nicht an ihre Tochter denkt. Neuerdings fällt es ihr nicht schwer, an etwas anderes zu denken, denn sie hat einen Liebhaber. Es ist ein zwanzigjähriger Lastwagenfahrer, den sie in der Kneipe kennengelernt hat. Dieses Verhältnis stößt alle vor den Kopf: Kim, Susan, Scarlet, Edwin, ja sogar Lottie in ihren letzten paar Monaten – das gibt der Sache eine gewisse heitere Wucht. Scarlet meint, was sie kann, kann ich auch – tut es aber nicht.

Noch unzufriedener ist Wanda mit dem Verhalten ihrer Tochter, als diese, statt ihre Existenz dadurch zu rechtfertigen, daß sie eine Lee-Green-Ortsgruppe der Kernkraftgegner gründet (man kann sich kaum vorstellen, daß Edwin etwas derartiges zulassen würde), der Ortsgruppe einer antikommunistischen Partei beitritt. Denn Edwin hat herausgefunden, daß Wanda einmal Kommunistin war. Er könnte ihr verzeihen, daß sie unschuldige Kinder sexuell aufklärt, doch ihre politische Vergangenheit kann er nicht verzeihen, die – so wie die Zeiten jetzt sind – seine Stellung gefährdet.

Wieder einmal beschuldigt er Scarlet, für ihn nachteilige Informationen zurückzuhalten. Edwin setzt ihr des längeren – bis tief in die Nacht, sieben Nächte der Woche – auseinander, daß sie ihn unter Vorspiegelung falscher Tatsachen geheiratet hat. Er, ein hochgeachteter Mann in öffentlicher Stellung, hat es aus Herzensgüte unternommen, eine gefallene Frau zu heiraten und ihre uneheliche Tochter in sein Haus zu nehmen. Ist das nun ihre Art, sich zu revanchieren?

Scarlet tritt nur zu gern der antikommunistischen Partei bei, wenn Edwin bloß endlich davon aufhört. Wanda jedoch kann es nicht verzeihen.

Es vergehen Jahre.

Scarlet geht umher wie ein Zombie. Man betrachte Scarlets Persönlichkeit, als sei es eine Pflanze. Im Winter verschwindet sie unter der Erde. Wenn der Frühling kommt, zwängt sie sich nach oben durch, notfalls durch Beton, um ans Licht zu gelangen.

Scarlets Frühling scheint lange auf sich warten zu lassen. Keine Sonne geht auf, um ihre Welt mit Wärme zu überschütten. Sie ist von Wanda verlassen, hat Wanda verlassen, Kim, die Familie, die Freundinnen. Sie schließt keine neuen Bekanntschaften hier in Lee Green. Man hält sie für einen Snob und hat recht damit. Nur Byzantia lächelt und wächst und schwatzt und beginnt, alles auf die Mutter zurückzustrahlen, was sie so lange eingesaugt hat.

Suez. Englische, französische und israelische Truppen, die auf Ägypter schießen? Es scheint in jenen naiven Tagen unglaublich, ungeheuerlich, gefährlich und ungerecht.

Scarlet hat Angst. Sie glaubt, daß die Atomkatastrophe unmittelbar bevorsteht. Sie will mit Byzantia nach Cornwall flüchten, wo sie sicher zu sein glaubt. Edwin gibt ihr das Fahrgeld nicht. Edwin ist schockiert.

»Du bist verrückt«, sagt er. »Wenn Gefahr ist – und es ist keine –, ist es deine Pflicht hierzubleiben.«

»Wieso?« fragt sie.

»Du kannst nicht einfach weglaufen«, sagt er entrüstet.

»Aber ich möchte«, sagt sie.

Suez geht vorüber, die Nationen beruhigen sich, aber die Tatsache, daß sie davonlaufen will, bleibt Scarlet, einmal ausgesprochen, im Gedächtnis. Sie frißt sich ein, wächst, ernährt die Wurzeln ihres Seins. Kommt jetzt der Frühling?

Ein Standinhaber auf dem Wochenendmarkt, wo Scarlet einkauft, ein Textilhändler, vierzig, ein kleiner, fetter, lebhafter Schelm macht ihr, als sie Gummiband für Byzantias Höschen kauft, einen eindeutigen Antrag. Scarlet ist schokkiert, geht aber lachend darüber hinweg. Eine Woche später erneuert er seine Anfrage. Sie lehnt ab. Aber sie mag ihn ganz gern. Er ist beharrlich.

»Warum ich?« fragt sie.

»Sie sind mein Typ«, antwortet er.

»Eine fette, picklige, langweilige Hausfrau«, fragt Scarlet und ist wirklich alles das, und außerdem sieht sie aus wie gut fünfunddreißig, »und Ihr Typ?«

»Sie sind Klasse«, sagt er. »Ich hab hier gleich um die Ecke eine kleine Bude –«

»So eine bin ich nicht. Ich bin verheiratet.«

»Was möchten Sie? Geld?«

»Nein«, sagt sie entgeistert.

»Ich sag Ihnen was,« sagt er, »Nylonstrümpfe.«

Sie schaut auf ihre Strümpfe herunter, weil er es tut. Strümpfe waren schon immer ein Problem für Scarlet. Wenn Edwin ihre Abrechnungen durchsieht, zieht er die Summe, die sie für Nylonstrümpfe ausgibt, in Zweifel und macht ihr Vorwürfe, daß sie nicht besser darauf aufpaßt. Immer rennt sie mit Laufmaschen in den Strümpfen herum.

»Also gut«, sagt sie.

Ihr Frühling naht.

Eines Abends geben sie sich ein Rendezvous, der Karrenbursche und Scarlet. Edwin hat sie erzählt, daß sie ins Kino geht. Sie hat am Tag die Standfotos geprüft, damit ihre Geschichte auch stimmt, falls sie später ausgefragt wird. Der Film heißt ›Geschichte einer Nonne‹. Das gefällt ihr. Sie betrügt mit Leichtigkeit.

Allein mit diesem Fremden in einem sauberen, ordentlichen Wohnschlafzimmer voller Chintz in einem Privathaus, redet sie nervös von seiner Frau, was ihn aus dem Konzept bringt.

»Zum Reden sind wir nicht hergekommen«, sagt er. »Zieh dich aus.«

Sie tut es.

Um zwei Paar im Preis zurückgesetzte Nylons reicher, wandert Scarlet in den Straßen von Lee Green umher, bis das Kino aus ist. Dann mischt sie sich unter die Menge der weggehenden Kinobesucher und geht zu Fuß heim.

Scarlet meint, daß sie jetzt endlich eine Hure ist. Sie braucht Edwins Anschuldigungen nicht länger zurückzuweisen, kann sie anmutig entgegennehmen und hat ihre Ruhe.

Am darauffolgenden Sonnabend geht Scarlet auf den Markt und sucht ihren Kunden, der, sichtlich mit ihrer Leistung zufrieden, sie gebeten hat, sich dort mit ihm zu treffen. Sein Stand ist verlassen. Wo einmal die dünnen Spitzen und blinkenden Accessoires baumelten, ist jetzt nur noch eine kahle, staubige Plattform. Er ist weg. Auf einen anderen Markt gezogen, in einen anderen Stadtteil von London, um sich für zwei Paar herabgesetzter Nylons eine andere Klasse-Hausfrau auf Abwegen zu kaufen.

Scarlet geht wieder heim, Byzantia an der Hand. Scarlet weint. Scarlet singt Byzantia ›Tammy 's in love‹ vor. Es ist ein bekannter Schlager. Das Radio spielte ihn – er hatte es voll aufgedreht, damit seine Zimmerwirtin, vor der er Angst zu haben schien, nicht merkte, daß er Besuch hatte, während Scarlet den Wert von zwei Paar Nylons bei ihm abdiente.

Scarlet liebt ihren Kunden. Scarlet würde jeden lieben, und wäre er noch so unmöglich, nur nicht Edwin, den sie geheiratet hat, weil er ihr etwas zu geben hatte, von dem sie nun feststellt, daß es nichts ist.

Armer Edwin. Sein Haus mit ihrer Anwesenheit zu schmücken, sein Essen zu essen, sein Geld auszugeben, ist doch, auch wenn sie eigene Nylons trägt, kaum genug.

Scarlet weint sich eine volle Woche lang in den Schlaf. Tränen befeuchten den Boden. Nun ist alles bereit für die Sonne. Aber sie geht nicht auf.

Eines Tages jedoch klopft es an die Tür. Der Milchmann? Scarlet schlurft hinunter, in Pantoffeln von Edwin. Es ist Susan.

Susan ist in ihrem kleinen Morris Minor herausgefahren, um sie zu besuchen. Simeon sitzt auf dem Rücksitz, ein niedlicher, sauberer kleiner Junge, niedlicher und sauberer als seine Mutter und als vormals seine Großmutter.

Scarlet bittet die beiden herein. Scarlet sieht sich in ihrem Heim mit ihren Augen um. Es ist düster und staubig. Edwin will nicht, daß darin etwas geändert wird. Wenn sie die Teppiche saugt, muß sie die Möbel genau so zurückstellen, wie sie vorher standen. Die Füße der dreiteiligen Sitzgarnitur im Wohnzimmer (aus dem Jahr 1932) haben sauber ausgestanzte Löcher in den Teppich gebohrt.

Byzantia schmeißt Simeon um. Sie ist keine anderen Kinder im Hause gewöhnt. Sie sind Edwin nicht genehm.

»Dies ist *unser* Haus«, pflegt er zu sagen, »und keine Raststation für Fremde. Du, ich, Byzantia – sollten wir sie nicht Edna rufen? Wir sind am zufriedensten allein.«

Simeon ist hingefallen, weint aber nicht. Das ist nicht männlich.

Susan weint.

»Ich bin an allem schuld«, sagt sie. »Es ist mir so nahegegangen, Scarlet.«

»Was denn? Mir geht's gut.«

»Dir geht es nicht gut«, sagt Susan. »Du bist fett und elend und wohnst in dieser schrecklichen Wohnung mit diesem schrecklichen Menschen.«

»Woher weißt du, daß er schrecklich ist?«

»Wanda sagt es.«

»Ihr sprecht also miteinander?«

»Ja, allerdings.«

Susan hatte einen Nervenzusammenbruch. Sie zitterte und weinte und konnte nicht mehr aufhören. Kim hat sie zu einem Psychiater gebracht, sie geht noch immer einmal wöchentlich hin und besucht Wanda und spricht jetzt mit ihr statt mit ihrer Mutter. Inzwischen geht es ihr besser. Sie träumt von Scarlet und glaubt, irgend etwas wieder gutmachen zu müssen.

»Ich war es, die Kim immer gehindert hat, Geld zu schikken«, sagt Susan von Reue gepeinigt. »Ich war es, ich habe dafür gesorgt, daß er so widerlich zu dir war. Ich war böse wegen Byzantia.«

Scarlet ist ganz verwirrt. Susan erklärt ihr, daß sie zum Psychiater geht, und Scarlet kommt zu dem Schluß, daß Susan ein bißchen spinnt.

»Du mußt hier heraus«, sagte Susan.

»Warum?«

»Es regt mich zu sehr auf«, klagt Susan.

Susan kann nicht mehr wie früher entfliehen. Unmittelbar

vor ihrem Nervenzusammenbruch war ihr, wenn sie einschlief, als blieben ihre Augen offen. Die Nachtwelten hatten sich ihr verschlossen. Sie schlief, aber das war alles. Und wenn sie morgens aufwachte in ihrem neuen Haus – denn Kim ist reich geworden, und sie sind nach Kew gezogen –, glaubte sie immer, sie sei wieder in der Baker Street und stolpere im Schlafzimmer herum in dem Versuch, sich zurechtzufinden. Jetzt weiß sie wenigstens, wo sie aufwacht, und träumt von Scarlet und hat sich für diesen Besuch gewappnet.

Edwin kommt nach Hause und wird Susan vorgestellt. Susan geht so rasch wie möglich, doch nicht, ehe Edwin sie daran erinnert hat, daß ihr Mann ihm noch sieben Pfund und zehn Shilling schuldig ist.

»Es geht mir nicht ums Geld«, sagt er. »Es geht mir ums Prinzip. Ein Vater muß die Verantwortung für seine Tochter übernehmen, ganz gleich, wie diese Tochter sein mag. Ich werde bestimmt einmal die Verantwortung für Marjorie übernehmen –«

»Marjorie?« fragt Susan verwirrt.

»So nenne ich Byzantia, obwohl sie nicht einmal mein Fleisch und Blut ist. Ich nehme an, Scarlet ist wirklich Kims Tochter, obwohl man ihm, wenn man Wandas Gewohnheiten kennt, vielleicht verzeihen könnte, daß er daran zweifelt. Ist das der Grund, daß er mir die sieben Pfund zehn Shilling nicht gezahlt hat? Manchmal habe ich das gedacht.«

Susan schreibt einen Scheck aus. Scarlet ist gedemütigt. Scarlet braucht eine Woche, um alles, was ihr gehört, aus dem Haus zu schaffen, Koffer für Koffer, im geheimen, vor einer staunenden Lee-Green-Nachbarschaft. Dann stiehlt sie mitten in der Nacht sieben Pfund aus Edwins Brieftasche, weckt Byzantia ganz früh morgens, und sie gehen zusammen fort.

Sie gedenkt niemals wiederzukommen.

Unterwegs

Hier unten bei den Frauen. Wenn alles andere schiefgeht, können wir immer noch von Nutzen sein.

Eine Angler-Geschichte:

Zwei Männer sitzen am Flußufer und fischen, in Regenmänteln, schlechtgelaunt, schweigend. Schließlich sagt einer:

1. Angler: Du warst also gestern nicht da.
2. Angler: Nö.
1. Angler (*nach einer Weile*): Warst wohl verhindert?
2. Angler: Ja, hab geheiratet.
Schweigen.
1. Angler: Sex, wie?
2. Angler: Machst du Witze?
Schweigen.
1. Angler: Gute Hausfrau, was? Das wird's sein.
2. Angler: Nö. Sie ist blind.
Schweigen.
1. Angler: Weswegen bist du dann hingegangen und hast sie geheiratet?
2. Angler: Sie hat Würmer.

Die Mädchen sind wieder unterwegs. Der gleiche Leitstern, der sie einmal gemeinsam die Treppe hinaufgetrieben hat, um Scarlet Hilfe anzubieten, und sie dann für Jahre zerstreute, sie sich verfeinden ließ und an ihren Platz bannte – wie Kinder, wenn bei der »Reise nach Jerusalem« die Musik aufhört –, dieser gleiche Leitstern ändert jetzt seine Bahn und setzt diese jungen Frauen wieder in Bewegung.

Helen taucht mitten in der Nacht in Jocelyns Haus auf (es trifft sich glücklich, daß Philip geschäftlich verreist ist). Jocelyn wohnt jetzt in Chelsea. Sie ist eine kühle, elegante, kinderlose junge Dame. Sie hat eine Einbauküche, ein neues amerikanisches Modell. Ihre Kissen sind mit thailändischer Seide überzogen und in einem kühlen, schicken, kinderlosen Wohnzimmer geschmackvoll arrangiert. Ihr Badezimmer ist in rosa und orange gehalten, Seife und Handtücher passen zusammen. Ihr Getränkeschränkchen enthält Flaschen mit jedem nur denkbaren Alkohol. Ihre Aussprache hat sich zu gehobenem Chelsea-Englisch gesteigert. Ladenmädchen merken jetzt auf, wenn Jocelyn ein Geschäft betritt. Sie scheint eine Errungenschaft.

Ein derart gepflegter Lebensstil kostet eine Menge, vermutlich mehr, als Philip sich von seinen Gehalt leisen kann. Selbstverständlich spricht man nicht über Geld, Sex oder Politik. Jocelyn, erschreckt von der Höhe ihrer Harrods-Rechnung, sieht sich gezwungen, ihr Kapital anzugreifen. Ein selbstmörderischer Impuls gewissermaßen, der zu weiteren führt, denn sie nimmt den Rest der Goldvögelchen und investiert sie bei Versicherungen. Philip erzählt sie das nicht.

Der Papagei ist eingegangen. Jocelyn hat in einer Frostnacht das Fenster offengelassen und vergessen, den Käfig wegzustellen, so daß er sich erkältete, kränkelte und vorwurfsvoll verschied. Jetzt hat sie einen reinrassigen Dackel mit Bronchialhusten und schlaffem, faltigem Körper.

Jocelyn trägt, als sie Helen die Tür öffnet, einen eleganten weißblauen, pelzbesetzten Morgenmantel und weiße Pelzpantoffel. (Zentralheizung ist noch nicht Mode. Geheizte Schlafzimmer gelten als sündhaft und übertriebener Luxus.) Helen aber ist im Nachthemd zu Fuß durch halb London gewandert, und dabei ist die Nacht nicht warm, und ihr Gesicht ist bös zugerichtet, dennoch lächelt sie die arme, langweilige, schicke, bürgerliche Jocelyn mit herablassender Grazie an.

»In dem Aufzug kannst du doch nicht unterwegs gewesen sein«, ist das erste, was Jocelyn äußert.

»Ich bin rasch gegangen«, sagt Helen, »und mit hocherhobenem Kopf. Ich hab so getan, als ob ich ein Abendkleid anhätte, und da glaubten die anderen es auch. Kein Mensch fand was dabei.«

»Nicht mal ein Polizist?« fragt Jocelyn, während sie die Freundin ins Badezimmer führt.

»Man merkt doch gleich, daß du Steuerzahler bist«, sagt Helen. Sie mustert den sauberen Glanz in diesem Bad, und es gelingt ihr, deutlich zu machen, daß es nicht ihr Geschmack ist. Jocelyn betupft Helens Auge mit feuchter Watte. (Wir sind noch nicht im Zeitalter der üppigen Gesichtstücher, und das Toilettenpapier ist noch immer hart und glänzend, hergestellt von puritanischen Nordengländern.)

Helens Gesicht ist schlimm gezeichnet. Jocelyn ist nervös, ihre Hände zittern, aber Helen steht ganz still und fügsam da, als sei sie es gewohnt, versorgt zu werden.

»Was ist denn passiert?« fragt Jocelyn. »Hattest zu einen Unfall?«

»Nein«, sagt Helen. »Du bist diejenige, die Unfälle baut, nicht ich.«

Und sie betrachtet ihr Gesicht und das geschwollene blaurote Fleisch rings um die Augen.

»Man sieht gleich ein bißchen orientalisch aus«, sagt sie. »Menschen mit dekadentem Geschmack gefällt es vielleicht. Zu schade, daß Philip nicht da ist.«

Diese Bemerkung verwirrt Jocelyn. Vieles an Helen verwirrt Jocelyn. Jocelyn ist nicht dumm. Man könnte sagen: sie spielt vorübergehend die Stupide, wie Menschen, die versuchen, unangenehmen Wahrheiten auszuweichen, und zur Zeit behauptet Jocelyn, glücklich zu sein.

Helen findet Jocelyn eine Nervensäge, doch, ehrlich gesagt, wüßte sie nicht, wohin sie sonst gehen sollte.

Jocelyn wiederum nimmt Helen freundlich auf, obwohl es mitten in der Nacht ist, erstens um alter Zeiten willen, weil X. mittlerweile einer der führenden Maler des Landes ist und Künstler aller Art hier in Chelsea hochangesehen sind, und zweitens, weil sie nicht den Mut hat, Helen abzuweisen. Helen stellt so heftige Anforderungen an die Welt, daß – so kommt es Jocelyn vor – Wunsch und Wille anderer sich vor ihr auf ihrem Wege auflösen. Nur X. hält ihr stand, unerbittlich, und läßt sich nicht manipulieren.

Helen und X. haben gestritten. Oder vielmehr Helen und X. sind von Y. erwischt worden, und X., so sickert durch, kann zwar ohne Helen, nicht aber ohne seine Frau leben.

Man stelle sich die Szene vor, in der Y. bleicher denn je und zitternd im Studio erscheint und am Fußende des Bettes steht, in dem Helen liegt, überrascht, hilflos und sogar unbescholten, denn gerade an diesem Abend hat X. lange gearbeitet und ist so müde ins Bett gefallen, daß er nicht einmal die Arme um sie gelegt hat. Helen erstarrt erst, dann lächelt sie höflich. Y. zieht den Schuh aus und fängt an, Helen damit auf Kopf und Gesicht zu schlagen.

X. wacht auf, gleitet aus dem Bett, geht ins Bad und schließt sich ein. Y. läßt von ihrem Opfer ab und hämmert mit ihrem Schuh an die Tür.

»Feigling!« ruft sie. »Komm da raus.«

Stille.

»Ich will, daß du da rauskommst«, kreischt sie.

»Mama erlaubt hier keine Vögelei mit Weibern«, singt er mit seiner kraftvollen Stimme. »Vögle das Weib doch anderswo, Mama erlaubt hier keine Weiber ...«

Frustriert greift sich Y. ein Küchenmesser, geht herum und zerschlitzt Bilder. Helen taucht unter den Bettdecken auf und ringt lange und stumm mit Y., um ihr das Messer wegzunehmen. X. kommt aus dem Badezimmer.

»Was machst du hier?« fragt er seine Frau. »Du hast versprochen, nie hierherzukommen. Was bist du nur für ein Mensch, so ein Versprechen nicht zu halten? Wie soll ich dir je wieder trauen? Und wieso bist du mitten in der Nacht auf? Solltest du nicht schlafen? Hoffentlich hast du die Kinder nicht alleingelassen?«

Y. entwindet sich Helen und geht mit erhobenem Messer auf X. los. Helen stürzt ins Bad und schließt sich dort ein.

X. entwaffnet Y. mühelos.

»Wie kannst du nur?« fragt Y. ziemlich unangemessen. »Und auch noch mit Helen?«

»Aber du weißt doch, daß ich hier Mädchen habe«, sagt X. »Du hast doch noch nie etwas dagegen gehabt. Bestimmt hast du auch deine kleinen Zerstreuungen.«

»Hab ich aber nicht«, sagt Y.

»Ist das vielleicht der Haken?« fragt Y. »Soll ich etwas für dich arrangieren?«

Er ist sehr böse über die Einmischung seiner Frau. Er mag es nicht, wenn man sein Tun zur Debatte stellt oder seine Entscheidungsfreiheit bedroht.

»So ist es gar nicht«, sagt Y. hilflos, denn sie merkt schon, daß sie im Unrecht ist, »ich will ja doch nur dich.«

»Das ist dein Pech«, sagt er, »das darfst du mir nicht anlasten.«

»Aber Helen«, sagt sie. »Ich hatte keine Ahnung, daß es Helen ist. Ihr habt mich beide hintergangen.«

»Du bist verrückt«, sagt er. »Erst treibst du mich praktisch aus dem Haus und stößt mich ins Bett zu anderen

Frauen. Erinnere dich bitte, es war deine Idee, daß ich diese Wohnung nehme. Ich wollte sie nicht. Gott weiß, ich war glücklich zu Hause. Und jetzt hast du was dagegen, wenn ich sie benutze. Welche anständige Ehefrau benimmt sich wo wie du?«

»Ich liebe dich«, sagt Y. »Ich will, daß du glücklich bist.«

»Lieben?« sagt er. »Was soll das denn? Du wolltest mich aus dem Weg haben, damit du weiter Karriere machen kannst, das ist alles.«

Y. greift sich wieder ihr Messer und zerschlitzt noch mehr Bilder von Helen und zerbricht Helens bestes Porzellan.

»Sie soll aufhören, tu doch was!« plärrt Helen durch das Schlüsselloch, aber X. unternimmt nichts.

»Aufhören! Aufhören! Ich will mit dir reden, ich will alles erklären«, bettelt Helen, aber Y. zerschlitzt und zerstört nur immer weiter und sagt: »Eine lausige Malerin ist sie. Plumpes, amateurhaftes Geschmier! Eine Amateurmalerin und eine Amateurhure. Was für ein Affront sie ist, was für ein Parasit, was für ein Nichts!« Und X. sitzt einfach da und schaut zu. Er scheint jetzt amüsiert, als sähe er die Kunststücke eines dressierten Tieres.

»Ich kündige den Mietvertrag«, sagt Y. bleich und giftig. »Morgen. Du hast mich lange genug betrogen. Warum soll ich bezahlen für deine dreckigen Vergnügungen.«

»Überstürze nichts«, sagt X., endlich unruhig werdend. »Ich hab nächsten Monat eine Ausstellung. Ich kann jetzt nicht ausziehen, nicht, ohne alles zu zerstören.«

»Alles hast du verdorben«, sagt Y. »Wenn du etwas Gutes oder Nobles siehst, kannst du es gar nicht erwarten, bis du es verdorben hast. Warum soll ich mir das gefallen lassen? Dies ist meine Wohnung. Ich befehle dir, sofort hier zu verschwinden, sonst hole ich die Polizei.«

»Helen wird verschwinden, wenn dich das derart aufregt«, sagt X. »Ich wollte dich in keiner Weise aufregen. Ehrlich, ich dachte, es wäre dir egal.«

Daraufhin öffnet Helen die Badezimmertür, blickt X. mit nicht geringer Verachtung an, verläßt das Atelier und geht auf die Straße hinaus. So tritt Helen ab, und als sie dann auf der Straße ist, überlegt sie, wohin sie gehen soll. Scarlet ist verloren und verwahrlost. Sylvia weint in Dulwich. Audrey rupft Federn in Suffolk. Nur Jocelyn lebt vernünftig mitten in London.

»Er hat also mit dir Schluß gemacht, wie?« fragt Jocelyn nicht ohne Befriedigung, während sie Helen einen Brandy eingießt.

»Natürlich nicht«, sagt Helen, die jetzt in eine Decke gewickelt ist. »Er versucht nur seine Frau ruhigzuhalten. Was ist das für eine verzogene und gefährliche Frau. Schrecklich, daß immer die falschen Leute Geld, Macht und Einfluß haben.«

»Sie hat das Geld verdient«, sagt Jocelyn. »Und mittlerweile muß fast alles weg sein.«

»Sie hat es nicht verdient«, sagt Helen. »Sie hat es gewonnen. Und ich behaupte, sie hat mit den Preisrichtern geschlafen, um das zu erreichen. Zutrauen würde ich es ihr. Sie ist eine schlechte, intrigante, neurotische Person. Wie verzweifelt scheint sie um Anerkennung zu kämpfen. Sie ist eine bemerkenswert unbegabte Malerin.«

»Ich dachte, man hält sie für recht gut«, murmelt Jocelyn.

»Ich kann mir nicht recht vorstellen«, sagt Helen und betrachtet die Bilder an Jocelyns Wänden, »daß du fachkundig bist. Und jetzt, wenn es dir recht ist, geh ich ins Bett. Das Gesicht fängt an weh zu tun.«

Jocelyn führt die Freundin ins Gästezimmer und hilft ihr ins Bett, denn Helen zittert heftig.

»Soll ich einen Arzt rufen?« fragt sie.

»Ruf X. an«, sagt Helen. Jocelyn ist entsetzt.

»Was, ich?«

»Ruf X. im Atelier an und sag ihm, daß er mich hier findet.«

»Ja, aber wenn er nicht will?«

»Sei nicht so blöd«, sagt Helen. »Natürlich will er.«

Jocelyn ruft an. Zu ihrer Erleichterung meldet sich niemand.

»Siehst du«, sagt Helen. »Er rennt auf der Straße herum und sucht mich.«

»Soll ich es bei ihm zu Hause versuchen?« fragt Jocelyn ängstlich.

»Dort wird er nicht sein«, sagt Helen unerschütterlich überzeugt und schläft ein. Jocelyn geht wieder ins Bett.

Helen irrt sich. X. ist wieder zu Hause, im Bett mit Y., wie Helen am nächsten Nachmittag feststellt, als sie mit Jocelyn ins Atelier geht und ihre Sachen auf der Straße findet und X., schweigend und widerborstig, wie er ihre zerschnittenen, zerrissenen Bilder neben den Mülltonnen stapelt.

Er will nicht mit ihr reden. Kein Wort. Aber Y. ist da, und sie sagt eine ganze Menge. Jocelyn zupft und zieht an Helen, schafft sie wieder in den Wagen und nimmt sie mit heim. Jetzt zittert auch Jocelyn. Sie hat nicht gewußt, daß gebildete Menschen so miteinander reden können. Später fährt sie noch einmal hin, um die Bilder zu holen, aber die hat die Müllabfuhr schon mitgenommen.

Helen liegt auf dem Bett in Jocelyns Gästezimmer, schweigend, beängstigend. Sie will nichts essen. Sie verbringt ihren sechsundzwanzigsten Geburtstag damit, an die Decke zu starren.

Jocelyn ist ganz niedergedrückt von der Verantwortung. Helen hat keine Eltern, keine Angehörigen, keine Freunde. Woher kommt sie, dieses rätselhafte Wesen? Bisher wußte das niemand genau.

Am zweiten Tag versucht Philip, dem es schmeichelt, jemand so Exotisches im Gästezimmer zu beherbergen, Helen aufzuheitern. Er klebt sich einen falschen Schnurrbart an und zieht seine Imitation eines jüdischen Geizhalses ab. Helen dreht das Gesicht zur Wand, doch das pure Erstaunen scheint heilsam auf sie zu wirken, denn am dritten Tage spricht sie wieder.

»Wie sehr dein Mann deinem Hund ähnelt«, sagt sie zu Jocelyn, die alle Nippes abstaubt. Jocelyn trägt zum Abstauben Gummihandschuhe, weil sie glaubt, zwischen den Nippes und ihren Händen wählen zu müssen. So manches hübsche Glas, so manche hübsche Porzellanfigur hat sie schon zerbrochen. Aber was soll sie sonst tun? Sie traut der Putzfrau Elise nicht, obwohl Elise – eine Emigrantin aus Mitteleuropa, die bessere Tage gesehen hat – das Zerbrochene im Abfallkübel bewundert; sie, die so vieles im Leben hat zerbrechen sehen, daß sie jetzt die kleinsten Dinge wert und in Ehren hält.

»Wie meinst du das?« fragt Jocelyn überrascht. »Wieso dem Hund?«

»Na, laß nur«, sagt Helen, schließt die Augen und scheint

einzuschlafen, bis der Krach, mit dem Jocelyn über die Staubsaugerschnur stolpert, sie dazu bringt, wieder zu sprechen.

»Jeder von uns hat seine besondere Art zu überleben«, bemerkt sie. Und dann spricht sie von ihrer Vergangenheit, während Jocelyn das Kabel wieder am Staubsauger befestigt. Ihre Eltern waren aus Berlin, Kommunisten. Sie haben sie aus Deutschland weggeschickt, unmittelbar vor dem Krieg, zu einer britischen Familie, und das war das letzte Mal, daß sie etwas von ihnen hörte. Die andere Familie, reiche Kommunisten in Hampstead, schickten sie nach Australien und wurden dann von einer Luftmine ausgelöscht. Mit siebzehn heiratete sie. Mit achtzehn ließ sie sich von ihrem Mann scheiden, der schizophren war. Helen erzählt die Geschichte gelassen.

»Das wußte ich nicht«, sagt Jocelyn. »Wie schrecklich es doch auf der Welt sein kann! Ich muß für so vieles dankbar sein.«

Sie steckt den Stecker wieder in die Steckdose und schaltet ein. Es gibt eine Explosion, und überall im Haus fliegen die Sicherungen heraus, was Jocelyn allerdings erst merkt, als sie abends versucht, Licht zu machen. Philip brüllt und donnert wütend im Haus herum, und Jocelyn, die im Dunkeln Helens Schlafzimmer betritt, hört etwas, was sie anfangs für Schluchzen hält, dann aber als Lachen erkennt. Helen weint nicht oft.

Am vierten Tag spricht Helen über X.

»Er ist ein Mann ohne Namen«, sagt sie. »Er ist wie alle Männer, er ist gegen jeden anderen austauschbar. Alle Männer sind gleich. Gut, er kann malen. Gut, aber nur weil er ein großer Maler ist, ist er noch kein großer Mann. Ich habe seine Malweise geliebt, nicht ihn. Und Y. – die ist ohne Bedeutung. Ich dachte, sie sei lieb und freundlich, wie ich mich an meine Mutter erinnere, aber sie war hart und grausam und gewalttätig.«

Trotz allem weint sie ein wenig. Jocelyn hat Helen noch nie weinen gesehen. Sie ist betroffen.

»Das war meine Familie«, sagt Helen mit riesengroßen Augen, in denen Tränen stehen. »Y. hat kein Recht, so brutal zu mir zu sein. Ich habe ihr nie etwas tun wollen. Ich habe sie lieb gehabt. Ich habe mir nur genommen, was übrig war. Sie hat es nicht gebraucht. Warum hat sie mir einen so kleinen Teil von ihm mißgönnt?«

Sie setzt sich im Bett auf. Sie kämmt sich die Haare. Sie besieht sich ihr Gesicht im Spiegel.

»Ich bin schön«, sagt sie. »Ich bin begabt. Y. ist nichts, gar nichts. Das ist das Ganze. Ein Mann kann nur mit jemand Tieferstehendem glücklich sein.«

»Was du da sagst, ist aber sonderbar«, meint Jocelyn.

»Es ist die volle Wahrheit«, sagt Helen. »Deshalb wird Philip mit dir nie glücklich sein.«

Jocelyn verläßt das Zimmer.

Am fünften Tag steht Helen vom Bett auf und steht nackt vor Jocelyn. Nicht wie Schulmädchen nackt und schlotternd unter der Dusche stehen, sondern wie eine Göttin, die Arme zum Himmel gereckt, als wäre dort ihre natürliche Heimat.

»Nun denn«, sagt Helen. »Ich lebe noch. Also warten wir und leben dabei.«

Helen sieht ohne Begeisterung Jocelyns Garderobe durch und läßt sich schließlich herab, einen Lambswool-Pullover und einen Rock zu tragen. Sie trägt keinen Büstenhalter, was Jocelyn schockiert, die beim Anblick von Brustwarzen, die sich unter gestrickter Wolle abzeichnen, erschrickt und beunruhigt ist von der Art, wie Philips Augen während des Essens darauf gerichtet sind. Philip versorgt Helen ständig mit Wein. Helen spricht von Malern und Bildern und Skandalen in der Kunstwelt. Jocelyn vergißt, daß sie eifersüchtig sein müßte. Schon jetzt ist ihr der Gedanke an eine Welt ohne Helen unerträglich.

Am sechsten Tag nimmt Jocelyn Helen mit zum Einkaufen. Sie gehen zu Libertys, und Helen befühlt mit ihren sensiblen Fingern Stoffe und begutachtet Kleider, mit Augen, die anscheinend nur zufrieden sind mit etwas, das sehr sehr teuer und kostbar ist. Helen verfällt gegenüber materiellen Dingen in eine überhebliche Attitüde. Es sieht aus, als müßten die Dinge sich tüchtig anstrengen, um ihr zu gefallen. Jocelyn wiederum neigt dazu, sich ihnen gegenüber unzulänglich zu fühlen, als sei es ihr Fehler, sie nicht anzuerkennen, nicht deren Fehler, ihr nicht zu gefallen.

Helen kauft Kleider und einen Koffer aus echtem Leder, um sie einzupacken. Sie gibt über siebenhundert Pfund aus. Jocelyn möchte nicht gern fragen, woher das Geld kommt. Doch Helen erzählt es freiwillig auf dem Heimweg im Taxi.

»Ich bin zu ein bißchen Geld gekommen« sagt sie. »Wiedergutmachung aus Deutschland, weil mein Leben ruiniert ist.«

»Ja, ist es denn ruiniert?« fragt Jocelyn.

»Nicht so, wie die glauben«, sagt Helen, »und doch, ja, mein Leben ist ruiniert.« Sie wirkt ergeben, fast fröhlich.

»Ist es viel Geld?« fragt Jocelyn, eingeschüchtert durch jemand, dessen Leben so zerstört worden ist, daß sogar Regierungen davon Notiz nehmen. »Nicht eine Art Rente oder so was?«

»Eine kleine Summe«, sagt Helen. »Das meiste davon habe ich heute vormittag ausgegeben.«

»Für Kleider!« Jocelyn ist entsetzt.

»Wenn man arm sein muß«, sagt Helen, »kann man es wenigstens stilvoll sein. Man darf sich nie mit etwas Zweitrangigem abfinden. Selbst in der Erniedrigung bleibt einem noch eine Wahl. Die Gosse, in der man liegt, muß die tiefste, dreckigste, am schnellsten fließende Gosse von allen sein. Wenn man schon Küchenschaben fressen muß, müssen sie groß, fett und kräftig sein.«

Und sie verspricht, Jocelyn am nächsten Tag zu Harrods mitzunehmen und sie bei neuen Stoffen und Möbeln für ihr Wohnzimmer zu beraten. Helens Anwesenheit hat in Jocelyn die Besorgnis ausgelöst, ihr Heim könnte schäbig, ordinär und geschmacklos sein.

Doch als der siebente Tag herankommt, ist Helen fort. Nicht wieder ins Atelier gezogen, obwohl sie es versucht hat, nur um Y. anzutreffen, die eingezogen ist und jetzt mit X. dort arbeitet, sondern um mit Carl zu leben, einem Mann, von dessen Existenz Jocelyn nie gehört hat. Carl ist ein reicher Mann und Kunstsammler, ein Mäzen von X. Seine Begierde, am schöpferischen Prozeß teilzuhaben, ist so stark, daß sie auch noch Helen einschließt. Jede Nacht schläft er mit ihr und hat das Gefühl, daß eben dies vor allem Kunst sei. Hier wurzelt er, hier taucht er ein, Stunde um

Stunde, und denkt nicht so sehr an Helen als vielmehr daran, daß X. hier vor ihm gewesen ist.

Helen duldet es, um des Porzellans willen, aus dem sie morgens ihren Kaffee trinkt, und bürstet ihn täglich aus ihrem Bewußtsein, wie Krümel vom Frühstückstisch.

Jocelyn aber erkennt jetzt, daß alles an ihrem Leben zweitrangig ist, und das seit langer, langer Zeit.

Butch ist nach Deutschland gereist, um Fußball zu spielen, und Sylvia, die schon wieder im sechsten Monat schwanger ist – das vorige Kind war eine Totgeburt –, fährt zu Besuch zu Audrey-Emma und Paul in Suffolk.

Das Haus, verkommen und nicht gestrichen, aber malerisch, steht einsam inmitten einer ebenen, langweiligen Landschaft. Es ist ein nasser Herbst, und aus dem Küchenfenster zu schauen ist so lohnend, findet Sylvia, als hielte man sich einen ausgewrungenen Spüllumpen vor die Augen. Audrey-Emma und Paul jedoch sprechen von der Befriedigung, so nah der Natur zu leben, und über den Rhythmus der Jahreszeiten. »Die Kinder haben ein echtes Gefühl für das Land«, sagt Paul. Sie dürfen nicht fernsehen, nicht mit den korrumpierenden Gutskindern sprechen, keinen weißen Zucker essen, keine Comics lesen oder – theoretisch – Bitte und Danke sagen.

Es sind blasse, hübsche, introvertierte Kindern (ein Junge von vier und ein Zwillingspärchen von drei Jahren) mit laufenden rosa Nasen, schlimmen Frostbeulen und Kleidern, die wie für immer von Schmutz verkrustet wirken. Audrey-Emma wäscht Kleider nicht, geschweige denn bügelt sie, doch Pauls Angehörige, begreiflicherweise um das Wohl der Kinder besorgt, schicken seit Jahren jeden Monat Pakete mit abgelegten Sachen, und Audrey-Emma selbst kauft gern auf Flohmärkten, so daß die Kleider täglich gewechselt werden, wenn sie auch schmutzig bleiben.

Wenn Paul von ihr verlangt, eine Nase zu putzen oder den Tisch abzuwischen oder die Küchenschaben zu besprühen, kommt sie nie dazu, entweder sie bäckt gerade Brot aus hundertprozentig steingemahlenem, mit Kompost gezogenem Vollkorn oder liest Beatrix Potter vor. Sie schilt ihren Mann wegen seiner Spießerseele. Im gleichen Maß, in dem

Pauls Interesse an Anarchie, alten Filmen, chinesischem Porzellan und Gesundheitskost nachläßt, steigt es bei Audrey-Emma.

Paul ist nett zu Sylvia, die sanft, weiblich und passiv ist und nie ein Widerwort hat. Zusammen decken sie den Tisch zu den Mahlzeiten und räumen ihn nachher wieder ab, was Audrey-Emma nie tut, obwohl sie bei jedem Essen zwanzigmal aufsteht und sich wieder hinsetzt, und jedesmal sieht sie Paul an und seufzt, entweder vorwurfsvoll, als wolle sie sagen: Schau, wie schwer ich arbeiten muß, und an allem bist du schuld, oder, an guten Tagen, tugenhaft, als wolle sie sagen: Schau, wie lieb und häuslich ich bin.

Während Sylvias Aufenthalt fehlt ihr dieses Ventil für ihre Gefühle, und sie sitzt schweigend bei Tisch und ißt, fühlt sich aber unruhig und unzufrieden. Sie versucht Sylvia zu überreden, Butch zu verlassen.

»Ich bin schwanger«, sagt Sylvia. »Wie kann ich das denn?«

»Frauen können ihre Kinder auch allein haben«, sagt Audrey-Emma. »Sieh dir doch Scarlet an, die kommt gut zurecht. Nur als sie verheiratet war, hatte sie es so schlimm. Und dann sieh auch mich an. Ich ziehe meine praktisch selbständig auf. Paul nimmt überhaupt keine Notiz von ihnen. Ich glaube, er ist das, was man einen ablehnenden Vater nennt.«

Draußen kämpft sich Paul durch den Dreck zum Hühnerstall, groß, blaß und bärtig, mit einem Eimer Hühnerfutter in jeder Hand. Seine drei Kinder rollen sich neben und hinter ihm in den Pfützen, so daß er Schwierigkeiten hat, vorwärtszukommen. Zwischen ihnen scheint vollständiges Einverständnis zu herrschen. Sylvia sagt nichts.

»Du weißt ja nicht einmal, ob Butch dich überhaupt heiraten wird«, sagt Audrey-Emma. »Das geht nun doch seit Jahren so.«

»Es liegt an seiner Scheidung«, sagt Sylvia. »Irgendwas läuft immer verkehrt. Aber er wird mich nicht im Stich lassen. Er braucht jemand, der ihm sein Zeug wäscht. Jede Woche all der Dreck.«

»Sprich mir nicht von Dreck«, sagt Audrey-Emma voller Bitterkeit. »Den hab ich tagtäglich.«

»Ich dachte, du lebst gern auf dem Land?« sagt Sylvia.

»In einer Stadt zu leben könnte ich nicht ertragen«, sagt Audrey-Emma automatisch. »Schmutzige, rußige, widerliche Löcher. Weißt du, daß bei Londonern, wenn sie sterben, die Lunge ganz schwarz ist von eingelagertem Ruß?«

Das Haus ist an diesem Tag ungeheizt. Der Strom ist abgeschaltet, weil die Rechnung nicht bezahlt wurde. Doch es gibt Kerzen und Laternen und einen Ölofen, um darauf zu kochen. Audrey-Emma kocht darauf ein Essen mit vier Gängen, serviert selbstgezogenes Gemüse, Omelette aus frischen Eiern, Quark aus Sauermilch, der in Strümpfen hängend in der Küche abgetropft ist, Biskuitpudding aus schwerem braunen Mehl und braunem Sirup. So ein Essen braucht drei Stunden Vorbereitung, aber sie ist nicht davon abzubringen.

»Ihr braucht nur zu warten«, sagt sie. »Wir können uns nicht von der Elektrizitätsgesellschaft besiegen lassen. Jahrhundertelang ist die Menschheit ohne Strom ausgekommen, da werden wir es auch können und außerdem noch gut leben.«

Um Mitternacht setzt die Familie sich zu Tisch, erschöpft und schlotternd. Die Kinder sind aufgeblieben. »Eine Familie muß gemeinsam essen«, sagt Audrey-Emma. »Das hast du doch gesagt, nicht war, Paul, als ich die gräßliche Stellung in London aufgab und wir hierherzogen? Die Menschen innerhalb einer Familie müssen ganz und gar zusammen sein, zusammen leben, zusammen arbeiten, zusammen schlafen. Zusammen essen, auch wenn es mal ein bißchen später wird.«

Audrey-Emma nimmt die Kinder gern zu sich und Paul ins Bett. Wenn er protestiert, geht sie zu ihnen hinüber und schläft in ihrem Schlafzimmer.

Im Garten sind Bienenstöcke, doch die Völker sind voriges Jahr an einer Seuche eingegangen. Paul sagt scherzend: »Emma hat sie verwünscht.« Sylvia entdeckt staubige, verkrümmte tote Bienen in allen Ecken. »Und jetzt hat Emma die Hühner verwünscht.«

Tatsächlich ist in den letzten Wochen eine Krankheit unter den Hühnern ausgebrochen. Räudige Hennen drängen sich im ungepflegten Garten aneinander. »Und vorher«, klagt Paul, »hat sie den Brennofen verwünscht. Er ist zu heiß geworden und gesprungen. Ich hatte nie die fünfzig Pfund übrig, um ihn wieder reparieren zu lassen.«

Emma-Audrey lacht über die Scherze ihres Mannes, aber nachdem er sie gemacht hat, zerbricht sie Geschirr in der Küche.

»Er hat den Brennofen absichtlich überheizt«, erläutert sie Sylvia später. »Ich hatte angefangen selbst zu töpfern und war ehrlich gestanden besser als er. Da mußte er natürlich hingehen und den Brennofen kaputtmachen.«

Inzwischen drischt draußen der Regen herunter und dringt durch zerbrochene Dachziegel ins Haus; die Kinder malen mit Kreide an die Wände und drücken sich Plastilin ins Haar, Paul sitzt in seinem Zimmer und macht Gedichte. Sylvia schneidet auf dem Eßzimmertisch mit einem viktorianischen Patentschnitzler frisches Gemüse (bald schon wird sich das Gemüsewasser beim Kochen durch Reste alter Politur von der Tischplatte braunrosa färben), draußen haben 177 Hühner nicht einmal mehr die Energie, sich unter Dach zu bringen.

Bald nach Sylvias Abreise taucht der Mann aus dem Landwirtschaftsministerium auf. Emma-Audrey schickt sich an, mit zerbrochenen Flaschen und einem Luftgewehr zu kämpfen, doch Paul, der mutlos wirkt und sein früheres Ungestüm vermissen läßt, bittet ihn herein, beantwortet Fragen und füllt Formulare aus. Emma-Audrey ist wütend und verwirrt.

Das Ministerium macht geltend, die Hühner hätten die Geflügelpest. Emma-Audrey beweist durch Zurateziehen viktorianischer Leitfäden, daß sie nur eine unbedeutende Infektion haben, die von kranken Bienen übertragen wird und durch richtige Fütterung heilbar ist.

Das Ministerium läßt die Hühner vernichten. Emma-Audrey will einen Prozeß anstrengen. Paul läßt es nicht zu. Emma-Audrey ist eingeschnappt. Paul auch.

Schließlich spricht er mit seiner Bank und stellt eine Legebatterie auf und produziert Eier und Hühner nach den Prinzipien der modernen Landwirtschaft. Er gießt Penicillin ins Futter. Die Hühner haben in ihren winzigen Käfigen keinen Platz zum Umdrehen und schon gar nicht, um nach ihren Nachbarn zu hacken. Sie haben eine nackte Brust, rosa und geschwollen, wo sie sich am Maschendraht aufgescheuert haben.

Emma-Audrey weint um all diese gefangenen Geschöpfte, schläft jede Nacht bei ihren schmuddeligen, unruhigen Kindern und fängt an, ihr Gemüse in Dosen zu kaufen. Sie hat ja jetzt mehr Haushaltsgeld.

Aussortieren

Neulich abends ging ich auf eine Party. Um Mitternacht brachte der Gastgeber einen weiblichen Gast nach Hause. Um fünf Uhr morgens war er noch nicht zurück. Die Gastgeberin fuhr in ihren gastgeberischen Pflichten fort und lächelte höflich. Was hätte sie auch sonst tun sollen? Sie ist fünfzig, intelligent und nett, aber sie ist fünfzig. Man hat sie dazu erzogen, sich gut zu benehmen, nicht zu weinen, zu brüllen oder zu morden, und das ist die einzige Erziehung, die sie hatte, außer Kochen und Haushalt in der Schule. Ihr Mann ist reich. Wäre er es nicht, könnte sie eine so großartige Party nicht geben, und in jedem Fall wird er vor dem Frühstück heimkommen, das ihm vorzusetzen ihr Privileg ist. Also worüber beklagt sie sich? Was erwartet sie denn?

Der betreffende weibliche Gast braucht Trost. Soll man ihr ein so simples, beschwipstes, sexuelles Vergnügen mißgönnen? Ihr Mann ist eben geschäftlich nach Norwegen gereist, mit seiner Sekretärin, die lange blonde Haare und das hat, was ihr Mann als lachende Augen bezeichnet. Die Sekretärin ihrerseits braucht auch Trost, weil ihr Boyfriend sich gerade mit einem häßlichen, fetten Mädchen verlobt hat, das Apfelstrudel backen kann und noch einen Klecks Schlagsahne daraufhäuft und in Hauswirtschaft Klassenbeste war. »Ein Mann braucht zwei Frauen«, behauptet der Boyfriend, der ganze zweiundzwanzig ist, »eine zum Kochen und eine fürs Bett. Ich liebe dich, aber heiraten tu ich die andere. Im Lauf des Lebens wird Sex immer weniger wichtig und das Abendessen immer wichtiger.« Die Sekretärin, empört, und wer wäre das nicht, braust nach Norwegen im Jaguar des Ehemannes des weiblichen Gastes und beginnt sofort ein einmonatiges Verhältnis mit dem Chef, währenddessen sie hie und da noch ein paar Diktate aufnimmt. Ihr ist Büroarbeit lieber als Kochen.

Die Gastgeberin, am Ende der Leidenskette, lächelt höflich und bietet den aufbrechenden Gästen heiße Suppe an. Sie wird bald Großmutter sein. Das erscheint trostreich, unten bei den Frauen. Man wünscht sich die Ehe für die Töchter, und für alle Nachkommen mehr Glück.

Wanda, Byzantias Großmutter, fühlt erst Erleichterung und dann einen Schauer der Angst, als Scarlet Edwin verläßt. Ihre Gnadenfrist ist vorbei. Wenn Scarlet den Ehestand ablehnt, muß sie ihren Stand als Mutter wieder einnehmen. Daß Scarlet ihr Heim verlassen hat, erfährt Wanda nur, weil Edwin sie anruft und sie beschuldigt, gemeinsame Sache mit ihr zu machen. Er behauptet, das sei strafbar.

»Sie ist deine Frau«, sagt Wanda, die sich rasch wieder faßt. Sie zeigt nicht gern Überraschung. »Du bist für sie verantwortlich. Sie hat nichts mehr mit mir zu tun.«

»Sie ist deine Tochter«, gibt er zurück. »Und du hast sie dazu aufgestachelt. Du bist eine Männerhasserin. Ich mache dich dafür haftbar. Ich lasse mich von ihr scheiden, und dir mache ich einen Prozeß, weil du sie mir abspenstig gemacht hast.«

Wanda schreit vor betrunkenem Gelächter und taucht mit der Hand vergnügt in den Hosenschlitz ihres Lastwagenfahrers, der ein junger, arbeitsloser Alkoholiker ist, studierter Historiker, und dankbar für ein zeitweiliges Dach über dem Kopf und jemand, der ihm seine Drinks zahlt.

»Niemand, der einen Mann wie dich heiratet«, sagt sie voller Schadenfreude, »ist noch meine Tochter.«

»Ich werde dir Byzantia wegnehmen lassen«, sagt Edwin. »Keine von euch ist fähig, für ein Kind zu sorgen. Du wirst von meinem Anwalt hören.« Damit knallt er den Hörer hin.

Schließlich blättert Wanda in Scarlets altem Adreßbuch, macht ein paar ihrer Freundinnen ausfindig und telefoniert herum. Aber keine hat etwas von Scarlet gesehen oder gehört. Edwin ruft wieder an. Er weint. Er entschuldigt sich dafür, so unhöflich gewesen zu sein. Er will Scarlet und Byzantia wiederhaben. Er liebt sie. Das Haus ist still und leer ohne sie. Wenn er sich schlecht benommen hat, so tut ihm das leid. Er will gerne niederknien, falls jemand das möchte. Er fleht Wanda an, ihn mit Scarlet sprechen zu lassen. Es dauert lange, ehe sie ihn überzeugen kann, daß Scarlet nicht bei ihr ist.

»Aber wo ist sie? Du bist die Mutter. Wohin soll sie denn sonst gegangen sein?«

»Vielleicht hat sie einen Liebhaber«, meint Wanda.

»Wer ist es?« fragt er sehr scharf.

»Wie soll ich das wissen? Du hast ihr ja neuerdings verboten, mit mir zu reden; wenn ich dir keine Auskünfte geben kann, hast du dir das ganz allein zuzuschreiben«, sagt Wanda lieblos.

»Solange es nur niemand von hier ist«, sagt er. Und dann wirklich gefühlvoll: »Wenn sie nun aber in Not ist? Ich wollte doch nur für sie und Klein-Rosemary sorgen.«

»Klein-was?« fragt Wanda.

»Ich habe sie immer Rosemary genannt. Mir hat der Name Byzantia nie gefallen.«

Wandas Herz, das weich geworden war, wird wieder hart.

»Wenn ich was von ihr höre, sage ich dir Bescheid«, sagt sie, »und bis dahin hör bitte auf, mich mit Anrufen zu belästigen. Du langweilst mir den Arsch weg, wenn du's genau wissen willst.«

Kurze Stille. Dann sagt Edwin kühl: »Ich werde den Erziehungsbehörden einiges mitteilen müssen, weißt du.«

»Teile mit, soviel du willst«, sagt sie, »soviel du willst.« Und hängt ein.

»Das arme Schwein«, sagt sie zu ihrem Lastwagenfahrer. »Vermutlich hat Scarlet ihn verrückt gemacht. Er war schon exzentrisch, als sie ihn heiratete. Jetzt spinnt er total.«

Aber sie ruft Kim an, um ihm zu erzählen, daß seine Tochter vermißt wird, und fragt ihn, was man seiner Meinung nach unternehmen soll. Kim ist wie gewöhnlich nicht zu Hause, daher spricht sie mit Susan. Susan hat sich in letzter Zeit angewöhnt, Wanda zu besuchen, obwohl Wanda nicht weiß, warum. Bei solchen Besuchen pflegt Susan nur dazusitzen und schwach und besorgt zu lächeln. Sie spricht sehr wenig, außer über Simeons Erziehung – er geht jetzt in eine Schule für Gentlemen hinter Harrods und trägt eine ulkige Stoffmütze, die auf seinen Kinderohren aufliegt und seine matten Augen beinahe bedeckt. Simeon ist sehr sauber und gesittet, und Susan ist stolz auf ihn.

Als Susan jetzt die Nachricht hört, fängt sie an zu weinen. »Ich allein bin schuld«, sagt sie. »Ich hätte ihr nicht erzählen dürfen, daß ich dich besuche. Jetzt ist sie frei und bringt mich um.«

»Sie war schließlich nicht im Gefängnis«, sagt Wanda. »Sie hat sich nur ausgeruht. Jetzt, wo Byzantia fünf ist, kann das Leben für sie neu anfangen.«

»Es hat nichts mit dem Kind zu tun«, schluchzt Susan. »Es

war wegen dem, was ich zu ihr gesagt habe. Ich hätte mich nie einmischen dürfen. Was wird denn nun passieren?«

Es passierte nur, daß Scarlet am nächsten Tag mit blondiertem, dauergewelltem Haar in Wandas Wohnung auftaucht und fragt, ob sie Byzantia ein, zwei Stunden bei ihrer Mutter lassen kann.

»Gehst du huren?« fragt Wanda. »Jetzt schon?«

Wofür sich Scarlet revanchiert, indem sie sich an den Lastwagenfahrer wendet und sagt: »Wenn Sie eine Mutter suchen, sind Sie hier an der falschen Adresse.«

»Ich weiß nicht, was mit uns allen passiert«, sagt Scarlet später zu Jocelyn. »Je älter wir werden, desto mehr werden wir, was wir sind. Wir waren netter, als wir noch jünger und alle ein bißchen wie andere waren.«

Wanda schickt den jungen Mann Fisch und Chips holen und erkundigt sich, wo Scarlet wohnt. Scarlet erwidert ziemlich hochfahrend, daß das für niemand von Interesse ist, am wenigstens für ihre Mutter.

»Aber für deinen verrückten Ehemann«, sagt Wanda. »Der will dich wiederhaben.«

»Und das dringender, als du mich willst«, sagt Scarlet. »Nur keine Angst, ich werde dir keine Last sein.« Und sie schnieft. Sie sieht ihre Mutter ungern in Gesellschaft dieses jungen Mannes.

»Nun werd' doch in Gottes Namen mal erwachsen«, sagt Wanda. »Du bist jetzt eine ausgewachsene Frau, kein kleines Mädchen mehr. Wenn du mir nicht sagen willst, wo du wohnst, dann laß es. Aber benutz mich nicht als Abladeplatz für Byzantia, wenn du auf Partys gehst.«

»Du kannst es nicht ertragen«, sagt Scarlet, »du kannst es nicht ertragen, daß ich mich amüsiere. Du und Edwin, ihr hättet einfach heiraten sollen und mich ganz draußen lassen.«

Byzantia hört auf, in den Fernseher zu stieren (jetzt hat er einen Bildschirm von zwölf Zoll) und wird quengelig. Sie ist sehr müde und hat die letzte Nacht in einer fremden Pension, den Vormittag in einem Frisiersalon und den Nachmittag bei einer Stellenvermittlung verbracht. Wanda nimmt sie in die Arme. Byzantia mag ihre Großmutter gern und ist sofort zufrieden. Sie lächelt freundlich und schläft ein. Sie ist nicht mehr pummelig wie als Baby, sie sie jetzt langbeinig und großäugig.

»Na ja«, sagt Wanda nachgebend, »da sind wir also wieder alle beisammen.« Erstaunlicherweise fühlt sie sich glücklicher als seit Jahren.

»Nur daß du jetzt diesen gräßlichen Freund hast«, sagt Scarlett. »Empörend, so etwas, in deinem Alter.«

Als sie das los geworden ist, geht es ihr besser. Sie erzählt ihrer Mutter, daß sie einen Job als Hausmädchen angenommen hat, in einem Haushalt, in dem man auch Byzantia aufnehmen will.

Wanda drückt Byzantia an sich und sieht Scarlet böse an. »Nur über meine Leiche«, sagt sie.

»Aber es ist alles vereinbart«, sagt Scarlet. »Und überhaupt, seit wann bist du so ein Snob? Ich bin sicher, Byzantia macht es nichts aus, das Kind vom Dienstmädchen zu sein.«

»Du bist übergeschnappt«, sagt Wanda kurz. »Du gehörst in Behandlung.«

Wanda ruft Edwin an und sagt ihm, daß Scarlet bei ihr aufgetaucht ist.

»Selbstverständlich ist sie verrückt«, sagt sie zu ihm.

»Genau das habe ich mir gedacht«, sagt Edwin. »Ich habe hier in diesem einsamen Haus gegessen und genau das gedacht. Ich habe sie aus der Gosse geholt und ihr jede Freundlichkeit erwiesen. Sie hat schlecht gehandelt, sie hat Annabel um ein geordnetes Zuhause und eine Position im Leben gebracht, mein Glück vollkommen zerstört und weswegen? Weil sie sexuell unersättlich ist. Sie für verrückt zu halten, ist noch wohlwollend.«

»Stimmt genau«, sagt Wanda.

»Undankbar gleich dem Zahn der Schlange«, zitiert er, »ist ein so hitziges Kind.«

»Stimmt genau«, sagt Wanda. »Hast du getrunken?«

»Ich trinke nie«, sagt er. »Es hindert mich daran, gründlich nachzudenken. Ich empfinde schrecklichen, schrecklichen Schmerz. Ich leide Qualen, und sogar die kleine Pussy (so nennt er den großen Schäferhund im Nachbarhaus) vermißt ihre Schritte im Haus. Du hast völlig recht. Sie ist verrückt. Ich komme jetzt sofort herüber und erkläre, daß sie verrückt ist.«

»Das würde ich nicht tun«, sagt Wanda. »Aber wie wäre es, wenn man sie behandeln ließe?«

»Sie einliefern, meinst du?« fragt er mit der nicht unwillkommenen Vorstellung, wie Scarlet schreiend in einer Zwangsjacke von weißgekleideten Sanitätern weggeschleppt wird.

Wanda schlägt vor, daß Edwin seiner entlaufenen Ehefrau zehn Pfund die Woche zahlt unter der Bedingung, daß sie sich in psychiatrische Behandlung begibt. »Das wäre sehr lieb von dir«, sagt sie, und er willigt ein, worüber sie ziemlich und Scarlet überaus erstaunt ist, die dem armen, leidenden Edwin bereits die Rolle des Bösewichts zugewiesen hat. Er sagt, er tue es um Annabels willen, und so ist es auch.

»Und noch dazu, als ich auch für sie einen guten Namen gefunden hatte«, jammert er beim nächsten Mal, als er das Geld bringt. Er bringt es jeden Freitag abend um halb sieben, in bar, in einem Umschlag mit der Aufschrift: Scarlet und Annabel. Tatsächlich bringt er nur neun Pfund siebzehn Shilling, sechs Pence, denn er verlangt in bequemen Raten die Rückzahlung der sieben Pfund, die sie ihm gestohlen hat. Jeden Freitag kann Wanda erst später in die Kneipe, weil sie das Geld entgegennehmen muß. Jede Woche fragt er, ob Scarlet schon fast geheilt ist, denn er ist überzeugt, wenn sie es ist, wird sie zu ihm zurückkehren wollen. Was sollte sie denn sonst tun?

»Eigentlich ist er ein netter Mensch«, sagt Wanda zu Scarlet. »Oder wenn nicht nett, so doch immerhin gut.«

»Ja, gut ist er«, pflichtet Scarlet verwirrt bei. »Wie kann nur jemand gut und zugleich so fürchterlich sein?«

»Es muß schrecklich für ihn sein ohne Byzantia«, sagt Wanda.

»Du meinst Annabel«, sagt Scarlet, aber mit wenig Überzeugung.

»Richtig, Annabel«, sagt Wanda, der es wieder einfällt. »Es ginge wohl nicht, was? Das wichtigste auf der Welt ist doch, man selbst zu sein.«

»Genau«, sagt Scarlet.

Scarlet und Byzantia wohnen in einer winzigen Wohnung gleich um die Ecke von Wanda. Sie sind froh darüber, sich wieder gut zu stehen. Wanda trinkt auch etwas weniger. Als der Lastwagenfahrer, verärgert über ihre zotige Sprechweise und ihre schlechte Laune, sie das nächste Mal schlägt, fordert sie ihn auf, zu verschwinden, und er tut es.

Sie betrachtet ihr Gesicht im Spiegel und sagt: »Ich bin fast fünfzig. Ich glaube, das war's. So wie ich aussehe.«

»Das kannst du laut sagen«, sagt Scarlet.

»Ich hätte nie gedacht, daß ich diesen letzten Herrn noch kriege«, sagt Wanda. »Was hat der an mir gefunden? Ich bin doch lausig als Mutter.«

»Ich weiß«, sagt Scarlet. »Ich wünschte, du wärst nicht so stolz darauf.«

»Und ich«, sagt Wanda, »wenn wir schon beim Wünschen sind, wünschte, ich hätte ein anderes Leben gehabt. Ich hätte deinen Vater nicht verlassen dürfen.«

»Oh, ich weiß nicht«, sagt Scarlet nachsichtig, »ich sehe dich nicht glücklich mit Teppichböden und sechs zueinander passenden Eßzimmerstühlen. Nicht als Frau eines Werbefachmanns.«

»Wenn er bei mir geblieben wäre«, sagt Wanda, »wäre es jetzt nicht, wie es ist. Er hat mit der ganzen Sache nur deutlich gemacht, wie sehr er mich braucht.«

»Aber er hat dich ins Gefängnis geschickt.«

»Ich hätte eben seine Bilder nicht zerschneiden sollen.«

Noch nie zuvor hat Scarlet gehört, daß Wanda etwas bedauert, was sie getan hat. »Das war scheußlich von mir. Er war noch sehr jung. Und ich auch. Wir waren es beide. Er dachte, ich versuchte, ihn zu zerstören, aber ehrlich und wahrhaftig, das wollte ich gar nicht. Nur seine Bilder.«

»Wenn du geblieben wärst«, sagt Scarlet, »hätte er Susan nicht geheiratet, und damit würde man dieses kindliche Ungeheuer, diesen Simeon aus dem Leben wünschen.«

»Der ist sowieso kaum am Leben«, sagt Wanda unfreundlich.

»Wahrscheinlich deswegen, denke ich mir. Irgendwo auf der Strecke ist etwas falsch gelaufen. Ich glaube nicht, daß Simeon geplant war.«

»Du wirst noch als Konvertitin enden«, sagt Scarlet, »so wie du neuerdings redest.«

»Das ist das Alter«, sagt Wanda. »Ich werde milder. Mit Sex bin ich fertig, und ich sehe, wie kompliziert alles ineinandergreift. Aber ich wünschte fast, alles wäre anders gekommen.«

»Tja«, sagt Scarlet, »man kann nicht gegen seine Natur an. Das ist keine Sache von Lob oder Tadel.«

»Ist es doch«, sagt Wanda. »Sei nicht so bequem. Das ist dein ganzes Problem. Du benimmst dich, als wärst du eine Art Marionette, und das Schicksal zieht die Schnüre. Du solltest sie abschneiden und aus eigenem Antrieb ein bißchen herumtanzen. Und noch etwas: ich hätte gern mehr Kinder gehabt.«

»Was?« sagt Scarlet ungläubig. »Noch mehr solche wie mich?«

»So übel bist du gar nicht«, sagt Wanda und meint es ehrlich. Scarlet freut sich und schneidet sich an diesem Abend das Haar ganz kurz, um die Krause loszuwerden. Sie sieht jetzt jungenhaft aus, und ihre Pickel sind weg. Sie wird ganz schlank und lebhaft.

Alles mögliche macht Scarlet jetzt Freude, die Frühlingsblüten und auch, daß Byzantia ganz allein zur Volksschule rennt. Einmal die Woche geht sie zum Psychiater. Dem erzählt sie, was ihn ihrer Meinung nach interessieren könnte. Sie wartet auf eine Vakanz bei einem Psychoanalytiker des Nationalen Gesundheitsdienstes, den ihr der Psychiater zu ihrem nicht geringen Erstaunen empfohlen hat. Sie glaubt keine Behandlung nötig zu haben, findet aber, daß sie Edwin wenigstens das schuldet.

Sonntags fährt sie mit Edwin im Wagen aus. Sie sitzt vorn, Byzantia auf dem Rücksitz. Edwin holt sie um zwei Uhr ab, und sie fahren in Londoner Vororten herum, wobei er Eisenbahnbrücken katalogisiert – sein neuestes Hobby – bis genau halb sechs.

Nun da sein Leben wieder nach einem Ritual geordnet ist, scheint er recht zufrieden, jedenfalls nicht unglücklich. Um Byzantias Schule macht er sich trotzdem Sorgen.

»Ich weiß, die ist sehr modern«, sagt er, »aber nicht das richtige für Annabel.«

»Das ist schon in Ordnung, denn ihr Name ist nicht Annabel, sondern Byzantia.«

»So heißt sie auf ihrer Geburtsurkunde, ich weiß«, sagt er, »aber was ist das schon für eine Urkunde. Doch sicherlich keine, auf die man stolz sein könnte.«

»Wenn du sie nicht Byzantia nennst«, sagt Scarlet, »komm ich auf deine langweiligen und albernen Fahrten nicht mehr mit.«

»Ich habe nie gewußt, daß es dir was ausmacht«, sagt er, »ich fand es eigentlich immer lustig, sie mit verschiedenen

Namen zu nennen. Das war so, als hütete ich mein eigenes Kind. Du bist viel jünger als ich, da hab ich versucht, lustig zu sein. Aber wenn es dich freut, werde ich sie Byzantia nennen. Wenn es dir besser geht, und wenn wir wieder miteinander leben, werden wir noch einmal über die Sache reden. Bis dahin glaube ich nicht, daß diese Schule für Byzantia das richtige ist.«

»Sie ist sehr frei, und genau das gefällt mir«, sagt sie. »Und Byzantia kann gar nicht früh genug hinkommen. Sie rennt den ganzen Weg, manchmal muß ich auch rennen und ihr die Schuhe nachtragen.«

»Sie kann noch nicht mal lesen«, sagt er. »Sie wird nicht mitkommen, wenn die Aufnahmeprüfung für die nächste Schule ansteht.«

»Ich hab nichts übrig für Examen«, sagt Scarlet.

»Nun«, sagt er, »das ist sehr modern von dir, und ich weiß, es ist die neuestes Theorie, und sicherlich denkt auch deine Mutter so, aber verlaß dich darauf, ein kleines Kind sitzt am besten an seinem Pult und lernt, statt am Boden herumzukriechen und mit Sand und Wasser zu spielen. Und daß unsere Fahrten albern und langweilig sind, stimmt gar nicht. Du fändest sie sehr interessant, wenn du es fertigbrächtest, dich auf Baumodelle und die Feinheiten von viktorianischem Mauerwerk zu konzentrieren, und außerdem bleiben wir dadurch in Kontakt, bis dieser tragische Abschnitt in unserem Leben vorüber ist.«

»Jawohl, Edwin«, sagt Scarlet.

»Trotzdem«, sagt Edwin, »könnten wir uns noch weiter vorwagen, glaube ich. Wir könnten Landhäuser besichtigen. Das wäre sehr erzieherisch für Byzantia. Ich könnte dich um zehn Uhr vormittags abholen.«

»Nein«, sagt Scarlet. »Es ist wirklich schon gut so.« Und setzt lebhaft hinzu: »Unsere viktorianischen Vorväter hatten ein paar prachtvolle Brückenbauer, nicht wahr.«

»Ich habe Grund zu der Annahme«, gesteht ihr Edwin, ermutigt durch ihr Interesse, »daß einer meiner entfernten Ahnen die Tower Bridge entworfen hat.«

Auf dem Rücksitz gähnt Byzantia.

Jocelyn ist dagegen, daß Scarlet Edwin verläßt.

»Du hast eine Verpflichtung übernommen, als du ihn geheiratet hast«, sagt sie, »die Ehe ist eine ernste Sache.«

Jocelyn unterhält ein kultiviertes Nachmittagsverhältnis mit einem jungen Mann. In ihren Kreisen nennt man es »Teetrinken im Ritz«, und obwohl es kaum als Untreue gelten kann, hat es Jocelyns Ehrfurcht vor der Institution der Ehe, aber auch ihre Gereiztheit gegenüber ihrem Mann gesteigert. Der Gedanke, daß Ehen zerbrechen können und tatsächlich zerbrechen, macht sie wütend und ängstlich.

Sie hat den Verdacht, daß Philip möglicherweise ein Verhältnis mit seiner Sekretärin hat, ihr einziger Beweis aber ist das Bewußtsein des eigenen Fehlverhaltens.

Philip, so findet sie, hat sie enttäuscht. Philip führt sie nicht zum Lunch aus, bewundert sie nicht, hält nicht ihre Hand und sagt ihr, wie schön sie ist, nimmt sie nicht mit in sein Hotelzimmer und bedeckt sie mit Liebesbissen, löst sie nicht auf, bis sie nur mehr aus Orgasmus besteht, und geht dann manierlich mit ihr ins Ritz zum Teetrinken, wo sie ihre exzentrischen Wünsche mit Gurkenbrötchen und Zitronentee befriedigen kann, setzt sie nicht in ein Taxi und schickt sie heim, damit sie den Hund ausführen und vor dem Abendessen noch ein Bad nehmen kann. All das aber tut dieser junge Mann und zwar seit Monaten zweimal wöchentlich. Es sind traumhafte Nachmittage. Sie kann sich kaum daran erinnern, wie der junge Mann heißt. Sein Gesicht gleicht seltsamerweise dem Philips, doch sein Körper ist anders, magerer, härter, drahtiger und durch seine Fremdheit aufregend. Manchmal wacht sie nachts auf und erinnert sich so deutlich daran, wie er sich anfühlt, als ob er neben ihr läge, dort, wo Philip schläft, still, distanziert, höflich und einen Meter entfernt. Philip ist ein ruhiger Schläfer, man merkt kaum, daß er da ist. Sie überlegt, ob er im Traum sieht, wie sie sich benimmt. Philip hat, wenn er schläft, etwas Geheimnisvolles.

Jocelyns Gemüt, Hirn und Absichten scheinen nichts mit ihrem Verhalten zweimal wöchentlich zu tun zu haben. Es ist nur ihr Körper, der da begehrt, zum Liebhaber geht, sie zwingt, im Lift still und willfährig neben ihm zu stehen, ihn ohne Widerrede oder Zweifel aufzunehmen. Mit ihr hat das alles nichts zu tun. Außerdem ist ihr Körper gänzlich ohne Geschmack und Urteil. Jocelyn hat den Verdacht, daß jeder beliebige Mann genügen würde.

Jocelyn ist aufrichtig schockiert.

Außerdem ist sie im dritten Monat schwanger. Erstaunlicherweise ist das Kind von ihrem Mann. Sie hat es ihrem Liebhaber nicht gesagt. Sie weiß, daß er es dann für eine Gentleman-Pflicht halten wird, das Verhältnis zu beenden. Sie will nicht, daß das Verhältnis endet. Sie will nicht, daß Philip davon erfährt. Was wäre, wenn er an seiner Vaterschaft zweifelte?

»Die Ehe ist eine ernste Sache«, sagt sie jetzt zu Scarlet. »Und was ist mit Byzantia? Sie braucht einen Vater. Wenn er dich jetzt noch behält, ist er ein guter, freundlicher Mann. Und das ist schließlich, was wir alle wollen. Es hat etwas sehr Köstliches und Lohnendes, eine Ehe einfach über schlechte Strecken hinwegzubringen. Er hat nichts Schlimmes getan, nicht war? Er war nicht untreu, er hat dich nicht geschlagen, er sorgt für deinen Unterhalt. Und für den von Byzantia auch, vergiß das nicht. Welchen vernünftigen Grund hast du, ihn zu verlassen? Es wäre unverantwortlich.«

Jocelyn hört sich selber reden und ist entsetzt. Bei jedem Wort hört sie ihre Mutter.

»Entschuldige«, sagt sie, geht in ihr pink-orangenes Badezimmer und erbricht sich heftig.

»Was ist los mit dir?« fragt Scarlet. »So schlecht ging es dir noch nie.«

»Keine Ahnung«, sagt Jocelyn. »Außer daß ich schwanger bin und verdammt noch mal in der Falle und so elend wie nur was.«

»Schon besser«, sagt Scarlet.

Jocelyn bereut ihre Indiskretion und ist von da an kalt und förmlich gegenüber Scarlet. Sie trennt sich von ihrem Liebhaber. Jeden Morgen muß sie erbrechen. Jeden Nachmittag ist sie einsam und betrachtet ihr Leben als erledigt und gelaufen. Sie ist dahingewelkt und gefallen wie ein Blatt vom Baum. Oh, Miss Bonny! Das ist das Schicksal, das Jocelyn für Sie vorausgesehen hatte und weswegen sie bekümmert war, als Sie bei der Morgenandacht so fröhlich sangen. Für sich selbst hätte sie es sich nicht träumen lassen.

Gerade die Fruchtbarkeit ihres Körpers kommt Jocelyn jetzt makaber und krankhaft vor. Wie kann jemand, der so tot ist wie sie, etwas produzieren, das heil und lebendig ist?

Und tatsächlich hat Jocelyn eine Fehlgeburt. Sie nimmt ihr

früheres Leben wieder auf, nur ohne den Liebhaber, der eine andere verheiratete Dame gefunden hat, mit der er ins Ritz Tee trinken geht. Sie sieht die beiden eines Tages, als sie Piccadilly hinuntergeht. Die Frau gleicht ihr, es ist, als sähe sie sich selbst näherkommen, eine andere Frau, die sich so kleidet, so geht, so spricht wie Jocelyn. Der Mann gleicht Philip, kleidet sich, geht und spricht wie Philip. Jocelyn hat alles Beseligende vergessen, die zudringliche Natur seines Körpers, die Schauer des Orgasmus, die Gemeinschaft nicht nur mit einem anderen Körper, sondern mit dem ganzen vibrierenden Universum der Erfahrung. Jetzt fühlt sie nur noch die Demütigung, das Vertane, die Vergänglichkeit aller guten Dinge.

Sie läuft weinend nach Hause. »Wir sind alle gleich«, sagt sie zu Philip, der ausnahmsweise einmal früh heimkommt und betroffen feststellt, daß ihre Politur anscheinend Risse bekommt. »Bei allen Leuten ist es das gleiche. Ich kann das nicht ertragen. Ich möchte sterben.«

»Arme Jocelyn«, sagt er. »Was du brauchst, ist ein Kind. Du brauchst etwas, womit du dich beschäftigen kannst.« Und er macht ernsthafte Anstrengungen, ihr wieder eines zu verschaffen. Sie hat Mühe mit der Empfängnis. Jeden Morgen mißt sie als erstes ihre Temperatur, und in den Nächten nach den zwei Morgen im Monat mit erhöhter Temperatur versucht er sie zu schwängern. Eigentlich will Jocelyn gar kein Kind, obwohl sie das behauptet. Sie glaubt, es könne Philip ähnlich sehen oder ihrem Liebhaber oder beiden. Arme Jocelyn, die sich nicht mehr zurechtfindet.

Einmal am Tag führt sie den Hund aus und wirft einen Stock auf den Teich, der gefroren ist. Der Hund hält es für richtig, ihn zu apportieren, was bei ihm ungewöhnlich ist. Er rutscht und gleitet über das Eis, das Eis bricht. Der Hund fällt hinein und ertrinkt.

Philip kauft ihr ein Aquarium mit tropischen Fischen und bittet sie achtzugeben, daß sie nicht alle Fische und jeden anderen im Haus durch Stromschlag tötet. Nach dieser Bemerkung schmollt sie noch tagelang und verweigert sich ihm an diesem Abend, obwohl Eisprungtag ist. Sie hat ihn noch nie abgewiesen, wozu sie ja auch wirklich selten Gelegenheit hatte.

»Ich bin vielleicht frigide«, sagte sie einmal zu ihm, leichthin, und lag dabei still, stoisch und ungerührt, »aber ich bin nicht gemein. Ich kann Frauen nicht leiden, die Sex als Waffe benutzen.«

Philip ist ärgerlich über diese deplazierte Abweisung, fährt zu der Striptease-Dame, die er im Lauf der Jahre gelegentlich aufgesucht hat. Jetzt lacht sie ihn nicht mehr aus. Im Gegenteil, sie scheint ihn zu bewundern, sich auf seine Besuche zu freuen. Er fährt sie in seinem glänzenden riesigen Wagen hinaus auf einen Rastplatz außerhalb Londons und dort, in sündiger Finsternis und im Fond erobert er sie, bestraft sie für eben die weibliche Verderbtheit, die er sowohl liebt wie verachtet. Sie könnten es in ihrem Bett friedlicher und bequemer haben, aber beim bloßen Gedanken an solche Hausbackenheit wird Philip so nervös, schlaff und kraftlos wie bei seiner Frau.

Manchmal erkundigt sich Philip bei Jocelyn nach Sylvia, sie ist ihm als verschwommene, bleiche, schwankende Gestalt im Gedächtnis geblieben. Im Vergleich zu ihr ist Jocelyn stark und lebhaft, so klar umrissen und exakt wie ihre Tischordnungen. Er bereut nicht, sie geheiratet zu haben – sie ist all das, was er sich bei einer Ehefrau wünscht –, aber manchmal überlegt er, wie sein Leben wohl verlaufen wäre, wenn er an dem gewissen Tag nicht Sylvia besucht und statt ihrer Jocelyn angetroffen hätte, die sich gerade die Haare wusch.

Philip hat Sehstörungen. Manchmal blickt er auf Briefe, Forschungsergebnisse, Notizen, Marketing-Papiere, Ordner und Aktendeckel für dieses und jenes, und alles verschwimmt vor seinen Augen, und er kann nicht verstehen, was er sieht. Bei anderen Gelegenheiten, bei Meetings, die Ellbogen auf dem hochglanzpolierten Sitzungstisch, flankiert von gewieften redseligen Herren in teuren grauen Anzügen, scheinen seine Ohren nichts mehr zu hören.

Sonst hat er keinerlei Probleme bei seiner Arbeit. Was er tut, tut er rasch und effizient. Er trifft Entscheidungen, ohne zu zögern. Er gibt sein Bestes und kriegt trotzdem keine Magengeschwüre. Er ist beliebt, und man vertraut ihm. Manchmal denkt er, ob es nicht vielleicht an seinem Mangel an Phantasie liegt, daß er mit dem Büroleben so gut zurecht kommt. Denn er hat keine Angst vor dem, was vielleicht als nächstes geschieht. Er erledigt, den Blick auf Vergangenes wie Künftiges gerichtet, vorliegende dringende Fälle.

Belcher und Watson haben jetzt zwei benachbarte ehemalige Stadthäuser in Mayfair. Ihre Empfangsdamen sind schön. Ihre Fakturen enthalten Posten wie Pulverkaffee, Antischuppenshampoo, das neue weiche Toilettenpapier und Waschmittel. Die Zeiten sind gut. Der Fortschritt scheint nicht aufzuhalten zu sein.

Y.s Bilder sind in Mode gekommen. Fans aus aller Welt klopfen an die Ateliertür, und wenn X. öffnet, wissen sie nicht, wer er ist.

X. findet das erbitternd.

X. hat es schwer, seine Bilder zu verkaufen. Er ist dreiunddreißig. Es sind neue junge Männer aufgetaucht, die Pinsel und Zerstäuber brillant und geschickt handhaben und ihn altmodisch erscheinen lassen, die Farbschicht auf Farbschicht bombastisch und hemmungslos aufeinanderklatschen und ihm mit ihrer oberflächlichen, jugendlichen Energie den ihm von Rechts wegen zustehenden Beifall wegschnappen.

»Das darf dich nicht kümmern«, sagt Y., »so etwas ist Mode. Es sollte dir nichts ausmachen, ob das, was du tust, ankommt oder nicht. Und überhaupt ist es ein schlechtes Zeichen, populär zu sein, schau doch nur mich!« Und sie lacht nervös.

Und doch weiß sie und weiß er, daß sie Besseres leistet als je zuvor und daß er nichts wird außer älter. Und daß die Kinder, wenn er sie anschreit, ihn gar nicht beachten. Und daß er um die Taille herum Fett ansetzt und daß sich, wenn sie mit einander im Bett sind, ihr Erfolg und sein Mißerfolg (denn seiner Meinung nach bedingt das eine das andere) wie ein fürchterliches, hauchdünnes Kondom zwischen sie legen und den Liebesakt störend beeinflussen.

Y. ist nicht bereit, ihre Bilder zu verkaufen. »Erinnere dich, was das letzte Mal passiert ist, als ich Geld hatte«, sagt sie. »Du hast das nicht ausgehalten.«

»Helen war eine Hexe«, sagt X. »Mit dir hatte es nichts zu tun. Sie hat mich behext. Sie hat gedacht, sie könnte mich in ein Verhängnis hineinlocken, doch du hast mich errettet.« Y. lächelt und fühlt sich sicher.

Helen trifft X. bei einer Vernissage. Sie ist in Begleitung ihres Liebhabers, des Connaisseurs Carl. Er zeigt sie gern vor, und sie ist wirklich großartig. An diesem speziellen Abend trägt sie ein weißes Brokatkleid und eine kompakte afrikanische Halskette. Ihre Augen glitzern. Sie ist stark, kühn und lebhaft, obwohl sie möglicherweise derzeit etwas Schwerfälliges an sich hat, etwas von Trägheit, Resignation, Müßiggang.

Carl ist ein kleiner drahtiger Mann, er flitzt um sie herum, hier und dort, zerrt sie hierhin und dorthin, ordnet ihr Haar, zieht einen Saum zurecht, achtet ständig auf seinen Besitz wie ein Lotse, der einen Dampfer schleppt. Helen betrachtet ihn mit einer Art verächtlichem Staunen.

Nun erscheinen X. und Y. Sie sind es jetzt gewöhnt, gemeinsam aufzutreten, nur hat sich die Reihenfolge geändert. Jetzt ist es Y., die als erste eintritt und er als ihr schöner Schatten hinter ihr. Y. sieht jetzt besser aus, als sie früher aussah und später je aussehen wird. Sie trägt ein schlaffes grünes Kleid, das sich an ihren schlaffen Körper schmiegt und ihre Schlaffheit zu etwas Beglückendem macht. Ihre Bewegungen sind so müde wie immer, aber jetzt so, als hätten die Ekstasen ihrer Visionen sie so erschöpft und nicht bloße Hausarbeit. Ihr dünnes, farbloses seidiges Haar lockt sich an den Spitzen, und sie hat ihre blassen Wimpern getuscht. Sie ist anmutig.

Carl, Schlepper, Terrier, Moskito und alles zugleich, schlängelt sich an Y.s Seite. Er kauft ihre Bilder und nicht die von X.

Helen folgt ihm, schüttelt ihre Bewunderer ab wie ein nasses Tier die Regentropfen. Sie nähert sich X. und Y.

»Seht ihr«, scheint sie zu ihnen zu sagen, »ich bin schön und glücklich. Ich brauche euch nicht. Ich habe euch nie wirklich nötig gehabt.«

Und doch sieht sie X. nicht in die Augen, als fürchte sie, etwas darin zu finden oder noch schlimmer, nicht zu finden.

»Ah, sieh da, Helen«, sagt Y. freundlich. Sie hält X. an der Hand und fühlt sich stolz und mächtig. Zu den Umstehenden sagt sie: »Helen hat uns früher Modell gestanden.«

»Ich fürchte, ich hab nicht stillgehalten«, sagt Helen. Ihre Stimme ist leiser als je. Sie hat einen heiseren Unterton, den sie mit vieler Mühe entwickelt hat. Dieser Ton bezieht den

Hörer nolens volens in die Nacht mit ein, die sie verbracht hat – war die voller Sex oder voller Tränen oder beidem? Was für schreckliche, beängstigende, wundervolle Dinge wird diese Stimme als nächstes äußern?

X. geht Drinks holen.

Helen bleibt mit Y. allein.

»Es tut mir leid«, sagt Helen mit niedergeschlagenen Augen. »Ich war ganz elend bei dem Gedanken, wie ich dich betrogen habe.«

»Es war kein Betrug«, sagt Y., »es war nur recht albern. Bausch doch so was nicht zum Drama auf.«

»Kannst du mir verzeihen?« fragt Helen.

»Aber selbstverständlich«, sagt Y. und lächelt sogar.

»Ich bin jetzt glücklich mit Carl. Aber ich vermisse eure Freundschaft. Sie war mir wichtig, und ich habe sie verscherzt.«

»Schwamm drüber«, sagt Y. »Es ist ja jetzt vorbei.«

»Jedenfalls«, sagt Helen, »hast du jetzt einen so großen Erfolg. Du hast vielleicht deine Erfahrung in deine Arbeit einbringen können? Ich wollte, ich wäre kreativ. Ich habe nur schreckliche Erfahrungen, verstehst du, und sonst nichts. Ich kann sie nirgends einbringen. Ich verstehe nicht, sie zu übertragen.«

Y. blickt ein wenig ratlos, aber immer noch wohlwollend. Sie fährt Helen leicht übers Haar, als wolle sie sie mit einer Berührung segnen, und Helen scheint aufzublühen, die Schwere fällt von ihr ab, als sei ein Wunder geschehen.

Y. lädt Helen zum Essen ein. Sie hält sich für unverwundbar. Sie bietet Segnungen. Sie erweist Freundlichkeit. Sie ist nachsichtig gegen X. Sie malt.

An diesem Abend fühlt sie sich ihrer selbst nicht ganz so sicher.

»Wie fandest du, daß Helen aussieht?« fragt sie X.

»Wie eine von Carls Damen«, entgegnet X.

»Und wie sind die?«

»Er hat einen ordinären Geschmack«, sagt X., und sie ist befriedigt.

Als X. herausbekommt, daß Y. Helen zum Essen eingeladen hat, ist er bestürzt. Er ruft Helen an, um ihr zu sagen, sie käme wohl besser nicht. Sie treffen sich zum Lunch. Sie sprechen von Y., und das heiligt ihrer beider Gefühl, daß sie verwelken und eingehen würden, wenn sie nicht miteinander schlafen dürfen. Den ganzen Weg im Taxi zu Carls Wohnung sprechen sie über Y., ohne sich anzusehen, ohne sich zu berühren; sie bewundern Y.s Werke, ihr Aussehen, ihre Talente, ihre Sensibilität, sie sind sich einig, daß man sie gegen zu heftige Erinnerungen an Vergangenes abschirmen muß. Als sie ankommen, sind sie mitten in einer regelrechten Verschwörung gegen Y.

Carl ist nicht zu Hause, was beide vorher wußten.

»Und du?« fragt X. Helen. »Und du?« Y.s Bild hängt an der Stelle, wo seines einmal gehangen hat.

»Ich finde es hier gräßlich«, sagt Helen. »Ich fühle mich wie eine Meringue voller Schlagsahne. Ich lebe gar nicht richtig. Ich habe zuletzt richtig gelebt, als ich mit dir und Y. zusammen war. Ich brauche euch beide.«

Sie spreizt die Hände und betrachtet sie. Es sind breite, mächtige, sommersprossige Hände. Y.s sind dünn, spitz zulaufend, zart. Ihnen wird getan, sie tun nicht selber. Helens Hände bewegen sich, übernehmen Kommandos, üben Kontrolle aus. X. liebt sie. Er hat sie immer geliebt. Es sind ihre Hände, die er sich jetzt um die Taille legt.

Sie trägt ein weißes, tief ausgeschnittenes Hemd und einen weiten rosa Rock. Der Teppich ist rot, ihre Haut leuchtet. Er hält inne, um die Farben und Formen zu bewundern, aber nur kurz.

Um vier Uhr sagt sie: »Um fünf kommt Carl heim.«

Zehn Minuten vor fünf geht X. mit einem letzten Blick auf die alles überwachenden Bilder von Y.

»Sie ist die beste Malerin«, sagt er, »die beste, die die Welt seit langem gekannt hat.«

»Es war, als sei sie hier bei uns«, sagt Helen, »und habe uns verziehen.«

Am Abend beim Essen sitzt sie still und lächelnd da.

»Einen Penny für deine Gedanken«, sagt Carl, der als Mitteleuropäer sehr darauf bedacht ist, die gängigen englischen Ausdrücke zu gebrauchen, die er in sorgfältigem, kultiviertem Ton äußert.

»Wie gut ist Y. als Malerin?« fragt sie.

»Die macht zur Zeit ganz schön Mäuse«, sagt er. »Und sie wird in ein, zwei Jahren noch mehr machen.«

»Das hab ich nicht gemeint«, sagt Helen.

Carl macht sich nicht die Mühe darauf einzugehen. Er beugt sich unter den Tisch und kneift sie jäh zwischen den Beinen.

»Jetzt hast du aber gequiekt«, sagt er und lacht vergnügt.

Helen hebt ihr Weinglas und nippt. Das Glas ist echtes venezianisches Glas, der Wein echter Beaujolais.

Am verabredeten Tag geht sie zu X. und Y. zum Abendessen. Sie essen grüne Bohnen mit Speck und trinken Holunderwein. (Die Kinder sind bei Y.s Schwester, die mit einem Farmer in Wales verheiratet ist.) Es ist wie in alten Zeiten.

Wenn die Kinder nicht da sind, lebt Y. auf, ihre Wangen röten sich, sie lacht. Nichts macht ihr etwas aus, nichts. Wenn ihr Ehemann sich mit Helen vor ihr auf dem Fußboden paaren würde, sie würde interessiert zusehen, nicht mit Entsetzen und Verzweiflung.

Denn die Kinder, die oben in ihren Etagenbetten in einem Wirrwarr aus Staub, Spielzeug und Bonbonpapieren schlafen, zwingen sie, sich X. mit derart besitzergreifender zorniger Intensität zuzuwenden. »Sieh doch nur«, sagt sie innerlich, »du hast mich für immer verändert, du hast mir diese Kinder zugeteilt, und ich kann nie wieder ich selbst sein, muß immer ein Teil von ihnen sein. Sieh doch, wie sie weinen und quengeln und mir alle Kraft entziehen. Ich muß sie füttern. Ich muß mit ihnen kämpfen um mein eigenstes Wesen. Und dann du, schau dich doch an: du bleibst der gleiche. Du pflanzt Samen in mich und gehst über mich hinweg und überläßt alles mir.« Und sie fesselt ihn an sich mit Ketten der Schuld und der Reue und läßt keine Freude ein.

Doch wenn die Kinder fort sind, wenn sie frei ist, wenn sie schlafen und aufwachen kann, wann sie will, wenn sie bei Frühstück, Tee und Abendessen endlos sitzenbleiben kann, wie jung und graziös kann sie da sein. »Lauft nur zu«, hätte sie beinahe gesagt, »lauft weg, tut was ihr wollt. Kommt mit lächelnden Gesichtern wieder, das ist alles, was ich brauche.«

Sie läßt es zu, daß X. Helen nach Hause bringt. Welche Großmut! Und als sie gegangen sind, wäscht sie das Geschirr und singt dabei, so groß ist ihr Vertrauen und ihre Fröhlichkeit; und X. und Helen haben eine schnelle, flüchtige Begegnung in einem Seitensträßchen neben Carls Haus, sie stehend, er linkisch, aber dringlich, dann geht Helen zu Carl hinein, und er fährt heim zu Y., und sie hat mehr Vergnügen an Carl als je zuvor, ebenso wie X. an seiner Frau.

Kreuzigungen

Rose kommt mit Geschichten zu mir. Rose wohnt in einem Hochhaus, in dem subkulturelle Mythen gedeihen. Sie verbreiten sich im Lande wie die Masern, innerhalb und außerhalb von Wohnsiedlungen, nach oben und unten in den Wohntürmen.

Ich werde zwei von ihnen wiedergeben. Es sind üble Geschichten, aber sie sind nicht wahr. Mythen sind nicht wahr. Mythen befriedigen einfach ein Bedürfnis.

Was für eine Art von Bedürfnis kann das sein, hier unten bei den Frauen?

Mythos Nummer 1

Ein Detektiv hat es uns erzählt, also muß es wahr sein. Es steht nicht in den Zeitungen, dazu ist es zu schrecklich. Es ist in Clapham High Street passiert. Eine junge Frau nahm einen Fünfjährigen mit zum Einkaufen. Er mußte mal. Sie nahm ihn mit zur Damentoilette, aber die Frau dort sagte, dazu sei er schon zu groß, also mußte er allein zur Herrentoilette gehen. Seine Mutter schickte ihn hinunter und wartete oben an der Treppe, daß er wiederkam. Sie wartete und wartete. Eine Bande Jungen ging hinunter, und als sie wieder heraufkamen, dachte sie, sie benähmen sich irgendwie ein bißchen sonderbar. Aber noch immer kein Kind. Schließlich bat sie einen Vorübergehenden, hinunterzugehen und ihn zu holen. Da war ihr Kind tot. Sie hatten ihm den Penis abgeschnitten, und er war verblutet.

Mythos Nummer 2

Eine junge Mutter hat drei Kinder, eine Tochter von vier, einen Jungen von zwei und ein Neugeborenes. Der kleine Junge macht seine Hose naß. Die Mutter hat sich angewöhnt zu sagen: »Wenn du das noch mal machst, du ungezogener Bengel, schneide ich dir dein Dingelchen ab.« Eines Tages badet sie das Baby, da ertönt ein Schrei, dann herrscht Stille. Das kleine Mädchen ruft: »Ist schon gut, Mami. Er war wieder ungezogen, aber ich hab's ihm abgeschnitten.« Die Mutter läßt das Baby fallen und stürzt hinzu. Der Junge stirbt. Als sie zurückkommt, ist das Baby ertrunken.

Und was ist mit dem armen kleinen Mädchen? Hier unten bei den Frauen. Hätten Sie gern Ihren kleinen Jungen in der Schule neben ihr sitzen?

Meine Kinder kommen zu mir heran. Ihnen ist kalt, und sie setzen sich rechts und links neben mich. Ich umhülle sie mit den Zipfeln meines Mantels, und so sitzen wir zu dritt und schauen hinaus auf die Welt.

So schützen wir alle unsere Kinder oder versuchen es doch wenigstens, aber auch sie werden eines Tages ein Teil der Vergangenheit sein, wie wir. Wo ist die kleine Alice jetzt, Helens Kind? Früher hat sie mit meinen Kindern gespielt. Meine sind noch da, meine können noch Hunger, Kälte und Angst empfinden, meine spielen noch. Alice ist ein Haufen Knöchelchen. Ich würde gern glauben, daß ihr Geist in einen anderen Körper übergegangen und nicht sinnlos vergeudet ist. Aber kann man so etwas glauben?

Zum Glück gibt es mehr im Leben als nur den Tod. Man kann sich beispielsweise etwas ausdenken. Tausend und abertausend Gestalten kann man in die Welt hinausmarschieren lassen, um die Zeit von ihrem galoppierenden Vormarsch zu diesem schrecklichen Horizont abzulenken. Es scheint, als müsse er dann verwirrt innehalten, um auch die wegzuraffen. Gäbe man sich ganz und gar dem Erfundenen hin, könnte man ein ewiges Leben haben. Das war es, was Jesus gesagt hat – und doch, wie hat diese Geschichte geendet!

Bestimmt nicht hier unten bei den Frauen. Wer hätte je von einer gekreuzigten Frau gehört? Wer würde sich die Mühe machen?

»Socken«, sagt Emma-Audrey zu Jocelyn. »Socken. Zwei männliche Kinder und ein Ehemann. Sechs Socken pro Tag, sieben Tage die Woche. Zweiundvierzig Socken die Woche. Warum? Warum tragen sie sie, und noch schlimmer, warum fühle ich mich verpflichtet, sie zu waschen? Millionen sterben überall auf der Welt, weitere gehen barfuß – ich wasche Socken. Jocelyn. Es ist mir so lästig.«

Sie essen miteinander in einem Kardomah-Café zu Mittag. Quarksalat und einen guten Kaffee. Emma-Audrey ist unzufrieden. Sie sieht ihren handgestrickten Pullover verächtlich an. Sie greift mit den vom Waschen aufgequollenen Händen an ihr Haar – selbst gewaschen mit Regenwasser, das Paul mit einem Geigerzähler auf Radioaktivität prüft – und sehnt sich nach dem Gefühl von Lack und Künstlichkeit, auch wenn solche Frivolitäten krebsfördernd sein mögen.

»Könntest du dich nicht etwas mehr für die Hühner interessieren?« schlägt Jocelyn vor.

»Hühner sind im günstigsten Fall langweilige Biester«, sagt Emma-Audrey, »und Batteriehennen sind die allerschlimmsten. Sie haben keinen Charakter. Sie haben niemand, mit dem sie reden können. Sie werden isoliert aufgezogen.«

»Sonderbar, wie Paul zur anderen Seite übergewechselt ist«, sagt Jocelyn, die Paul nie gemocht hat, was vermutlich der Grund ist, warum Emma-Audrey sie jetzt aufsucht. »Früher war er doch so für gesundes Leben. Ein richtiger Müslifresser.«

»Jetzt ist er Eierhändler«, sagt Emma-Audrey. »Er tut Penicillin ins Futter und Hormone, und stell dir vor, von Jahr zu Jahr wird er einem Huhn ähnlicher.«

Jocelyn ist schockiert. Jocelyn spricht nie abfällig über ihren Mann. Selbst in Gegenwart ihres Liebhabers spricht sie wohlwollend von Philip.

»Ich würde gern auf dem Land leben«, sagt sie unbestimmt.

»Warum?« fragt Emma-Audrey säuerlich.

»Um mit den Jahreszeiten in Kontakt zu bleiben.«

»Man bleibt nur mit einem in Kontakt – mit dem Dreck. Du kannst dir nicht vorstellen, wieviel es davon gibt. Auf den Böden, an den Wänden, in allen Kleidern und im Haar. Dreck, und auch noch stinkender. Du glaubst nicht, wie dreckig solche Legebatterien sind. An Tagen, an denen ausgemistet wird, bringe ich die Kinder zu Bekannten. Zu meiner Mutter kann ich natürlich nicht gehen, das erlaubt mir Paul nicht.«

Jocelyn verfolgt das Thema nicht weiter.

»Man muß doch gut damit verdienen«, sagt sie.

»Das schon«, sagt Audrey-Emma und zupft an ihrem Rock voller Wollknötchen. »Aber er ist so knauserig. Schau dir nur an, was für Lumpen ich tragen muß.«

»Ich dachte, du webst gern«, sagt Jocelyn.

»Nein«, sagt Audrey-Emma energisch. »Er hat mir gesagt, ich würde gern weben, und habe ihm geglaubt, so blöd war ich. Und nun schau mich an. Ich hänge auf dem Land fest, nur Hühnerzüchter zum Reden und Dreck bis über die Ohren. So kann ich nicht weitermachen.«

»Du mußt an die Kinder denken«, sagt Jocelyn, die noch immer keins hat.

»Ja, ja, das schon«, sagt Audrey-Emma vage, »die Kinder. Paul mag die Kinder nicht. Er hat keine Zeit für sie. Ja, wenn es Hühner wären, dann empfände er anders.«

»Wo sind sie denn heute?« fragt Jocelyn.

»Er paßt auf sie auf. Wenn ich nach Hause komme, werden sie totale Nervenbündel sein. Er ist ein Analneurotiker, glaube ich. Er läßt sie ihre Nägel mit der Nagelbürste scheuern und kontrolliert sie zwischen den Zehen. Natürlich ist dort Dreck. Überall ist Dreck.«

Jocelyn fragt sich, ob Audrey-Emma nicht vielleicht gerade eine Art Nervenzusammenbruch hat.

»Wenn ich bleibe«, verteidigt sich Audrey-Emma, »werde ich verrückt.« In ihren Augen stehen Tränen. »Aber ich kann nicht weg«, fährt sie fort, »denn wenn ich gehe, kommt er mir nach, bringt mich um. Das weiß ich. Er glaubt an die Ehe. Offenbar«, sagt Audrey-Emma, »habe ich nur die Wahl zwischen Irresein und dem Tod.«

»Tut mir leid«, murmelt Jocelyn schwach. Ein solches Gespräch im »Kardomah« ist sie nicht gewohnt.

»Wenn doch nur irgendein Mann vorbeikäme und mich rettete. Aber wer würde mich schon anschauen? Das ist auch so etwas, was Paul mir angetan hat, er hat mich vorzeitig altern lassen. Er nörgelt an mir herum bis spät in die Nacht.«

»Worüber denn?«

»Über alles und jedes. Wahrscheinlich glaubt er, daß ich höchstpersönlich die Hühnerpest übertrage. Ich mache in dem Haus dort ständig Sklavenarbeit, und er sagt nie was anderes, als wie ich es besser machen könnte. Wenn er so denkt, warum macht er es nicht selber? Aber o nein, das ist ja Frauenarbeit, so tief würde er sich nie erniedrigen. Wenn er mich das Geschäftliche für die Hühnerfarm übernehmen ließe, wären wir binnen null komma nichts reich, aber meinst du, er ließe mich? Er hat eine irre Angst, ich könnte es besser machen als er. Was soll ich nur tun? Warum hat er immer etwas an mir auszusetzen?«

»Vielleicht hast du etwas an ihm auszusetzen«, gibt Jocelyn zu bedenken, aber Audrey-Emma hört sie gar nicht.

Audrey-Emmas Gesicht hat seine mädchenhafte Rundung verloren. Sie sieht kränklich aus und überdies ungepflegt, und um die Augen herum vertiefen sich grämliche Falten. Jocelyn glättet die ihren allabendlich mit Schönheitscremes. Audrey-Emma schmiert sich von Zeit zu Zeit Honig ins Gesicht.

»Du hast dich ein bißchen herunterkommen lassen«, sagt Jocelyn leise.

»Ja, das hab ich, nicht wahr?« sagt Audrey-Emma nicht ohne Befriedigung. »Warum soll ich für ihn allein hübsch sein? Er will mich als ungepflegte Hausfrau, gut, soll er sie haben.«

»Ich finde, du solltest das Beste daraus machen«, sagt Jocelyn. »Schließlich hast du drei Kinder. Wenn man erst einmal Kinder hat, kann man nicht mehr nur an sich denken, man muß auch an sie denken.«

»Was werden sie für eine Zukunft haben?« klagt Audrey-Emma. »Bei einem Vater wie Paul.« Sie blickt in die Speisekarte. »Meinst du, ich sollte einen Windbeutel nehmen? Paul sagt, Schlagsahne ist nicht schädlich, wenn sie nicht gesüßt ist.«

Sie ißt ihren Windbeutel. Kurz darauf kommt ein großstädtisch gekleideter Herr mit grauen Schläfen, der wie ein Journalist aussieht, auf einen Kaffee herein. Audrey-Emma, nur leicht behindert durch den Umfang ihres dicken Rokkes, schießt zu ihm hinüber und läßt Jocelyn sofort im Stich. Es ist ihr alter Verleger. Die Falten in ihrem Gesicht glätten sich wie durch Zauberei, sie wird von Minute zu Minute hübscher und animierter. Sie umfaßt die Hand des Verlegers mit beiden Händen. Wie weiß ihre Haut ist, wie weiblich und albern ihr ganzes Wesen. Er lacht über sie, ist aber hingerissen. Sie legt sich praktisch an Ort und Stelle mit gespreizten Beinen vor ihn hin und bietet sich als Opfertier an. Wie kann er anders als den rituellen Streich führen?

Sie gehen miteinander fort.

Audrey-Emma flüstert Jocelyn noch einen Abschiedsgruß zu. »Du bist doch nicht böse, Liebes? Er ist ein alter Trottel, aber er könnte etwas über Hühnerfarmen bringen. Ich laß dich nicht einfach nur sitzen, nicht wahr? Ich tu es für den armen Paul: Ich muß ein bißchen die Reklametrommel für ihn rühren.«

Und dann sind sie fort, der Verleger führt Audrey-Emma ganz eng am Ellbogen, als fürchte er, sie könne versehentlich auf und davongehen.

Jocelyn, der blassen, eleganten Jocelyn, die sich so nach Liebe sehnt, so gequält von ihrem Scharfblick ist, bleibt es überlassen, die Rechnung zu begleichen.

Scarlet hat den CND, den Verein der Atomgegner, entdeckt. Sie arbeitet dort im Hauptquartier. Byzantia adressiert Umschläge mit ihrer Kinderhandschrift. Edwin ist wütend.

»Langhaarige Linke«, wütet er. »Mach, was du willst, wenn du dich unbedingt mit Irren und Perversen zusammentun willst, aber zieh nicht Edwina mit hinein.«

»Möchtest du, daß die Welt in die Luft fliegt?« erkundigt sich Scarlet. Sie fahren durch Roreham Wood. Byzantia döst auf dem Rücksitz. (»Sie kommt abend zu spät ins Bett, weil sie so lange fernsieht«, wie Edwin bereits geäußert hat. »Sie wird zu wenig streng gehalten.«)

»Du vereinfachst die Sache zu sehr«, beklagt er sich. »Deine Naivität ist absurd, sogar für eine Frau. Wir müssen uns verteidigen, oder die Roten kommen einfach hereinspaziert.«

»Du spinnst«, stellt Scarlet fest.

Er fährt ziemlich schnell und schlecht, wenn sie streiten, und das tun sie oft. Ein Wunder, daß sie alle noch am Leben sind. Es ist ihr achtundneunzigster allwöchentlicher Ausflug. »Es ist sehr deprimierend«, sagt er, »was für einen flatterhaften Verstand du hast. Alle diese Meetings für die gemeinsame Sache, und du hast nichts dabei gelernt.«

»Womöglich denkst du noch, lieber tot als rot«, höhnt sie.

»Ja, das tue ich«, sagt er. »Ohne Freiheit ist das Leben nicht lebenswert. Wenn dieses Land rot wäre, würde ich Edwina eigenhändig umbringen.«

»Hast du das gehört, Byzantia?« fragt Scarlet ihre Tochter, die zum Glück damit beschäftigt ist, Kneipen zu zählen, und es daher nicht hört. Scarlet hat die emotionellen Nachteile der Autofahrten mit Edwin gegen die finanziellen Vorteile aufgerechnet und beschlossen, sie weiter mitzumachen. Was sie nicht fertigbringt, nicht einmal, um ihre Tochter zu retten, ist, während dieser Spritztouren nicht ausfallend zu werden. Ist es denn so schwer, zum Schein zuzustimmen, zum Schein Kritik anzunehmen?, fragt sie sich, und die Antwort kommt zurück, jawohl, es ist schwer, fast unmöglich. Sie kommt gewöhnlich mit bis ans Fleisch abgebissenen Nägeln wieder und hat auch noch einen oder zwei Ausbrüche von Gram und Wut mehr auf dem Kerbholz. (»Du bist eine hysterische Person«, klagt er, »wenn ich vernünftig argumentieren kann, warum du nicht? Es ist eine Tatsache, daß ich älter bin als du. Wenn du nur zugeben wolltest, daß meine Lebenserfahrung größer ist als deine, könnten wir vollkommen glücklich sein.« Seine Rückenschmerzen haben sich neuerdings sehr gebessert, weil es jetzt unwahrscheinlich ist, daß er sich plötzlich mit Scarlet im Bett wiederfindet.)

»Ich wollte, du würdest sie nicht mehr mit diesem albernen Namen rufen«, sagt er jetzt.

»Aber so heißt sie«, sagt Scarlet.

»Ich habe es mit meinem Anwalt besprochen«, sagt er, »der wahre Name eines Individuums ist der, mit dem man ihn ruft. Trotzdem hätte ich gern, daß ihr Taufname offiziell geändert wird.«

Anfangs antwortet Scarlet nicht. Wenn er Ultimaten stellt, hat er einen bestimmten Ton. Er sagt nicht einmal: »Oder ich höre auf zu zahlen«, das braucht er nicht.

»Kommt das nicht recht teuer?« fragt sie schließlich und kommt sich schlau vor. »Wäre es nicht eine gute Idee, wenn der eine sie so nennt und der andere anders?«

»Nicht wenn einer dieser Namen Byzantia ist.«

»Was ist denn eigentlich so schrecklich an Byzantia? Das weiß ich noch immer nicht.«

Scarlet klingt ziemlich frech. Gleich wird es einen regelrechten Krach geben.

»Es ist ausländisch«, sagt er. »Nicht daß ich was gegen Ausländer habe, aber warum ein englisches Kind mit einem ausländischen Namen nennen? Ihr Vater war doch kein Ausländer, oder? Ein Schwarzer oder so etwas?«

»Sieht sie so aus, als ob ihr Vater schwarz wäre?«

»So etwas kann eine Generation überspringen.«

»Hör mal«, bittet Scarlet, »müssen wir so was besprechen, wenn Byzantia dabei ist?«

»Wenn wer dabei ist?«

»Byzantia.«

»Ach so, du meinst Edwina. Edwina ist noch zu klein, um zu verstehen, worüber wir reden.«

»Dein Phantasiekind Edwina vielleicht. Meine Byzantia ist es nicht.«

»Ich erhalte, füttere, kleide, versorge und liebe dieses Kind. Und ich meine, das macht sie ebenso zu meinem wie zu deinem.«

»O nein«, sagt Scarlet. »O nein.«

»Und was noch wichtiger ist«, sagt er, »ich finde, es wird Zeit, daß dieser Unsinn aufhört. Wenn du geistesgestört bist, so ist das traurig, aber das hat jetzt schon zu lange gedauert. Es wäre an der Zeit, daß du heimkommst. Die Leute fangen an zu reden.«

»Was denn? Nach zwei Jahren? Wie vorschnell sind doch die Bewohner von Lee Green.«

Er starrt sie an, fragt sich, ob sie sarkastisch ist, und fährt fast gegen einen Pfosten.

»Wenn es dir nichts ausmacht, fahr bitte etwas vorsichtiger.« Sie ist höflich.

»Ich bin ein ausgezeichneter Fahrer. Demnächst mache ich meine Prüfung für Fortgeschrittene Kraftfahrer. Bitte wechsle nicht das Thema.«

»Das hast du selbst gewechselt, indem du versucht hast, uns umzubringen. Du bist so voller Feindseligkeit und Zorn, daß es irgendwie heraus muß. Du bist der hitzigste Mensch, den ich kenne.«

»Und ich habe ganz bestimmt nicht die Absicht, eine weitere Rechnung für diesen deinen Hochradfahrer zu zahlen, wenn er dir solchen Blödsinn beibringt.« (Scarlet geht einmal die Woche zu einem Psychoanalytiker. Er verlangt pro Sitzung fünfzig Pfund.)

»Ich bin ein sehr nachsichtiger und zivilisierter Mensch. Jeder andere hätte dich mittlerweile totgeschlagen. Ich verlange eine offene Antwort, Scarlet. Du kannst mich nicht behandeln wie einen Trottel. Wann kommst du nach Hause?«

Scarlet antwortet nicht.

»Ich habe jetzt zwei Jahre lang für dich und Edwina Unterhalt gezahlt, nur aus Herzensgüte. Jeder andere hätte sich von dir scheiden lassen. Ich finde, es wird Zeit, daß ich meinen Lohn bekomme.«

»Du möchtest mich also wieder ins Bett, ja?« Scarlet lächelt. Das ist ein schlechtes Zeichen. Byzantia fängt an, fieberhaft Laternenpfähle zu zählen.

»Ich will dich wieder in meinem Heim haben, wohin du gehörst.«

»Nicht in deinem Bett?«

»Du kennst meinen Gesundheitszustand«, sagt er. Er ist blaß. »Ich liebe dich und brauche dich, Scarlet. Ich vermisse dich. Es ist mein ernsthaftester Wunsch, dich und die kleine Edwina wiederzuhaben. Ich glaube, ich bin mir der höheren Stadien der Liebe bewußter als du, Scarlet.«

»Aber nicht in deinem Bett? Nicht daß ich mehr als einmal drin gewesen wäre.«

»Ich bin ein kranker Mann.«

»Krank? Du bist ein blöder, impotenter, seniler alter Sabberfritze«, schreit Scarlet. »Du warst nie für was anderes gut als dafür, die Rechnungen zu zahlen, Skinny-Winny.«

Edwin tritt auf die Bremse, und Scarlet läßt sich nach vorne fallen und stößt sich heftig den Kopf. Byzantia fängt an zu brüllen.

»Jetzt wissen wir's«, sagt Edwin über den Lärm hinweg. »Jetzt kennen wir deine wahren Motive. Ich hatte schon immer diesen Verdacht. Na, nun wissen wir es. Du Dirne!«

»Dirne!« lacht sie und hält sich den Kopf, an dem sich bereits eine Beule zu bilden beginnt.

»Hure!« zischt er. »Schlampe! Sexbesessenes Tier! Ich danke Gott, daß meine Mutter nie gesehen hat, daß ich an eine so verdorbene Kreatur wie dich gebunden bin.«

Scarlet beschließt, es sei Wahnsinn, in einem stehenden Wagen zu sitzen, während andere Wagen ringsherum hupen, und das mit einem irren ältlichen Schulinspektor. Sie versucht auszusteigen. Er versucht, sie daran zu hindern.

»Wenn du gehst«, sagt er, »keinen Pfennig mehr, keinen Pfennig mehr.«

»Mami«, ruft Byzantia von hinten.

Scarlet stemmt sich nach hinten zum Rücksitz und zieht Byzantia an sich.

»Entschuldige«, sagt sie zu ihrer Tochter, »entschuldige. Es ist eigentlich alles in Ordnung. Es kommt alles wieder in Ordnung. Es wird nie wieder vorkommen –«

Der Wagen setzt sich mit einem Ruck in Bewegung.

»Jetzt bist du ruhiger, wie?« fragt Edwin.

»Ja«, sagt Scarlet scheinbar fügsam.

»Dieser Mensch sollte dir Schockbehandlungen verpassen«, sagt Edwin. »Das ist es, was du brauchst.«

Bei der nächsten roten Ampel öffnet Scarlet die Tür und schiebt sich und Byzantia mühsam aus dem Wagen. Edwin zeigt ihr die geballte Faust und hält Scarlets Handtasche hoch, die sie liegen gelassen hat, dann fährt er triumphierend davon. Sie sind dreißig Kilometer weit von zu Hause. Scarlet lächelt. Sie hat eine Zehnschillingnote in der Manteltasche, sonst hätte sie ihre Handtasche nicht liegenlassen.

Neben ihr hält ein Wagen. Es ist ein verdreckter Jaguar.

»Kann ich Ihnen helfen?« fragt der Fahrer. Er ist noch ganz jung und hat schöne weiße Zähle, die er jetzt zeigt, denn er lächelt breit. Scarlet merkt, daß es ihr ungewohnt ist, Männer lächeln zu sehen.

»Nein, danke«, sagt Scarlet mit dem Gefühl, etwas entdeckt zu haben, »ich komme sehr gut allein zurecht.«

Es ist dies eine nützliche Entdeckung, weil sie am folgenden Tag einen Brief von Edwins Anwälten bekommt, in dem es heißt, daß sie keine Unterhaltszahlungen mehr zu erwarten hat. Abends ruft er an, um festzustellen, ob sie bereit ist, hinsichtlich Edwinas Namen vernünftig zu sein, aber Scarlet ist nicht bereit.

»In diesem Fall«, sagt Edwin, »ist die Sache gelaufen. Du bist eine niederträchtige Person. Du hast mein Leben ruiniert und willst nun auch noch das des Kindes ruinieren. Was hast du vor? Willst du wieder putzen gehen?«

»Nein.«

»Nein, das vielleicht nicht. Du bist darin nicht besonders gut, nicht wahr? Das Haus ist jetzt, wo du fort bist, viel sauberer. Bei der Londoner U-Bahn gibt es freie Stellen für Gepäckträger. Das solltest du dir überlegen. Das wäre was für dich. Du kannst Edwina in ein Heim geben, meine ich, unter Fremde. Ich habe die Scheidungsklage eingereicht, nur damit du es weißt.«

»Ich auch.«

»Was?«

»Ich verklage dich wegen seelischer Grausamkeit.«

Er hängt überstürzt ein und kommt selbst vorbei. Seine Augen sind rot und verweint.

»Ich war nie grausam zu dir«, sagt er, »nie. Ich war immer freundlich. Ich habe dich und Byzantia geliebt. Wenn ich dich gekränkt habe, bitte verzeih. Ich will versuchen, es wieder gutzumachen. Ich würde mir dir zu Gefallen den rechten Arm abhacken.«

»Nein«, sagt Scarlet, die müde ist. »Du warst nie grausam zu mir. Ich hab nur Spaß gemacht.«

»Es ist kein sehr lustiger Spaß«, sagt er und erholt sich sehr schnell beim kleinsten Anzeichen von Schwäche bei Scarlet. Er hat ihre Handtasche mitgebracht.

»Wie bist du denn heimgekommen?« will er wissen.

»Ein Mann in einem schmutzigen Jaguar hat mich mitgenommen«, sagt Scarlet. »Er ist ein etwas exzentrischer Anwalt und ein sehr freundlicher Mensch.«

»Er hat dich darauf gebracht, dich von mir wegen Grausamkeit scheiden zu lassen, nicht wahr? Nach allem, was ich für dich und Byzantia getan habe. Euch aus der Gosse gerettet. Gib es zu.«

»Nein.«

»Jawohl, hat er.« Edwin fängt an zu weinen. »Alle sind sie gegen mich. Und ich will nichts als freundlich sein.«

Scarlet ergreift den Schürhaken.

»Wenn du nicht sofort verschwindest, bring ich dich um«, sagt sie.

Er geht und begegnet dem Anwalt, der gerade kommt. Der Anwalt heißt Alec, Scarlet hat das Gartentor klappen hören und weiß, daß Alec auf dem Wege ist. Jetzt hat sie gewissermaßen das Gesetz auf ihrer Seite und ist bereit, Edwin zu ermorden. Sie täte es gewiß gern. Sie kann es ertragen, von Edwin abzuhängen, Edwin zu hassen, Edwin zu verachten, aber sie kann es nicht ertragen, wenn er ihr leid tut.

Edwin kommt nie wieder. Scarlet erhält die Scheidungspapiere von ihm mit der Post und verteidigt sich nicht; es kommt zwar ein Privatdetektiv und untersucht das Doppelbett, das sie mit Alec teilt, aber Edwin selbst sieht sie tatsächlich nie wieder.

Manchmal wandert er durch ihre Träume, grau, mager und zappelig, und dann hat sie ein schlechtes Gewissen.

Es findet eine Verkaufsauktion für Y.s Bilder statt. Sie erbringen Rekordpreise. Y. ist tot. Es wird keine weiteren Bilder geben.

Die Artikel in den Kunstbeilagen der Sonntagsblätter sind getränkt vom Kummer über diesen Verlust. Die größte Malerin einer ganzen Generation. Vielleicht die einzige wirkliche Malerin, die es je gab, zu Tode gehetzt, von eigener Hand zerstört. Man gibt Helen die Schuld. X. verzeiht man. Seine eigenen Bilder steigen im Wert. Binnen sechs Monaten ist er wieder allgemein beliebt.

Man stelle sich die Szene vor, als Carl und Helen noch miteinander lebten, als Y. noch lebte. Carl kommt früh nach Hause, eine Flasche Champagner unter jedem Arm, um einen erfolgreichen Verkauf zu feiern.

Als er das Licht im Wohnzimmer andreht, treiben es zwei Menschen auf dem Fußboden. Es sind Helen, seine Mätresse, und X., einst sein vielversprechendster Maler. Er knipst das Licht aus und geht.

»Er muß uns gesehen haben«, sagt Helen erschrocken.

»Geschieht ihm recht«, sagt X.

»Er bringt mich um«, sagt Helen.

»Du bist ein großes Mädchen«, sagt X., »bring du ihn um. Ich werde für dich sorgen.«

»Und wenn er es Y. erzählt?«

»Das wagt er nicht. Y. tut, was ich ihr sage. Wenn es Ärger gibt, kriegt er keine Bilder mehr von ihr.«

Helen bemüht sich, wieder auf die Füße zu kommen, aber X. drückt sie auf den Boden und zwingt ihr die Beine auseinander. Sie kichert, angenehm berührt durch die Vorstellung, vergewaltigt zu werden, der Schuld enthoben durch das Bewußtsein, sich nicht wehren zu können.

Eine Stunde später liegen sie noch immer ineinander verschlungen auf dem Boden, als Carl mit Y. hereinkommt.

»Sex macht einen wahnsinnig«, sagt Helen Monate später zu Jocelyn, »wir müssen gewußt haben, daß das mal passiert. Wenn er weggegangen wäre, nachdem Carl das erstemal da war, wäre Y. vielleicht noch am Leben. Vielleicht wollten wir sie kränken. Vielleicht wollte X. immer nur das eine, Y. kränken. Sogar jetzt noch, wo sie tot ist, zahlt er es ihr heim – durch mich.«

»Wie meinst du das?« Jocelyn ist verwirrt. Beide sind sie schwanger. Jocelyn im achten, Helen im sechsten Monat. Aber alles, was Helen sagen kann, ist nur, »... indem er mich liebt.«

Y. steht schweigend als bleiche Puppe in der Tür und starrt mit erschlafften Gliedern auf die Szene. Carl stürzt auf Helen los und reißt ihr die restlichen Kleidungsstücke vom Leibe. Sie steht nackt da.

»So bist du zu mir gekommen«, sagt er, »so kannst du auch wieder gehen.«

X. lacht. »Was sind Sie doch für ein Ausländer, Carl«, sagt er.

»Wieso?« fragt Carl, selbst noch in dieser ausweglosen Situation von dem Gedanken beunruhigt, er könne sich nicht wie ein echter englischer Gentleman betragen.

»Ihr nehmt Sex so ernst«, sagt X. und ordnet seine Kleidung. Er wendet sich an Y. »Was ist los? Hast du deine Zunge verschluckt? Es tut mir leid, daß dieses bösartige Schwein es für richtig gehalten hat, dich hierherzubringen.«

»Er ist kein Schwein«, sagt Y. »Er ist ein Freund. Ich glaube, er ist der einzige Freund, den ich jemals hatte.«

»Ich bin deine Freundin«, flüstert die arme nackte Helen, aber Y. scheint es nicht zu hören.

»Raus!« sagt Carl zu Helen. »Laß mich in Ruhe. Du bist eine entbehrliche, eine austauschbare Person. Du bist nicht einmal dekorativ. Schau dich doch an, mit deinen großen, orangenen Brustwarzen. Du bist grob. Ich liebe Frauen mit kleinen rosa Brustwarzen.«

»Jawohl, raus hier«, sagt Y. »Ich will dich nicht im gleichen Zimmer haben wie meine Bilder. Du besudelst sie.«

Diese Bemerkung irritiert X. Es ist, als bewerte sie ihre Bilder höher als ihn.

»Wenn sie geht«, sagt er überraschenderweise, »gehe ich mit, Brustwarzen hin oder her.«

Carl und Y. sind sprachlos. Y. beginnt jetzt endlich zu weinen, ein sanfter, unterdrückter, schmerzvoller Laut. X. tritt vor und nimmt Y. den Mantel ab. Sie läßt ihn ihre Arme bewegen, ohne zu helfen oder sich zu wehren, hört aber nicht auf zu schluchzen. X. zieht Helen, die besser mitarbeitet, den Mantel über und legt den Arm um sie, um ihr noch mehr Schutz zu bieten. Dann gehen sie.

»Ich hab genug«, sagt X., »von dieser ganzen Hysterie. Ich will nur eines: einigermaßen in Frieden leben«, und zu Carl sagt er noch: »Hierfür mache ich Sie verantwortlich. Es brauchte nicht zu passieren. Sie alberner Ausländer, Sie haben einen lausigen Geschmack. Sie sind der größte Betrüger der ganzen Kunstwelt, und ich werde dafür sorgen, daß das jeder erfährt.«

Helen und X. ziehen aufs Land. Helen gibt bekannt, daß sie schwanger ist: eines Tages schickt sie Blumen an Y. und bittet sie um Verzeihung und eine Erneuerung der Freundschaft und bietet sich an, die Kinder zu hüten, damit Y. weitermalen kann.

Seit X. fort ist, ist Y. wie gelähmt. Wenn sie malen will, schläft sie ein. Sie hat mit Carl geschlafen, aber das nützt nichts. Y. flicht Helens Blumen zur Girlande, klebt einen Brief über den Gasofen, dreht das Gas auf und stirbt, wie sie immer gewußt hat, daß sie einmal sterben würde. Sie ist fünfunddreißig und hat das Gefühl, daß das Leben schon lange, lange dauert. Helen bekommt anonyme und nicht-anonyme Briefe, die ihr die Schuld an Y.s Tod geben. X. ist außer sich. »Du bist in unser beider Leben getreten«, sagt er zu Helen, »und hast es zerstört. Jetzt hast du meine Frau umgebracht.« Wochenlang schweigt er, aber er verläßt Helen nicht. Er bittet sie auch nicht, ihn zu heiraten. »Y. ist meine Frau«, sagt er. »Du bist mein Schicksal. Ich bin unter einem fürchterlichen Stern geboren.«

Einheimische Kunstliebhaber laden ihn zu Dinners und Partys ein. Helen wird nicht dazugebeten. X. geht. Helen, anschwellend und hilflos, bleibt zu Hause und wartet, so wie früher einmal Y. Helen stickt weiße Leinendecken. Sie meint in ihren Wunschträumen, sie hätte die Frau eines Diplomaten sein sollen. Dann hätte sie in irgendeiner europäischen Hauptstadt ein elegantes Leben führen und zu wichtigen Leuten liebenswürdig sein können. Sie glaubt, das hätte zu ihr gepaßt. Aber tiefinnerlich weiß sie, daß nichts, was sie jetzt tut, mehr etwas ändern wird. Wohin auch immer sie geht, wird Y. auf leisen Sohlen hinter ihr herschleichen, in einem weißen Kostüm, bleich und leicht gebeugt. X. schreibt eine Monographie über Y.s Werk.

Helen ruft einmal bei Jocelyn an, aber Jocelyn tut so, als wäre sie nicht da. Seit Y.s Tod hält Jocelyn sie für absolut verdorben. Wieder einmal ist sie dankbar für die fortwährende Langeweile ihrer eigenen Ehe.

Helen ruft Sylvia an, aber Sylvia hat ihr Heim verlassen. Butch lebt jetzt in ihrem Häuschen mit einem Mädchen namens Rachel. Sylvia war es, die Rachel in einer Schwangerschaftsklinik, wo sie wissenschaftlich arbeitete, kennenlernte und mit heimbrachte, ein häßliches, ungeschlachtes Mädchen mit geschweifter Hornbrille, pummeliger Figur, das Haar unmodern zu einem Bienenkorb hochgekämmt, und einem wiehernden Lachen. Der Gedanke, daß Butch Rachel anziehend finden könnte, daß ihr eigenes bleiches Schmachten ihn jetzt langweilt statt ihn zu reizen, kommt Sylvia nicht. Während dieser letzten, aber erfolgreichen Schwangerschaft haben ihre Sehkraft und ihr Gehör sich verschlechtert, und manchmal blickt sie Butch so an, als erinnere sie sich nicht mehr, wer er ist.

Rachel hat keine solchen Handicaps. Sie sieht den gesunden, kräftigen Butch mit hellen, braunen, wachen Augen an und fordert seine Zuwendung heraus, lacht schallend, wenn er einen unanständigen Witz macht. Sylvia sieht bei solchen Gelegenheiten nur verdutzt und damenhaft aus und bittet ihn, das noch mal zu sagen. Das kann er nicht aushalten.

An dem Tage, an dem Butchs Scheidung endlich ausgesprochen wird, gesteht er Sylvia, daß er seit ein paar Monaten ein Verhältnis mit Rachel hat und sie heiraten möchte. Sylvia bittet Butch, noch mal zu wiederholen, was er gesagt hat. Er versetzt ihr einen Hieb gegen den Kopf, auf die linke Seite, wo sie besser hört. Das Ohr pfeift tagelang, und als es nicht mehr pfeift, hört sie gar nichts mehr.

Sylvia zieht nach ein, zwei Tagen der Verlassenheit zu Jocelyn. Als sie fort ist, zieht Rachel – die ein Auge auf das Haus hatte – zu Butch. Rachels Meinung nach hat Sylvia Butch unglücklich gemacht und verdient daher alles, was sie kriegt. Butch und Rachel leben glücklich bis an ihr seliges Ende.

Was Helen betrifft, so tippt sie X.s Monographie über Y. und wartet darauf, daß ihr Kind zur Welt kommt. X. behauptet, es sei Carls Kind. Sie weiß, daß es das nicht ist.

Hier unten bei den Frauen.

Miss Rogers ist jemand Nettes. Sie hilft im Altersheim. Sie ist fünfundvierzig und war nie verheiratet. Sie geht zu Fuß durch den Park heim und setzt sich manchmal zu mir auf meine Bank. »Die Männer sind nicht schuld«, sagt sie eines Tages aus heiterem Himmel zu mir.

»Woran?« frage ich.

»An der Sache mit den Frauen«, sagt sie. »Früher habe ich immer die Männer für den Zustand der Frauen verantwortlich gemacht. Aber jetzt nicht mehr. Schließlich sind Männer irrelevant. Frauen sind glücklich oder unglücklich, befriedigt oder unbefriedigt, und es hat nichts mit den Männern zu tun.«

Sie seufzt. Sie ist eine gutaussehende, stattliche Frau; sie trägt einen Mantel von kühnem Rot. Ich frage mich, warum sie nie geheiratet hat. »Ein Vierzigjähriger hat es nicht schwer, mit einer Zwanzigjährigen durchzugehen«, sagt sie, als hätte ich es laut ausgesprochen, »aber wer wird mit mir durchgehen?«

»Man weiß nie«, sage ich.

»Nein«, sagt sie. »Für mich ist es zu spät. Und glauben Sie ja nicht, daß ich es nicht bedaure, denn das tue ich.«

Und statt ein Brotstückchen vor eine Taube zu werfen, trifft sie den unglücklichen Vogel damit, so daß er erschrokken aufflattert.

»Ich hätte gern einen Mann glücklich gemacht«, sagt sie.

»Was?« frage ich und versuche sie aufzuheitern, »für jemand kochen und saubermachen, der dazu genauso gut imstande ist wie Sie?« Sie ist eine so beherzte, dunkle, klug aussehende Frau, daß mich ihre Weichheit wundert.

»Ja«, sagt sie. »Das ist das Schlimmste. Daß man dienen will.« Und damit geht sie, mit einem Korb voll Leckereien für ihre Alten, ein gealtertes Rotkäppchen, das kein Wolf verfolgt.

Susan geht Wanda besuchen. Sie trägt ein Hütchen. Sie muß die einzige junge Frau in London sein, die noch so etwas trägt. Wanda ist beim Packen. Sie zieht mal wieder um. Ihre neue Wohnung wird pro Woche zehn Shilling mehr kosten, aber dafür muß man weniger Treppen steigen. Wandas Beine fangen an, das Alter zu spüren.

Susan geht überraschend praktisch mit dem grüngelben Linoleum um. Sie hebt es hoch, ignoriert den Schmutz darunter und stapelt es.

»Das hat Scarlet immer für mich getan«, sagt Wanda. »Aber die hat jetzt natürlich zu viel zu tun.«

»Womit?« fragt Susan.

»Mit dem Ausgehaltenwerden«, sagt Wanda säuerlich. »Das Mädchen hat die Seele einer Prostituierten.«

»Ich bin auch eine ausgehaltene Frau«, sagt Susan. »ich arbeite nicht oder so was.«

»Ja, aber du zahlst dafür«, sagt Wanda, die Susan beinahe gern hat. »Du bist verheiratet.« Wenn Wanda zuviel getrunken hat, schlingert sie manchmal auf Susan zu und umarmt sie. Und neuerdings heißt bei Wanda zuviel trinken überhaupt etwas zum Trinken haben.

Susan lacht nervös. Sie kann ihre Sympathie für Wanda nicht recht erklären. Sie erzählt Kim nicht, daß sie seine frühere Frau besucht, aber sie kann Kim überhaupt nichts erzählen, denn er ist selten zu Hause.

Watson und Belcher werden von Jahr zu Jahr mächtiger. Kim arbeitet schwer und lange, fährt zu Außenaufnahmen, so oft er kann, zieht Susan manchmal fein an und zwingt sie, bei irgendeiner großartigen Party, die er sich ausdenkt, die Gastgeberin zu mimen. Er beauftragt einen Partydienst, denn Susans Kochkünste sind neuseeländische Provinz geblieben.

Kim hat jetzt ein großes Haus in Windsor mit fünfköpfigem Personal und einem speziell für ihn gebauten Atelier, wo er malen kann. Es steht auch wirklich ein halbfertiges Bild auf der Staffelei. Susan schildert es Wanda, die sagt, es sei ein Bild, das er bereits 1939 angefangen und nie fertig gemalt hat. Er hält sich ja auch nie dort auf, in seinem schönen, zur Hälfte holzverschalten Atelier mit dem kühlen Nordlicht. Aber er geht auch nie mehr in die Kneipe in der Oxford Street. Er ißt im Savoy zu Mittag: klare Brühe, gegrilltes Steak mit Salat und schwarzen Kaffee oder manchmal Melone, gegrillte Seezunge und Tomaten und schwarzen

Kaffee. Er achtet auf seine Figur und hält seinen Blutdruck niedrig. Er will hundert Jahre alt werden und miterleben, wie seine Bilder in der Tate Gallery auferstehen, was ihm kürzlich ein Wahrsager prophezeit hat.

Gelegentlich trifft Susan Jocelyn. Ihre Welten gleichen sich, und obwohl Susan als Frau eines Direktors den gesellschaftlichen Vorsprung einer Geschäftsführersgattin hat, so hat Jocelyn doch einen akademischen Grad und ist Designerin ihres eigenen Heims. Kim kümmert sich um das von Susan – mit Hilfe des Art Departments. Susan hält sich für inkompetent.

»Erinnerst du dich an Sylvia?« fragt Susan Wanda. »Die wohnt jetzt bei Jocelyn. Sie ist schwanger und taub, und ihr Boyfriend hat sie nicht heiraten wollen.«

»Du klingst ja richtig eifersüchtig«, sagt Wanda, und das stimmt. Susan wäre froh, wenn überhaupt etwas passierte. Ihr Leben ist völlig ereignislos.

»Philip hat sich früher mal für Sylvia interessiert«, sagt Susan, »eigentlich hat Jocelyn ihn ihr weggenommen. Es ist riskant, sie im Haus zu haben, nicht wahr?«

(In Wirklichkeit kann Philip Sylvia fast nicht mehr sehen. In dieser aufgetriebenen, gequälten Frau kann er die indolente, geschmeidige Sylvia kaum noch erkennen, die hin und wieder in diesen Träumen von ihm vorkommt, bei denen seine Mutter sich immer einmischt.)

»Ich wollte, du hättest mehr normale Freundinnen«, beklagt er sich manchmal bei Jocelyn. »Es wirft kein gutes Licht auf dich.«

»Aber ich habe wenigstens Freundinnen«, sagte Jocelyn. Es ist eine scharfe, unfreundliche Bemerkung. Neuerdings macht sie solche Bemerkungen reichlich oft. Außerdem ist es wahr. Philip muß feststellen, daß er freundlos ist. Er hat wohl Kollegen, mit denen er gut steht, argwöhnt aber, daß sie ihn für spießig und langweilig halten. Über die früheren Rugby-Freunde, die jetzt bei Versicherungen oder in zweitklassigen Industriezweigen beschäftigt sind, ist er hinausgewachsen. Nicht daß er sich zu gescheit und zu gebildet für sie dünkt, nein, sie fühlen sich ihm unterlegen. Je mehr Drinks er zahlt, desto unbehaglicher fühlen sie sich.

Jocelyn läßt ihn sich unbehaglicher fühlen denn je. Sie hat jetzt eine scharfe Zunge und ist schwanger. Er betrachtet ihre umfangreiche Figur mit Angst, wie ein unbekanntes Wesen.

»Was du doch für ein schuldbewußtes Dingelchen bist«, sagt Wanda zu Susan. »Immer erwartest du irgendeine Strafe. Bestraft werden nur die Guten, und ich würde nicht sagen, daß Philip gut ist. Langweilig ja, gut nein.«

»Ich verstehe nicht, wie Jocelyn es aushält«, sagt Susan. »Auf Partys küßt Philip mir die Hand, und er hat so schlaffe, feuchte Hände, und dabei bringt er es fertig, mich lüstern anzusehen. Natürlich werde ich sehr häufig lüstern angesehen, weil ich mit jemand verheiratet bin, der so viel älter ist, aber Philip tut es doch öfter als die meisten.«

»Du redest, als wäre die Heirat etwas, was dir passiert ist, und nicht etwas, was du selber getan hast.«

»So empfinde ich es auch«, klagt Susan. »Ich war zu jung. Man hätte mich abhalten sollen.«

»Man«, höhnt Wanda. »Wer ist denn dieses geheimnisvolle ›man‹? Diesem ›man‹ bin ich nie nähergekommen als bei Scarlets Edwin, und schau dir bloß an, was daraus geworden ist.«

»Die arme Scarlet«, sagt Susan. »Ich wollte, sie könnte mich besser leiden. Ich bin bis hinaus nach Lee Green gefahren, um sie zu retten, und sie mag mich immer noch nicht. Und ich habe ihr wirklich immer nur Gutes gewünscht.«

»Du hast sie von Kim ferngehalten«, sagt Wanda.

»Aber nein«, sagt Susan gekränkt. »Nie! Ich bin seine Tochter.«

»Was hast du gesagt?« fragt Wanda.

»Ich sagte, sie ist seine Tochter«, sagt Susan.

Wanda seufzt und verfolgt das Thema nicht weiter. Susan aber tut es.

»Es ist einfach unfair zu behaupten, daß ich Scarlet ferngehalten habe. Sie war uns jederzeit willkommen. Du meine Güte, sie hat sogar ihr Kind in meinem Bett gekriegt. Heißt das, sie fernhalten?«

Wanda sagt nichts.

»Es hätte ihr nichts genützt, wenn man ihr Geld gegeben hätte«, sagt Susan. »Jeder Mensch muß lernen, auf eigenen Füßen zu stehen.«

»Nun halt schon den Mund, du albernes kleines Luder«, sagt Wanda, »und hilf mir beim Packen. Das ist das einzige, wozu du taugst.«

»So redet man nicht mit mir«, sagt Susan würdevoll, tut aber, was man ihr sagt. Sie lädt sogar Scarlet zum Dinner ein. Scarlet ruft erschrocken ihre Mutter an.

»Ich habe nichts anzuziehen«, sagt sie. »Kannst du mir Geld leihen?«

»Bitte doch deinen Freund«, sagt Wanda.

»Der muß seine Frau erhalten, der kommt nicht in Betracht. Und ich kann keine billigen Kleider mehr anziehen. Ich habe so eine ulkige Figur, auf mir sehen billige Kleider immer total verkehrt aus.«

»Dann geh nackt.«

»Du bist sehr wenig hilfreich«, sagt Scarlet hochmütig. »Nackt seh ich noch schlimmer aus. Total schief. Das ist deine Schuld. Du hättest mich als Baby in Gips legen lassen sollen.«

»Hab ich ja getan«, sagt Wanda. »Du bist mit verrenkter Hüfte auf die Welt gekommen. Du warst im Gips, bis du neun Monate alt warst.«

»Das hab ich nicht gewußt.«

»Es war etwas, woran ich nicht gern zurückdachte. Wie wäre dir zumute gewesen, wenn Byzantia deformiert geboren worden wäre?«

»Eine ausgerenkte Hüfte ist noch keine Deformation.«

»Nein? Dein Vater war da anderer Ansicht. Er konnte Akte malen, denen die Zehennägel aus den Ohren wuchsen, aber ein Baby mit einer ausgerenkten Hüfte warf ihn um. Er ist sechs Monate lang fast nie mehr nach Hause gekommen, hat dich nie angefaßt oder auf den Arm genommen, und danach habe ich ihm nie wieder getraut. Deswegen bin ich ja fort.«

»Ich dachte, du bist fort, weil du mit seinen Bildern nicht einverstanden warst?«

»Das auch. Aber die erste Enttäuschung hat mit dir angefangen.« Und Wanda lacht. Es ist ganz wie in alten Zeiten.

»Ich finde das nicht zum Lachen«, sagt Scarlet.

»Ich auch nicht«, sagt Wanda und versucht mit den Zähnen den Korken aus einer Ginflasche zu ziehen, weil sie den Telefonhörer in der Hand hat.

Doch sie tut sich nur an den Zähnen weh, also hängt sie den Hörer ein und konzentriert sich auf den Gin.

Susan hat im Frühstückszimmer für drei decken lassen, dort ist es zwangloser und voller Chintz.

»Wir sollten aber im Eßzimmer essen«, sagt Kim. »Oder möchtest du sie zweiter Klasse abspeisen?«

Susan ist ganz erschrocken über so viel Aggression. Normalerweise ist Kim höflich bis zur Gleichgültigkeit.

»Natürlich nicht«, sagt sie, »ich dachte nur, es wäre gemütlicher im Frühstückszimmer.«

»Und ich glaube, sie würde es als Beleidigung auffassen«, sagt Kim und starrt sie aus harten, hellen, ältlichen Augen an.

»Was ist denn mit dir?« fragt sie erstaunt. »Was hab ich denn getan?«

»Du hast mich meiner Familie beraubt«, sagt er. Sie fängt an zu weinen vor Erstaunen über die Ungerechtigkeit dieser plötzlichen Anschuldigung. Er tröstet sie automatisch, aber unbeteiligt. Sie überlegt, ob er vielleicht krank ist; der Gedanke, daß er es sein könnte, macht sie ärgerlich. Er ist gesetzlich verpflichtet, sich ihrer anzunehmen. Aus welchem anderen Grunde hat sie denn all diese Jahre ausgehalten? Sie schließt die Augen.

Und siehe da, ihr Kauriwald wächst um sie empor, hüllt sie wieder in seine dunkle, schützende Stille. Er war nicht verlorengegangen, hatte sich nur verborgen, zu düster, zu mächtig, um sich aufzulösen. Sie läßt sich Zeit zwischen den massigen Stämmen; sie schiebt die Ranken der Schlingpflanzen beiseite; sie lauscht der Stille, sie ist wieder Kind. Sie öffnet die Augen. Sie lächelt Kim entrückt zu, klingelt nach dem Mädchen und läßt im Speisezimmer noch einmal zum Essen decken, auf dem großen Tisch unter dem Kronleuchter.

»Geht es dir jetzt besser?« fragt er.

»Ja, ja«, sagt sie, doch es berührt sie nicht mehr. Er hat nichts mit ihr zu tun. Er ist Scarlets Vater, Byzantias Großvater, Wandas Ehemann. Er hat es zugegeben, also kann sie es auch zugeben. Sie hat ihr Innenleben wieder.

Scarlett trifft ein; sie trägt orangefarbene Seide, sie ist charmant, beinahe gepflegt, sie ist schlank und unterhaltsam. Ihre Schuhe sind nicht geputzt, und sie hat Laufmaschen in den Strümpfen, als habe sie ab Kniehöhe das Interesse an sich verloren, aber solange sie sitzt, macht sie ihrem Vater Ehre. Er ist beeindruckt. Sie unterhalten sich, lachen, sprechen vertraulich.

Susan empfindet sich als langweilig, schwerfällig und isoliert. Sie sitzt in der hochglanzpolierten, glitzernden Welt, die sie geschaffen hat. Jedes Prisma am Kronleuchter über ihr ist gewaschen und poliert. Oben in der Mahagonikommode liegen die gefalteten schneeweißen Laken und Kopfkissenbezüge, flaumigen Handtücher und Decken. In der Küche ist alles Ordnung und Sauberkeit. Im Garten kommt kein Unkraut mehr als einen Zentimeter hoch. Simeon schläft artig, mit sauberem Gesicht, sauberen Fingernägeln und in taufrischem Pyjama. Nichts davon tröstet sie.

Sie kann ihr Gesicht im Spiegel sehen. Ihre Augen fangen an leicht hervorzutreten, wie bei ihrer Mutter. Sie hofft und glaubt, daß Kim es noch nicht gemerkt hat.

»Vielleicht sollte ich zu Wanda ziehen und dort leben«, sagt sie, »und Scarlet könnte kommen und hier leben«, aber sie muß es sehr leise gesagt haben, denn keiner hört es. Nach einigem Nachdenken ist sie erleichtert, daß keiner ihr zuhört.

»Ich habe das Klagen und Vorwürfemachen aufgegeben«, sagt Scarlet nach mehreren Gläsern guten Rotweins. »Es verbraucht zuviel Energie. Ich habe noch so vieles vor, und das Leben ist kurz.«

»Du hast lange gebraucht, bist du daraufgekommen bist«, sagt Kim, der nicht nur Wein, sondern auch fast eine halbe Flasche Whisky getrunken, außerdem Krabbencocktail in einem Cognacschwenker, gefülltes Brathuhn mit Brotsauce, gerösteten Kartoffeln und grünen Erbsen und Pfirsich Melba gegessen hat. Manchmal denkt er daran, Susan im Cordon Bleu Kochunterricht geben zu lassen, fürchtet aber, daß dann ihre Augen noch stärker hervorquellen als ohnehin schon.

»Du kannst mir nicht vorwerfen, daß ich aufdringlich bin«, sagt Scarlet. »Für eine Tochter halte ich mich sehr zurück.«

»Dein ganzes bisheriges Leben«, klagt er, »war ein recht kompakter Vorwurf gegen mich.«

»Oder gegen Wanda«, sagt Susan, aber sie beachten sie

nicht. Liegt es daran, daß sie leise spricht, überlegt sie allmählich, oder haben die beiden sie aus ihrem Gedächtnis getilgt?

»Einmal bin ich zu dir gekommen«, sagt Scarlet, »um dich zu fragen, was aus mir werden soll.«

»Und was hab ich gesagt?«

»Ich kriegte Byzantia und kam gar nicht soweit. Vielleicht war das Antwort genug.«

»In meinem Bett«, sagt Susan.

»Unserem Bett«, sagt Kim, der sie hört, aber nicht ansieht. »Derzeit haben wir, da wir zur feinen Gesellschaft gehören, getrennte Schlafzimmer mit einem Bad dazwischen.«

»Du hast mich nie unterstützt«, sagt Scarlet. »Warum nicht?«

»Ich mußte Susan erhalten und natürlich Simeon.« Obwohl er sich kaum erinnern kann, einen Sohn zu haben.

»Aber wenn du willst«, sagt Kim, »geb ich dir jetzt ein Taschengeld.«

»Jetzt brauch ich es nicht«, sagt Scarlet. »Ich lebe in wilder Ehe mit einem Anwalt. Außerdem hätte Susan sowieso etwas dagegen. Ich brauche sehr wenig. Alec zahlt die Miete, und der Staat zahlt für meine Psychoanalyse.«

»Wie du das nur aushältst«, sagt Susan, »daß man in deinem Gemütsleben herumstochert. Diese ganze Innenbeschau macht die Leute nur ichbezogen und egoistisch. Und was hat es dir schon genützt?«

»Ich sitze hier an diesem Tisch«, sagt Scarlet, »benehme mich ganz ordentlich und glaube sogar, daß ihr alle beide menschliche Wesen seid.«

»Charmant«, sagt Susan.

Kim fährt Scarlet in seinem neuen Bentley nach Hause. Trotz all dem glänzenden Metall ringsum hat er das Gefühl, nur der Schatten dessen zu sein, was er hätte sein können.

»Als deine Mutter mich verließ«, sagt er, »hat sie etwas von mir mitgenommen. Es hat mir damals nicht leid getan, sie gehen zu sehen, aber ich glaube, schade war es doch.«

»Soll ich ihr das erzählen?« fragt Scarlet. »Es würde sie freuen.«

»Nein«, sagt er. »Es ist zu spät. Wir sind beide zu alt. Für uns ist die Zukunft schon Vergangenheit.«

Er fährt eine Weile schweigend weiter. Er merkt, daß er ein lächerlicher, gealterter Mann ist, der zu enge rote Hosen und einen Lambswool-Pullover trägt. Er versteht nicht, wie das gekommen ist. Er ist gewohnt, jung zu sein. Und das ist also seine Tochter? Scarlet, sein Baby, das in einem klobigen Gipsverband liegt, die Glieder gespreizt. Ist sie wirklich zu dem da geworden? In seinem Kopf gerät die Zeit durcheinander.

»Du hättest im Krankenhaus entbinden sollen«, murmelt er, weil er Scarlet für Wanda hält. »Du bist so eigensinnig. Du hast es eben doch nicht besser gewußt als die Ärzte, verstehst du? Und du bist nicht so robust, wie du meinst. Jetzt siehst du, was du bei ihr angerichtet hast.«

»Was hast du gesagt?« fragt Scarlet verdutzt, und er schüttelt den Kopf wie ein Seehund, der aus dem Wasser auftaucht, und gewinnt das Gefühl für die Gegenwart zurück.

»Ich arbeite zuviel«, sagt er. »Von mir hängen so viele ab.«

»Woran arbeitest du denn zuviel?« fragt Scarlet. »Klopapier?«

»Genau«, sagt er.

»Du bist doch wirklich eine Stütze der Gesellschaft«, sagt sie. »Lauter nette saubere Hintern und alles wegen dir.«

»Du bist wie deine Mutter«, sagt er. »Kein Wunder, daß ich euch verwechsle.«

Es ist unmöglich, denkt er, als er zu Susan zurückgekehrt ist, jeden glücklich zu machen. Er versucht es trotzdem. Susan schmollt vierundzwanzig Stunden lang, dann erlaubt sie ihm überraschenderweise, mit ihr zu schlafen. Mitten im Liebesakt stirbt Kim, plötzlich und schmerzlos. Das hat er immer gefürchtet – das Hämmern des Herzens, das Aufbäumen der Sinne, der Krampf des Nichts – die Furcht, daß sich nun der Geist so weit entfernt, daß er nicht mehr zurückfindet.

Nun denn: an diesem speziellen Abend findet er nicht zurück. Kim stirbt, wie er gelebt hat, erleichtert, und vielleicht in Susans Armen passender als in denen von Alison.

Am Tag, nachdem sie bei ihrem Vater gegessen hat, füllt Scarlet einen Aufnahmeantrag in die London School of Economics aus. Sie bringt ihn sogar zur Post.

»Man könnte beinahe sagen«, sagt sie zu Alex, »daß ich erwachsen geworden und über manches hinausgewachsen bin.«

»Worüber denn?« fragt er, sich umblickend.

»Dich«, sagt sie.

»Wieso?« Er ist überrascht, aber nicht wirklich erschrokken.

»Deine Frau ist ein netter Mensch«, sagt Scarlet.

»Du aber auch«, sagt Alec. »Und überhaupt, woher weißt du, wie meine Frau ist? Du bist ihr nie begegnet. Du und ich tun niemand weh. Was wir tun, vermehrt nur die Summe menschlichen Glücks.«

»Doch, mir tun wir weh«, sagt Scarlet. »Ich will einen richtigen Ehemann in meinem Alter und noch ein paar Kinder. Ich will nicht mehr nur das, was andere Frauen übriglassen.«

»Oh, charmant« sagt er. »Charmant. Ich finde, du bist nicht für die Ehe geschaffen. Mir tut dein früherer Mann leid. Du hast keinen Sinn für Humor.«

»Verschwinde«, sagt Scarlet, die diese Bemerkung wütender macht als alle anderen Kränkungen, die er ihr angetan hat. »Hinaus mit dir!«

»Also gut«, sagt er und zögert. »Ruf mich im Büro an, wenn du es dir anders überlegst.«

»Und wenn ich nun bei dir zu Hause anriefe?« fragt sie.

»Das würdest du nicht tun«, sagt er. »Außerdem kennst du die Nummer nicht. Du handelst sehr vorschnell. Angenommen, du findest niemand, der dich heiratet? Die Welt ist voll von unverheirateten Frauen. Ich bin vielleicht nur ein glücklicher Zufall.«

»Ich bin geschieden«, sagt Scarlet. »Und statistisch gesehen ist das ein gutes Zeichen. Geschiedene heiraten meist wieder.«

»Ich werde dich vermissen«, sagt Alec. »Als ich dich damals im Wagen zum erstenmal sah, hielt ich dich für eine muffige Tochter auf einer Ausfahrt mit ihrem Vater. Dann sah ich, wie du ihn anfauchtest, und wußte, daß keine Tochter ihren Vater je so anfaucht. Das war eine Ehe, ganz bestimmt! Dann hast du dich nach hinten zu den Rücksitzen gelehnt, und man sah viel Strumpfbänder und hübsche weiße Schenkel, und da kam ich auf Ideen, ob nun verheiratet oder nicht. Nette unabgenutzte Schenkel, Scarlet. Ich habe guten Gebrauch von ihnen gemacht.«

»Nun mach schon, daß du wegkommst«, sagt Scarlet ganz traurig. »Das zieht nicht mehr. Ich bin kein unartiges kleines Mädchen mehr. Ich bin eine erwachsene Frau. Guten Tag.«

Am nächsten Tag ruft Wanda weinend bei ihr an und sagt ihr, daß Kim tot ist. Scarlet ruft Alec im Büro an und weint. Er kommt sofort herüber und tröstet sie, gesteht, daß er seine Ehefrau nur erfunden hat und bittet sie, ihn zu heiraten.

»Es sieht aus wie ein Happy-End«, klagt Scarlet später gegenüber Jocelyn. »Kim stirbt, und alles kommt in Ordnung. War er wirklich so ein Bösewicht? Ich hatte aufgehört, ihn zu hassen, und jetzt muß ich es notgedrungen noch mal überdenken. In letzter Zeit kam er mir so wenig hassenswert vor. Er war einfach nur ein alternder, ganz gewöhnlicher Mann von recht unkompliziertem Wesen, ziemlich eitel, der zu jugendliche Hosen trug. Ein kleiner Junge, der mit seinem schicken Haus und seinem glänzenden Wagen angeben wollte. Wieviel von meinem Leben habe ich damit vertan, ihn zu ärgern, und wenn ich ihn gerade nicht ärgerte, ihn anzubeten wie ein Götzenbild, daß er in meinen Gedanken immer geblieben ist: mit einem im Jahre 1939 gemalten Bild in der einen, feingemeißelten Hand, und mit der anderen Susan in den Hintern kneifend. Ein Relief, nicht tief, würde ich sagen, mehr wie die Elgin Marbles. Trotzdem freut es mich, daß wir in Freundschaft auseinandergegangen sind.«

Kims Haus ist selbstverständlich nicht bezahlt. Ebensowenig der Rolls Royce. Er hat offenbar seit fünf Jahren nicht eine Haushaltsrechnung bezahlt. Er besitzt nur eine Lebensversicherungspolice, und deren Prämie hat er – nur einen Tag vor seinem Tode – von seiner Frau auf seine Tochter Scarlet überschrieben. Binnen einer Stunde nach Bekanntwerden seines Todes wird Scarlet ein Scheck über 8532 Pfund überbracht. Susan macht keine Einwände, dazu hat sie nicht die Kraft. Amtliche Buchprüfer und Testamentsvollstrecker rücken an. Das Haus wird verkauft, um die Außenstände zu decken. Susan nimmt sich die Wohnung unter der von Wanda. Simeon wird aus der Privatschule genommen und geht in die Volksschule; eine Weile wird er schikaniert, aber nachdem seine Aussprache das Exzentrische verloren hat, wird er wie alle anderen. Er ist um so glücklicher jetzt. Seine trüben Augen beginnen zu leuchten. Auch die von Susan, die Tochter, Frau und Mutter für Wanda wird. Sie findet eine Stellung als Stenotypistin. Ihr Leben beginnt. Ihre Augen treten nicht mehr hervor.

Etwa sechs Monate nach Kims Tod wird Susan von einer Frau namens Alison angerufen. Sie sagt, sie sei Kims ehemalige Sekretärin. In ihrem Besitz befinden sich an die fünfzig Gemälde, die Kim im Laufe der vergangenen acht Jahre gemalt hat. Was sie mit ihnen tun soll? Wanda geht auf Bitten von Susan hin und sieht sich die Bilder an.

Alison ist fünfzig, eine grauhaarige, unattraktive, ruhige, stoische Person. Kim hat sie jahrelang täglich aufgesucht, um zu malen, zu reden, zu lieben. Mehr hat sie nicht verlangt. Sie hat nie heiraten wollen. Aber sie hat gedacht, daß Susan vielleicht ein Recht auf die Bilder hat.

»Sie meinen«, sagt Wanda, »Sie wollten sich in Erinnerung bringen.«

Aber sie weiß, daß das nicht wahr ist. So ist Alison nicht. Alison ist eine freundliche Person und möchte nur gefällig sein. Wanda hat sich noch nie so im Unrecht gefühlt. Sie hat den Verdacht, daß die Bilder wirklich sehr gut sind. Sie läßt sie bei Alison, die so oder so keine Ahnung von ihrer Qualität hat und die sie schließlich den Methodisten für deren Ramschverkauf stiftet.

Hier unten bei den Frauen.

Nun wollen wir die gefallenen Frauen preisen, wenigstens diejenigen von ihnen, die nicht freiwillig gefallen sind, sondern gestoßen wurden und sich nie wieder erhoben haben.

Laßt uns beispielsweise ganze Lastwagenladungen voller junger Mädchen aus Kairo preisen, die man zum Gebrauch der Truppen herangekarrt und in Bunker unter dem Boden der Wüste eingepfercht hat. Enger zusammengedrängt als Pauls Legehennen, sind auch ihnen die Daunen ausgerupft, ihre Brust ist genauso wund, und sie haben noch mehr Krankheiten. Wo bleibt denn hier der Beamte des Landwirtschaftsministeriums, wo der Tierarzt, wo die Gewerkschaft? Wo sind ihre Entschädigungen, ihre Stipendien, ihre Darlehen, die ihnen zujubelnden Massen? Wenn die großen Soldatentreffen stattfinden, wo sind sie hingekommen? Verloren an die Syphilis, den Tod und die Plackerei. Diese und andere Mädchen, zusammengeschaufelt aus allen Großstädten in Ost und West, aus Kairo, Saigon, Berlin und Rom, wo sind ihre Denkmäler? Wo denkt man noch an sie, betet für sie, ehrt sie? Haben sie nicht das Ihrige getan?

Wir sollten ein Monument errichten mitten im London Stock Exchange. Nennen wir es das Grabmal der Unbekannten Hure. Laßt die Königin einmal im Jahr einen Kranz niederlegen. Auf wessen Seite steht sie überhaupt? Die Männer haben den Rahm abgeschöpft und uns nur die Magermilch für unsere Cornflakes übriggelassen. So jedenfalls läßt Helen sich hören, als Scarlet zu Besuch kommt, um ihr ihren Ehering und Photos von der schönen Byzantia zu zeigen.

X. hat eine Affäre mit der Frau eines Nachbarn. Sie heißt Barbara. Er gibt sich keine Mühe, es vor Helen zu verbergen. Er malt Barbara nackt und nimmt Barbara und nicht Helen zu Vernissagen mit.

Wenn Helen protestiert, kann er nur sagen: »Jetzt weißt du, wie Y. zumute war. Bleib ruhig und finde dich damit ab, wie du es von ihr erwartet hast.«

»Willst du denn, daß ich auch sterbe?« fragt Helen.

»Das ist deine Sache«, sagt er. »In jedem Fall trägst du den Tod in dir. Das wußte ich von dem Augenblick an, in dem ich dich zum erstenmal sah.«

Helen, die in den Spiegel schaut, sieht, daß er recht hat. Wenn X. fort ist, die schwarze ländliche Nacht das Häuschen umschließt und die Stille sich erhebt, dann ist es der Tod, den sie in den Dielen und Balken knarren hört, der Tod, der die Blätter gegen die Fenster rascheln läßt. Sie hat jetzt Angst vor dem Übernatürlichen, wie sie nie vor etwas Lebendigem Angst gehabt hat. Sie holt sich dann das Baby Alice aus seiner Wiege, sitzt stundenlag da und wiegt es an ihrer Brust und hat dann sogar Angst, das Tuch zurückzuziehen und ihr Kind anzuschauen, weil es sie vielleicht mit den Augen von Y. anstarrt und mit dem Mund von Y. saugt.

»Möchtest du, daß ich gehe?« fragt sie X.

»Nein«, antwortet er und verstummt wieder.

»So kann ich nicht leben«, sagt sie zu ihm.

»Du mußt leben, wie du möchtest«, erwidert er. »Es hat nichts mit mir zu tun. Wir sind durch den Tod von Y. aneinandergekettet, und es liegt nicht bei mir, diese Bindung zu lösen.«

»Du bist genauso schuld wie ich«, sagt sie, und er lacht, laut und ungehörig, über das Absurde einer solchen Unterstellung. Beide wissen, daß es nicht stimmt. Es ist eine ausgemachte Sache, daß der Tod von Y. Helens Schuld ist.

X. meint, daß sich Helen aus einem zahmen in ein wildes Tier verwandelt. Sie ist hager geworden, ihre Lippen ziehen sich straff über Zähnen zurück, die zu groß wirken. Das Weiße ihrer Augen ist unnatürlich. Sie scheint ihm in dunklen Ecken aufzulauern – der verkörperte Vorwurf. Sie ist seine Strafe. Er will sie nicht fortschicken, aus Angst, es käme noch Schlimmeres nach.

Er hat eine Scheu vor Alice, die maunzt und schmatzt wie ein kleines Tier. Auch sie ist nicht geheuer, denkt er, mit ihrem winzigen, blinden, suchenden Kopf. Ihm wird nur leichter, wenn er mit Barbara zusammen ist, die er als eine geruhsame, angenehme, geistlose Frauensperson empfindet. Sie hat keine Phantasie. Für sie ist ein Tisch ein Tisch und ein Todesfall ein Todesfall. Helen mißfällt Barbara, und sie glaubt rundheraus sagen zu müssen, was sie denkt.

»Sie ist eine Femme fatale, das ist alles«, sagt Barbara.

»Eines Tages wirst du ihr entwachsen und aufhören, so niedergeschlagen zu sein. Und bis dahin wirst du natürlich wunderbar malen. Vielleicht ist der Streß gut für dich?«

Barbara möchte im Grunde nicht, daß die Situation sich ändert. Warum auch? Sie hat jetzt eine Stellung, wie sie sie sich nie erträumt hat. Einen erfolgreichen Landwirt als Mann und einen berühmten Künstler als Liebhaber, und das schwarze Biest Helen, das aus seinem Winkel faucht, hat sie besiegt.

»Du kannst nicht bleiben«, sagt Scarlet zu Helen, denn Gerüchte über Barbara sind bis nach London gedrungen. Helen wird noch immer als Hexe angesehen, aber Scarlet ist jetzt auf Helens Seite. »Du muß hier weg. Es gibt noch mehr Männer auf der Welt.«

»Vielleicht wird es wieder besser«, sagt Helen. Sie trägt etwas, was aussieht wie mehrere Chiffonschals. Bei jeder Bewegung wogt und schwebt Stoff um ihr starkes, knochiges, glatthäutiges Gesicht. Sie ist sehr mager geworden.

»Du bist auf diesen Menschen fixiert«, sagt Scarlet. »Was ist er denn schon? Nichts weiter als ein Mann.«

»Er ist mein Leben geworden«, sagt Helen. »Alles, was ich war, habe ich in ihn investiert. Ich habe nichts mehr, nur noch ihn.«

»Na schön«, sagt Scarlet energisch, »ich bin nicht verliebt in ihn und sehe ihn ganz klar. Er ist hemmungslos, eingebildet, ein Sadist und so neurotisch, wie man nur sein kann. Und nichts von alledem ist *echt*.«

»Der Tod von Y. war echt«, sagt Helen. »Ich hab den Totenschein gesehen. Tatsächlich habe ich ihn ausgestellt, weißt du. Kein anderer hätte es fertiggebracht, etwas so Gemeines zu tun. Ich hab immer die Dreckarbeit machen müssen und muß auch noch mit Y.s Geist fertigwerden. Während er sich irgendwo anders prima amüsiert.«

»Du mußt hier raus«, sagt Scarlet.

»Ich kann ihn nicht verlassen«, wiederholt Helen. »Er ist mein Lebensinhalt. Außerdem könnte ich es erst, wenn er mich auffordert zu gehen. Vielleicht braucht er mich. Ich inspiriere ihn. Das war immer so. Seine Arbeit ist wichtiger als meine Gefühle.«

X. kommt heim und nimmt keine Notiz von Scarlet, außer ihr kurz zuzunicken, während er durch das Wohnzimmer in sein Schlafzimmer geht. Er schließt die Tür energisch hinter sich.

»Er ist nicht inspiriert«, sagt Scarlet, »er ist verrückt. Ich weiß es, ich war auch mal verrückt. Du warst ein bißchen sonderbar, aber nie verrückt. Du schuldest ihm nichts. Um Alices willen, mach, daß du rauskommst. Du bist jetzt eine Mutter, nicht nur eine Frau. Was für ein Vater ist er schon für sie?«

Es hat einmal eine Zeit gegeben, da pflegte Scarlet nicht in das Leben anderer einzugreifen. Jetzt, wo sie älter wird, merkt sie mehr und mehr, daß sie alles am besten weiß.

»Wohin soll ich denn?« fragt Helen. »Wie soll ich denn leben? Ich war noch nie ohne Mann. Immer war ich die Mätresse von jemand. Ich wäre nicht gern eine ledige Mutter.«

»Zu denen hab ich auch gehört«, sagt Scarlet, »und es wird von Jahr zu Jahr leichter.«

»Du begreifst nicht«, sagt Helen hilflos. »Ich war noch nie für jemand verantwortlich außer für mich. Ich kann jetzt nicht damit anfangen. Ich kann nichts Neues mehr tun. Nur dasselbe, was ich gestern auch getan habe.«

Scarlet ist schockiert darüber, wie Helen sich verändert hat. »Du bist wie jemand im Gefängnis«, sagt sie. »Wenn du hierbleibst, stirbst du.«

»Meine ganze Familie ist im Gefängnis gestorben«, ist alles, was Helen dazu sagt. »Mutter, Vater, Tanten, Onkel. Meine Schwester. Warum soll es mir anders gehen? Ich habe nichts gegen Sterben oder Gefängnis. Besser spät als nie. Ab mit mir in den Kibbuz im Himmel.«

Scarlet würde sie am liebsten ohrfeigen.

»Ich hab ja nur Spaß gemacht«, sagt Helen schwach.

»Dann gib mir Alice«, sagt Scarlet. »Sei du weiter so verdorben, wie du willst, aber laß mich Alice retten.«

»Man kann sie nicht retten«, sagt Helen schlau. »Sie ist verloren, denn sie ist weiblich. Und was noch mehr ist«, fügt sie trostlos hinzu, »sie gehört mir.«

Und wieder versinkt sie in Lethargie, sitzt zusammengekrümmt in ihrem Stuhl. Sie hebt die Hand und zeigt: »Da ist sie«, sagt Helen. »Da kommt Y.«

Und Scarlet wird ganz kalt, weil tatsächlich eine bleiche, gebeugte Gestalt die Einfahrt heraufkommt. Es ist nur das

Milchmädchen, wie Helen sicherlich weiß, denn die Milch wird jeden Abend um die gleiche Zeit geliefert.

Scarlet überwindet sich, an X.s Tür zu klopfen, einzutreten und ihm zu sagen, daß Helen einen Arzt braucht, weil sie einen Nervenzusammenbruch hat.

»Einen Arzt?« fragt X., offenbar verwirrt. Dann lacht er und sagt: »Wir brauchen keine Ärzte. Wir brauchen Geistliche. Wir werden sie exorzieren lassen.«

Und wie auf ein Stichwort steht er vom Bett auf und denkt nach und stelzt dann zur örtlichen Bücherei, wo er eine Berühmtheit ist, um ein Buch über Exorzismus zu suchen.

»Hör mal«, sagt Scarlet zu Helen. »Er geht zu weit. Willst du hier einfach sitzenbleiben und dich exorzieren lassen?«

»Nicht auf die billige Manier«, sagt Helen mit offenbar wiederkehrendem Mut, »und nicht von ihm. Bin ich ihm nicht einmal einen Geistlichen wert? Für wen hält er sich denn?«

»Komm mit mir nach London«, sagt Scarlet.

»In London spricht keiner mit mir«, sagt Helen, »alle geben mir die Schuld.«

»Es wird dich vielleicht überraschen«, sagt Scarlet, »aber in diesem Land gibt's mindestens fünfzig Millionen Menschen, die von X., Y. und dir noch nie gehört haben.«

»Ich bin so alt«, sagt Helen, »so alt wie der Tod. Mich will keiner mehr.«

Scarlet nimmt Helens knochige Hand in die ihre.

»Y. hat mir einmal übers Haar gestrichen und mich dadurch dem Leben wiedergegeben«, sagt Helen. »Ich glaube nicht, daß du das für mich tun kannst.«

Trotzdem läßt sie ihre Hand in der von Scarlet und blickt starr darauf nieder. Und Scarlet, die sich ihrer Jahre in der Finsternis bewußt ist, versucht durch bloße Berührung etwas von ihrer so schwer erworbenen Kraft zu übertragen. Scarlet ist großmütig. Sie möchte gern mit anderen teilen. Sie ist bereit, wenigstens ein Stück ihres Glücks zu verschenken. Und tatsächlich sieht es so aus, als beginne, während sie Scarlets Hand hält, die Finsternis aus Helens Hirn abzufließen. Ihr Mund, der so krampfhaft zusammengepreßt war, entspannt sich zu einem Beinahe-Lächeln.

(»Ich hab es geschafft, daß der Tod sie verläßt«, sagt Scarlet später zu Jocelyn, »nur für einen Moment.« Und Jocelyn nickt höflich, einigermaßen verlegen und denkt – sagt es aber nicht –, was viele andere denken, daß nämlich Scarlet Helen hätte in Ruhe lassen sollen und daß dann alles vielleicht wesentlich besser ausgegangen wäre.)

»Gut«, sagt Helen unerwartet, »ich komm mit nach London. Schnell, schnell. Wir müssen hier weg sein, wenn er wiederkommt. Er wird uns umbringen.«

Damit rennt sie die enge Treppe hinaus zu ihrem Zimmer und fängt an, ihre Sachen zusammenzusuchen, rasch, rasch. Scarlet hilft ihr. Wie weiß das Leinen ist, wie zart die Wäsche, wie streicheln Helens Finger sie automatisch, sorgsam, selbst in diesem äußersten Entsetzen. Denn nachdem sich Helen nun entschieden hat fortzugehen, ist ihre Angst vor X. plötzlich extrem stark geworden. Es scheint ihr lebenswichtig, daß sie fort sein müsse, ehe er wiederkommt.

Einen peinlichen Moment lang fragt sich Scarlet, ob Helen vorhat, das Baby zurückzulassen, aber Scarlet hat die Freundin verkannt. Helen bückt sich beim Weggehen und nimmt Alice auf, wickelt sie in einen schneeweißen, wunderschön weichen Schal. Jetzt gehen sie halb im Laufschritt über gepflügte Felder zum Bahnhof. An ihren Schuhen hängen Klumpen von Lehm.

Scarlet wagt nicht, sich umzudrehen, sie fürchtet, X. am Horizont auftauchen zu sehen. Innerhalb von nur zehn Minuten hat sie ihn mit übernatürlichen Kräften ausgestattet. Doch ihre Angst ist durchwebt von freudiger Erregung. Wieder einmal läuft sie davon. Immer ist sie davongelaufen und hat es jedes Mal erheiternd gefunden. Schon bei Wanda hat es immer etwas Neues gegeben, eine neue Schule, einen neuen Vater, eine neue Wohnung, in die man flüchten konnte, später dann einen neuen Ehemann, ein neues Kind, ein neues Leben. Jedes neue Ereignis ist die Gewähr, daß eine Unmenge früherer zurückgelassen werden, vor denen man davonläuft, die unerledigt bleiben. Sie erinnert sich, wie sie sich als ungezogenes kleines Mädchen gefühlt hat, erregt durch das Unglück und ihre eigene Halsstarrigkeit.

Und so ist sie immer noch und stolpert nun als erwachsene Frau über lehmige Felder.

»Im Leben ändert sich nicht viel«, bemerkt Scarlet keuchend.

»Sag das nicht«, meint Helen. »Der Gedanke ist zu entmutigend.« Der Bahnhof kommt in Sicht. Der Verstand kehrt zurück. Sie gehen jetzt ganz normal. Helen nickt den Dorfbewohnern leutselig zu, die starren sie dafür an, entweder verständnislos oder unverhohlen feindselig.

»Ich hoffe stark, daß sich da noch etwas ändern läßt«, sagt Helen. »Bis jetzt habe ich mein ganzes Leben unter Feinden verbracht. Als Kind hat man mich gehaßt und gefürchtet als feindliche Ausländerin. Später wurde ich dann schön, und man mochte mich deswegen nicht. Dann habe ich zu beharrlich geliebt, soviel Beständigkeit mögen die Leute nicht, es erschreckt sie. Es heißt, daß es ein Ziel und ein Verhängnis gibt, daß dem Chaos ein Plan zugrunde liegt. Das ist eine zu gewaltige Vorstellung für Durchschnittsmenschen, die jeweils nur eine Minute lieben können.«

»Wie ich«, sagt Scarlet.

»Oh, du hast Entschuldigungsgründe«, sagt Helen nachsichtig. »Für dich ist es schwierig, zu überleben.«

Im Zug schwatzt sie über das Schicksal der Frauen, plant ein Grabmal für die Unbekannte Hure und sagt, daß sie Porträtmalerin werden möchte.

Sie wohnt eine Weile bei Scarlet und Alec in ihrem komfortablen Haus und faßt eine innige Neigung zu Byzantia.

»Sie ist ein süßes Mädchen«, sagt Helen. »Da sieht man, wieviel Gutes aus so vielen Sorgen entstehen kann. Weißt du noch, wie wir alle versprachen, dir zehn Shilling die Woche zu geben? Wir haben es nie getan. Es war keine Zeit dazu. Das Leben hat uns zu schnell eingeholt.«

Und sie wiegt ihr Baby und wickelt es unaufhörlich frisch und dreht seine Haarsträhnchen mit dem Finger zu einer Locke und wartet, daß X. kommt und sie heimholt. Aber er kommt nicht.

Eines Tages sagt sie zu Scarlet: »Ich habe neulich Y. auf der Straße gesehen. Ich muß hier weg. X. wird nicht kommen, deshalb ist sie an seiner statt gekommen. Ich weiß, daß ich Unsinn rede, aber ich weiß auch, daß ich hier weg muß.«

Scarlet denkt, daß Helen nur nett sein will und Ausflüchte braucht und daß sie wegen ihr fort möchte. Denn Helen hat Alec instinktiv begehrlich beäugt. Nicht daß sie ihn wirklich mag oder haben will, sie ist einfach nicht gewöhnt, ohne Mann zu sein. Scarlet ist ziemlich überzeugt, daß Alec Helens Interesse nicht erwidert, denn intensive Gefühle machen ihn nervös. Trotzdem erwischt Scarlet sich dabei, daß sie Türen so öffnet, als fürchte sie das, was sie dahinter findet, und sie hat ein Gefühl von etwas Bleichem, Wachsamen, Geducktem, als sänke ihr Y.s Mantel auf die Schultern. Daher widerspricht sie nicht.

»Ja«, sagt sie zu Helen. »In diesem Fall ist es besser, wenn du gehst.«

Alec findet für Helen eine Wohnung in Wembley Park. Sie ist erst in einem Monat beziehbar, daher bleibt Helen bei Audrey in ihrem Liebesnest.

Audreys Liebesnest ist ein hübsches georgianisches Haus in St. John Wood, das Audrey ihrem Zeitschriftenverleger gestattet hat für sie zu kaufen, zu dekorieren und zu möblieren. Sie ist sehr unfreundlich zu ihm. Sie hat, behauptet sie, von Männern, Häuslichkeit, Sex und Kindern übergenug. Je distanzierter Audrey ist, desto mehr bewundert er sie. Sie besteht darauf, andere Liebhaber zu haben, und läßt sich dazu herab, dem Verleger zu gestatten, sie nachts zu besuchen – vielleicht einmal die Woche, und wenn er ihr mißfallen hat, nur einmal in vierzehn Tagen.

»Du bist ein so schlechter Liebhaber«, sagt sie, »es ist für mich eine echte Qual. Paul war im Bett sehr, sehr gut. Nur eben außerhalb völlig unmöglich. Du bist außerhalb prima, aber im Bett taugst du wirklich nicht viel. Also gibt nicht so an. Nur weil es dir beliebt, Geld für mich auszugeben, gehöre ich dir noch lange nicht. Ich kann selber für mich sorgen. Ich habe einmal ganz allein eine Hühnerfarm geführt. Ich habe vor nichts Angst, nicht vor Armut, nicht vor Einsamkeit und nicht vor deiner Frau.«

Er blickt sie bewundernd an und kauft ihr ein weiteres Kleid, einen weiteren Urlaub, organisiert ihr einen noch besseren Job, mit dem sie herumspielen kann.

Es stimmt nicht, daß Audrey vor nichts Angst hat. Sie hat Angst vor Paul. Paul attackiert sie und den Verleger, per Post und auch in Person. Er malt Obszönitäten an ihre Wände und auf seinen Wagen, er wirft Steine mit eingeritzten derben Limericks durch die Fenster, er ruft ihre Arbeitgeber an und auch den Aufsichtsrat des Verlegers. Er droht mit Mord, mit Selbstverstümmelung. Er prophezeit Irrsinn und Selbstmord. Er ist gar nicht böse (sagt er), daß sie ihn verlassen hat – er behauptet sogar, daß er sehr vorwärtsgekommen ist, seit sie fort ist, und daß die Hühner, von ihrer unheilvollen Gegenwart befreit, prächtig legen –, sondern darüber, daß sie ein Prinzip verraten und ihm seine Vorstellung von den Frauen geraubt hat, indem sie ihre Kinder im Stich ließ.

Audrey fühlt sich durch diese Aufmerksamkeiten geschmeichelt, aber auch eingeschüchtert.

»Ich habe ja nicht gewußt, daß er mich so liebt«, sagt sie. Und zu ihrem Verleger: »So innig könntest du nie jemand lieben.«

Der Verleger protestiert, als Helen zu Besuch kommt und dadurch das fadenscheinige Gefüge seiner Idylle stört. »Das geht dich nichts an«, sagt Audrey. »Ich kann mir einladen, wen ich will, und außerdem werden Helen und ich in einem Zimmer schlafen. Ich unterhalte mich gern im Bett, und du bist immer zu müde oder zu betrunken oder zu geil für ein richtiges Gespräch. Du wirst einfach draußenbleiben müssen.«

Weil er nun Abend für Abend gezwungenermaßen mit seiner Frau verbringt, findet er das noch langweiliger.

»Wenn er bloß wieder zu ihr ziehen würde«, sagt Audrey zu Helen, »ich will ihn nicht. Ich will ich selbst sein, so wie du. Ich will nicht verheiratet sein oder Hausarbeit machen, ich will mich nur amüsieren und Geld verdienen und mir Liebhaber nehmen, bis ich dafür zu alt bin. Und dann fange ich an zu trinken, wie Scarlets Mutter.«

Eines Abends kommt der Verleger vorbei, als Audrey mit einem Fernsehproduzenten zum Essen ausgegangen ist. Er sitzt da und unterhält sich mit Helen. Als Audrey heimkommt, findet sie die beiden friedlich und weit voneinander entfernt sitzend bei einem Gespräch über russische Ikonen und hat einen hysterischen Anfall. Sie schreit ihren Verleger an, bearbeitet ihn mit den Fäusten, beschuldigt ihn der Untreue und treibt ihn buchstäblich aus dem Haus. Anschließend schluchzt und weint sie stundenlang.

»Ich weiß nicht, was mit mir los ist«, sagt sie zu Helen. »Glaubst du, ich werde verrückt? Ich hab all die Jahre versucht etwas zu sein, was ich nicht war, und jetzt versuche ich das Gegenteil zu sein, und es bringt mich genau so durcheinander.«

»Du brauchst überhaupt nichts zu sein«, sagt Helen sanftmütig, »außer du selbst.«

»Ich habe aber doch kein Selbst, das ich sein könnte«, klagt Audrey. »Ich ändere mich alle fünf Minuten. Es war viel leichter, als wir noch jünger waren. Seit ich die Kinder bekam, war ich immer verdreht. Immer dachte ich, eigentlich sollte ich das Kind sein. Und alles habe ich mir selbst zuzuschreiben, das ist es, vorüber ich nicht wegkomme. Na ja, die Kinder sind das einzig Wirkliche, das ich je erlebt habe. Aber selbstverständlich will Paul sie mir nicht lassen. Nicht etwa, weil er sie liebt, nur, weil er mich damit strafen kann.«

Als Helen schließlich wieder fort ist und sie dem Verleger verziehen und ihn als wöchentlichen Besucher wieder akzeptiert hat, fragt sie ihn, ob sie nicht einen Diener haben könnte.

»Ich hätte gern Kinder von dir«, sagt sie, »dafür brauche ich Platz, Geld und Zeit. Diese drei Dinge brauchen Kinder am meisten. Raum und Geld kann ich ihnen geben, aber Zeit? Meine Arbeit kann ich nicht aufgeben, das wäre nicht fair, und der Rest meines Lebens und meiner Energie geht dafür auf, entweder deine sexuellen Forderungen zu erfüllen oder dieses dein Haus zu putzen!«

»Aber du wohnst doch hier und nicht ich –«

»Weil du darauf bestanden hast. Ich wäre genau so zufrieden damit, auf einer Parkbank zu nächtigen, wenn nicht zufriedener. Du hast mir dieses bürgerliche Ungetüm aufgehalst. Ich finde, da könntest du mir wenigstens die Pflicht abnehmen, es sauberzuhalten. Ich brauche einen Diener, täglich, der es für mich putzt – keine Frau, Frauen lügen, stehlen und nörgeln.«

Der Verleger stellt einen Dienerchauffeur ein – einen stellungslosen Schauspieler mit Bart, der mit Audrey flirtet und mit Frau und Kindern im Souterrain wohnt.

Bald ist sie schwanger. Sie verbringt ganze Tage bei Harrods in der Abteilung für Säuglingsausstattung. Die Rechnungen schickt sie ins Haus des Verlegers, wo seine Frau auf sie stößt.

»Du hättest besser aufpassen sollen«, beschuldigt ihn Audrey. »In deiner neurotischen Art hast du vermutlich sogar gewollt, daß sie sie findet. Du weißt doch, was das bedeutet, nicht wahr? Ich kann das Kind unmöglich kriegen. Ich werde abtreiben müssen.«

Er fleht sie an, aber es hat keinen Zweck. Er trifft die nötigen Verabredungen, er gibt ihr Geld, und der Diener, der gern Chauffeur genannt werden will, fährt sie in die Klinik.

Der Verleger hat eine schmerzliche Vision, wie seine Zukunft in einem rosa Wirbel endgültig im Ausguß verschwindet, aber sie macht ihn nur noch gegenwartsbewußter, und er besteht darauf, Audrey zweimal wöchentlich zu besuchen. Audrey läßt ihn manchmal nicht in ihr Bett. »Seit du mich zu dieser Operation gezwungen hast, bin ich sexuell wie betäubt. Sex ist für mich jetzt nicht nur etwas Gleichgültiges, sondern eher etwas Abstoßendes.« Doch sie läßt ihn im Haus bleiben. Er stellt fest, daß sie nachgibt, wenn er auf etwas besteht. Das ist für ihn eine große, nützliche Entdeckung. Übt er jedoch zu starken Druck aus, so merkt er, wie ihre Persönlichkeit zerfällt wie ein Klümpchen Quecksilber, das auseinanderspritzt und das, setzt man es wieder zusammen, Staubpartikelchen und Fremdkörper aufgenommen hat, an die sich zu gewöhnen noch schwerer ist.

Einmal, als sie sich beklagt, wieviel sein Essen kostet, wenn er über Nacht bleibt, und sich weigert, ihm zum Frühstück ein Ei zu gönnen, macht er ihr klar, daß die Lebensmittelrechnungen, die Hypotheken, der Strom, die Wäsche und das Gehalt des Dieners von ihm bezahlt werden und er daher das Recht auf soviel Eier hat, wie er nur will. Außerdem weist er sie darauf hin, daß sie ihm, wenn er das weiter tun soll, freundlichst ein ordentliches Frühstück servieren soll. Audrey bringt es fertig, ein großes, braunes Ei in die Pfanne zu schlagen, ehe sie sich in Tränen auflöst, ihm Erpressung vorwirft und zu hysterisch wird, um den Vorgang zu beenden. Immerhin, sie hat das Ei in die Pfanne geschlagen, und das hält er für einen Fortschritt. Im Heim seiner Frau setzt er sich an einen richtig gedeckten Tisch und bekommt jeden Morgen pünktlich ein Frühstück mit drei Gerichten, die Eier sind gepfeffert und werden in Essigbutter angerichtet, und jeden Morgen erschlaffen ihm vor Langeweile die Mundmuskeln, so daß der Kaffee ihm aufs Kinn tröpfelt, und seine Frau kann es mit pedantischer Freude beobachten und sich sagen, daß er jetzt endgültig abbaut, sie hingegen sich recht gut gehalten hat.

Eben jetzt versucht er – er weiß es –, Audrey beizubringen, sich wie eine richtige Frau aufzuführen, wie seine Frau.

Audrey ist außer sich über die Hartnäckigkeit, mit der er ein anständig zubereitetes Frühstück verlangt.

»Mein Leben lang«, beklagt sie sich bei Jocelyn, »bin ich immer nur ausgenützt worden. Dieser schreckliche Mensch. Er behandelt mich wie eine Magd, aber ich habe den Kopf wie ein Mann – bei der Arbeit sagt mir das jeder. Was für ein gräßliches Schicksal, das Leben mit Paul gegen das Zusammenleben mit diesem Tyrannen zu tauschen.«

»Das ist aber nicht einfach passiert«, sagt Jocelyn, »das hast du selber getan. Du hast es dir ausgesucht.« Derzeit ist das Jocelyns ständiger Refrain, gesprochen aus den Tiefen unauslotbarer Langeweile. Sie hört die Berichte ihrer Freundinnen gern, ihr ist, als streckten sie die Hände zu ihr herab und versuchten, sie wieder ans Licht zu ziehen. Ihr Kleiner schläft schlecht und ist schlechter Laune. Sie versucht ihn zu lieben, aber sie kann es nicht. Er hat Philips Gesicht und beobachtet sie mit Philips Augen – oder sind es die Augen jenes anderen Mannes vor langer Zeit?

Als Edward geboren wurde, hat Jocelyn an Miss Bonny geschrieben. Sie hat auch Antwort bekommen. Miss Bonny züchtet jetzt Hunde im Lake District. Miss Bonny erzählt ihr – warum, als warnendes Beispiel? – von einer eigensinnigen Spanielhündin, die es fertigbrachte, sich mit einem Collie zu paaren und dann zum Glück verwarf. Später, obwohl sie ordnungsgemäß von einem Spaniel gedeckt wurde, war einer der Welpen unverkennbar ein Collie. »Weibliche Treue«, schreibt Miss Bonny, »ist der Eckstein, auf dem die Familie, das Erbprinzip und der ganze Kapitalismus ruht.« Die Jungfernschaft, die ist Miss Bonny zu Kopf gestiegen, denkt Jocelyn. Sie wirft den Brief weg. Aber er hat sie doch getroffen.

Jocelyn läßt während einer von Philips Wochenendabwesenheiten die Heizdecke in seinem Bett eingeschaltet, sie geht in Flammen auf. Die Feuerwehr muß gerufen werden. Ein diensttuender Polizist, der netterweise dageblieben ist, um aufräumen zu helfen, macht ihr einen Antrag. Jocelyn ist derzeit auf ihre kühle Art schön. Erregt und schmutzig durch Flammen, Rauch und Angst, muß der Polizist sie für eine leichte Beute halten. Jocelyn lehnt mit hochmütiger Verachtung ab, was ihn überhaupt nicht aus der Fassung bringt.

Noch Monate später, wenn sie schlaflos daliegt und darauf wartet, daß Edward aufhört zu jaulen und einschläft oder aber aufwacht und anfängt zu jaulen, erscheint der Polizist in ihren Phantasien, in voller Uniform, den Gummiknüppel wie einen Phallus schwingend, einschüchternd, demütigend. Und je maßloser ihre sexuellen Phantasien sind, je mehr sie innerlich stöhnt und sich in masochistischer Raserei windet, während sie still und regungslos in ihrem Bett liegt, desto entrückter und frostiger wird sie am Tage.

Jocelyn behandelt Edward, als sei er eine recht sonderbare, krakeelende Puppe. Sie tut das Notwendige für sein Überleben und wenig mehr. Sie kann es fast nicht ertragen, von Philip berührt zu werden.

Philip trinkt immer länger im Watson-und-Belcher-Klub. Dort sind die Getränke frei. Es geht das Gerücht, daß die Firma die Alterspensionen sparen will, indem sie ihr Personal schon im Frühstadium durch Trinken umbringt. Philip fängt an, recht alt auszusehen, und wirkt verwirrt.

Jocelyn ist froh, daß Philip so selten zu Hause ist. Sie ist an den Abenden gern allein oder mit ihren Freundinnen. Ihr snobistischer Anfall ist vorüber. Sie kauft ihre Kleider gleich um die Ecke bei C. & A. Harrods hat sie aufgegeben. Sie unternimmt nichts, um das Schlafzimmer renovieren zu lassen, liegt gern in den verräucherten Ruinen und träumt von Vergewaltigung und Zerstörung. Schließlich beklagt sich Philip. Da beauftragt Jocelyn ein elegantes Innenausstattungshaus, das ganze Haus und nicht nur das Schlafzimmer im Pop-Art-Stil umzugestalten. Zum Schluß beträgt die Rechnung zweitausendfünfhundert Pfund, die Philip nicht hat und sie ebensowenig. Philip ist böse. Er findet, das Haus sieht abscheulich aus. Als er es zum erstenmal sah, hat er gedacht, eine solche Geschmacklosigkeit würde wenigstens billig. Jocelyn hat ihn noch nie wütend gesehen, es gefällt ihr, und sie verbringt eine ganze Nacht in seinem Bett, und wacht auf mit dem Gefühl, eine Hure zu sein. Dieses Gefühl erschreckt sie, und sie zieht sich wieder in ihre kühle Ehrbarkeit zurück.

Die Rechnung bleibt jedoch eine Realität. Sie überschattet ihrer beider Leben. Philip, um sie strafen, beginnt seine Hemden selber zu waschen, um Wäscherechnungen zu sparen. Als Jocelyn sagt, sie sei absolut bereit, seine Hemden zu waschen, wenn er das möchte, sagt er: »Dazu bist du zu sehr Große Dame.«

Jocelyn zuckt die Achseln. Es ist ihr gleich, was er denkt oder was er tut.

Sylvia lebt mit ihrem Töchterchen in einem möblierten Zimmer und bekommt Unterhalt vom National Assistance Board. Einmal die Woche fährt sie in die Hals-Nasen-Ohren Klinik, um ihre Ohren behandeln zu lassen, und einmal die Woche ins Moorfield Hospital, dort wird ihre Sehstärke kontrolliert. Ihre Sehtüchtigkeit schwankt, wie die Fachleute finden, auf unlogische und bizarre Weise. »Wenn ich vergnügt bin«, versichert sie ihnen, »kann ich ausgezeichnet sehen. Wenn ich traurig bin, bin ich so blind wie eine Fledermaus. Ich werde mich nie umbringen können. Dazu könnte ich gar nicht genug sehen. Wie finden Sie das? Man könnte fast annehmen, es wäre Absicht.«

Sie überweisen sie in psychiatrische Behandlung und setzen ihre Untersuchungen fort.

Sylvias Sehvermögen bessert sich. Das Gefühl, daß alles so schlimm ist, wie es nur sein kann, beruhigt sie. Das Geld vom National Assistance kommt regelmäßig – ebenso die Inspektoren, die sich vergewissern, daß sie keine männlichen Besucher hat. Wenn ja, werden die Zahlungen eingestellt. Solchermaßen beschützt, beginnt Sylvia aufzublühen. Eine Nachbarin versorgt die kleine Claire, wenn Sylvia im Krankenhaus oder auf Behördengängen ist. Sylvia wird mit Erfolg am rechten Ohr operiert. Jetzt kann sie hören, wenn Claire schreit, was selten vorkommt, denn Claire hat das Schreien vor langer Zeit als verlorene Liebesmüh aufgegeben. Nicht, daß Claire ihrer Mutter deshalb grollt, das gar nicht. Sie liebt sie, schlingt die Ärmchen um Sylvias Beine und betet sie an.

»Man hätte mir damals vor vielen Jahren nicht zur Abtreibung raten sollen«, sagt Sylvia zu ihrem Psychiater. »Ich wollte doch nur etwas zum Liebhaben. Deswegen ist alles schiefgegangen.«

»Es genügt nicht, Liebe zu geben«, sagt der Psychiater, »man muß sie auch annehmen können.«

Es ist erstaunlich, was Sylvia jetzt alles hört, auch mit nur einem guten Ohr.

Das Moorfield Hospital gibt auf und verpaßt ihr Haftschalen. Ihre Augen wirken groß, schmachtend und schön. Während sie Claire, dieses Gottesgeschenk, an sich drückt, fühlt sie sich wieder als Jungfrau: unberührt und voller Hoffnung.

»Der Staat«, sagt sie zu Jocelyn, »hat bis jetzt mindestens fünftausend Pfund ausgegeben, um mich zu sanieren. Warum? Was habe ich, außer daß ich da bin, getan, um das zu verdienen? Der Staat hat weit mehr für mich getan als je mein Vater. Ich empfinde Dankbarkeit, noch nie im Leben habe ich das empfunden – immer nur Haß.«

(»Sie hat jetzt ein neues Leben«, sagt Jocelyn zu Philip. »Der Staat ist ihr Vater und Mutter.« Aber Philip möchte nicht über Sylvia sprechen. Er spricht gern über Werbung, und über ein solches Thema fühlt Jocelyn sich erhaben.)

Schließlich bekommt Sylvia einen Job im Verwaltungsdienst. Sie arbeitet geduldig und systematisch in der Abteilung Kinderwohlfahrt. Sie zieht in eine Sozialwohnung. Claire geht tagsüber in einen staatlichen Kindergarten und scheint glücklich. Sylvias Ohren und Augen sind in Ordnung, und ihr Psychiater sagt, sie braucht nicht mehr zu kommen. Sylvia schickt eine Weihnachtskarte nach Hause und bekommt Antwort und eine Puppe für Claire. Endlich ist ihr Kind anerkannt.

»Es ist durchaus möglich, auch ohne Mann zufrieden zu leben«, sagt Sylvia zu Jocelyn dankbar erstaunt, doch zu Neujahr lernt sie einen stillen, sanften, freundlichen Bewährungshelfer kennen und ist innerhalb von drei Monaten mit ihm verheiratet.

Die Trauung ist auf dem Standesamt St. Pancras. Sylvia und ihr Peter halten sich an den Händen. Scarlet ist da mit Alec; Jocelyn ist da (Philip ist auf einer Besprechung) und Wanda, leicht schwankend, weil sie gefeiert hat, mit Susan und Audrey mit großem Hut und sehr kurzem Rock und Helen, hochdramatisch und sehr schön in weißem Samt – Sylvia trägt Taubengrau –, eskortiert von einem gutaussehenden, dunkelhaarigen jungen Mann, der sie sichtlich liebt. Sylvias Eltern schicken ein Glückwunschtelegramm.

Scarlet gibt in ihrem Haus in Hampstead eine Party für sie. Alec hat eine ganze Menge Geld geerbt. Scarlet hat ihr Examen in Soziologie gemacht. Sie hofft auf eine Dozentur an der London School of Economics. Byzantia spielt im Keller Beatles-Platten – sehr laut –, kämmt sich das wallende schwarze Haar locker um den Kopf und teilt ihrer Mutter mit, daß sie ihren Namen in Joan ändern will. Ihren Onkel Simeon lädt sie in ihr Kellergelaß ein und bemüht sich stundenlang, den verblüfften jungen Burschen zu verführen. »Er hat zwar lange Haare, aber innerlich ist er spießig«, klagt sie ihrer Mutter. (Byzantia hat eine poetische Ader und schreibt während des Physikunterrichts in der Schule lange Balladen.) »Er behauptet, es sei Inzest, aber das ist einfach eine Ausrede. Mit Onkeln ist man ebenso entfernt verwandt wie mit Vettern, und mit Vettern darf man's. Jetzt darf man's sowieso mit jedem, weil wir die Pille haben. Entweder er will nicht oder er kann nicht. Das ganze Inzest-Tabu beruht schließlich auf der Genetik, und wo jetzt niemand mehr schwanger werden muß, ist es als Tabu total überholt. Ich persönlich finde Inzest etwas sehr Aufregendes. Mit Alec kann ich es mir nicht vorstellen, weiß auch nicht, warum. Du hättest mir nie meinen leiblichen Vater wegnehmen dürfen, Mutter.«

Jocelyn, Wanda, Audrey und Susan finden, Byzantia sollte ab sofort die Pille nehmen, aber Scarlet, Alec und Sylvia sind sich einig, daß das falsch wäre.

»Ich füttere doch meine eigene Tochter nicht mit künstlichem Östrogen«, sagt Scarlet. »Ich habe sie nicht dazu auf die Welt gebracht, um sie zu vergiften, sie zu mästen und neutral und passiv zu machen. Soll die eigene Mutter sie in ein Sexualobjekt verwandeln? Und wozu? Zu was für einem großartigen Vergnügen? Einem gefahrlosen Gerammel mit dem eigenen Onkel?«

»Halbonkel«, sagt Wanda. »Und welche Alternative schlägst du vor? Wenn du glaubst, ich werde ein Urenkel-Stiefkind großziehen, irrst du dich gewaltig.«

»Abstinenz«, sagt Scarlet bissig und denkt an die vielen verschiedenartigen Freuden ihres Ehebettes, »das widerwärtige Wort! Genau das meine ich.«

Glücklicherweise verliert Byzantia von dem Moment an, wo es ihr gelingt, Simeon zu einer Erektion zu bringen, jedes

Interesse an ihm und verliebt sich in den Tänzer Nurejew, der wenigstens unerreichbar ist. Während sie ihrer Mutter im ganzen Haus auf Schritt und Tritt folgt, spricht sie ausführlich über ihre Gefühle, ihre Aktionen und Reaktionen. Sie hat eine melodische Stimme, doch die verstummt selten: nichts wird verheimlicht, nichts wird gefürchtet. Jedes Thema, jede Beziehung, jedes Ereignis muß ventiliert, diskutiert, kategorisiert und entschärft werden und wird dann nicht etwa für künftige Fälle vorgemerkt, sondern einfach vergessen.

»Habe ich sie so erzogen?« fragt Scarlet ihre Mutter, »oder liegt es an der Welt, in der sie lebt?«

»An ihr ist nichts verkehrt, finde ich«, sagt Wanda. »Sie lebt in der Gegenwart, das ist alles. Sie will jetzt frei und glücklich sein und nicht irgendwann in der Zukunft. Du und ich, wir haben unser Leben lang gesagt: eines Tages werde ich ... Byzantia sagt: Jetzt gleich. Los, packen wir's an. Das ist viel gesünder.«

Helen ist entzückt von Byzantia, und Byzantia mag Helen gern und ist samstags zu Besuch in Wembley Park. Sie nehmen dann Alice auf einen Spaziergang in den Park mit, kaufen ihr Eis oder bringen sie zum Tee zu Scarlet oder Jocelyn. Aber Byzantia mag am liebsten das Ritual des Teetrinkens bei Helen: das weiße Stickereitischtuch, die geblümten Tassen und Untertassen, die winzigen Gurkenbrötchen, die Torte mit dem Zuckerguß, die Afghanen – kleine Schokoladebiskuits mit je einer Walnuß darauf – und Alice so schön angezogen und gelockt. Alice ist ein recht nervöses, schwatzhaftes Kind, das unvermittelt anfängt zu tanzen, wenn sie glaubt, daß keiner zuschaut, und sich dabei neigt und schwankt wie ein ganz junger Zweig im Sturm.

Helen hat sich bemüht. Sie hat getan, was sie konnte, um sich ein neues Leben aufzubauen. Sie geht auf Partys, schließt Freundschaften, läßt es zu, daß man sie ausführt, ihr den Hof macht, ja sie sogar ins Bett bringt. Doch über allen Erlebnissen liegt eine Art Staubschleier. Sie sieht mit erloschenen Augen, hört mit tauben Ohren. Sie bewegt sich durch die Welt wie eine Marionette. Sie zieht selbst an den Schnüren, die sie tanzen, zur Wahrsagerin gehen und mit ihrem Kind spielen lassen.

Schließlich sucht X. sie auf. Er sagt: »Wir wollen Freunde

sein«, und bleibt von Zeit zu Zeit über Nacht. Helens Nachthemd ist gelb mit weißen Sternen darauf. Sie tut, als sei sie wieder ein Mädchen. Sie zieht an den Schnüren, die sie lieben lassen. Sie liebt. Wenn jemand sie fragt, sagt sie, daß sie liebt.

Er sagt: »Vielleicht heiraten wir eines Tages.«

»Wann?« fragt sie.

»Wenn uns eine neue Haut gewachsen ist«, sagt er. »Wenn wir uns erneuert haben, wie die Schlangen, die wir sind. Ich glaube, es dauert sieben Jahre.«

Im Urlaub fahren sie auf die Insel Skye. Helen besteigt einen Berg, steht am Rande eines Abgrundes und wippt.

»Hier nicht«, sagt sie schließlich.

»Hier nicht«, sagt er. Er hat sich nicht gerührt. »Außerdem: schau dir mal den Himmel an, er ist so schön.«

Helen blickt hinauf zu einem staubigen Himmel.

»Und außerdem,« sagt er, »wer würde für Alice sorgen? Ich habe kein Talent für Kinder. Ich mag sie nicht.«

»Ja«, sagt sie, »wer würde für die staubige kleine Alice sorgen?«, und er glaubt gewonnen zu haben. Seine anderen Kinder leben bei einer Schwester von Y., deren Mann früher RAF-Flieger war. Sie betreiben ein Schreibwarengeschäft in Essex.

Nach dem Urlaub fährt er wieder zurück in sein Dorf zu seiner Barbara, die nie Selbstmordgedanken hat oder dringend zum Selbstmord rät. Der bloße Gedanke schockiert sie. Wenn sie einmal deprimiert ist, kocht sie Marmelade oder bäckt ein Blech voller Plätzchen. »Das ist eben meine Art, kreativ zu sein«, sagt sie, und er findet diese Vermessenheit amüsant, ja sogar rührend.

»Eines Tages«, sagt er zu Helen – er besucht sie ungefähr einmal im Monat, wenn er geschäftlich nach London muß –, »werden wir zusammen leben. Vielleicht heiraten wir sogar mit allem kirchlichen Pomp.«

»Wann?« fragt sie.

»Eines Tages«, sagt er. Er spricht nicht mehr von Y. Helen denkt, es könnte wahr werden. Eines Tages wird er sie heiraten. Die Tage rutschen ineinander, wenn sie jetzt in den Spiegel schaut, kommt es ihr vor, als sei sie selbst, nicht nur ihre Umgebung staubig. Sie hat zu lange Trauer getragen. Sie beklagt sich bei Scarlet.

»Es hat keinen Zweck«, sagt Scarlet. »Du mußt dich von ihm trennen und darfst ihn nie wiedersehen. Die Welt ist voller Männer. Du hast so viel zu bieten. Du bist noch jung, du siehst gut aus. Alice ist ein Plus, kein Nachteil.«

»Nein«, sagt Helen. »Ich bin sechsunddreißig. Ich mache Schluß.«

»Dein Leben ist doch erst zur Hälfte vorbei.«

»An der zweiten Hälfte bin ich nicht interessiert.«

»Du brauchst nur dem richtigen Mann zu begegnen.«

»Es gibt nur einen Mann für mich, und das ist X. Für die anderen kann ich mich nicht interessieren. Gott weiß, ich habe es versucht. Ich bin mit einem jungen Mann essen gegangen, und am Nebentisch saß eine Frau, die mir bekannt vorkam. Dann merkte ich, daß es Y. war. Natürlich nicht wirklich, ich habe ja nicht gewußt, wieviele große, blasse Frauen es auf der Welt gibt. Danach wußte ich ihm nichts mehr zu sagen, und er verlor das Interesse. Wenn man etwas so Ungeheures zu sagen hat, verstehst du, und es nicht aussprechen kann, ist Schweigen die einzige Möglichkeit.«

»Bleib doch zum Abendessen«, sagt Scarlet, »dann lernst du neue Leute kennen.«

»Ich muß zurück zu Alice«, sagt Helen, »ich bin immer gern zu Hause, wenn für sie Schlafenszeit ist.« Ihr Verhältnis zu Alice wird zunehmend inniger. Auf Spaziergängen gehen sie Hand in Hand. Immer weniger möchte Helen sich von ihr trennen.

»Ich wollte, Alice wäre ein Junge geworden«, sagt sie. »Was ist das für ein Leben für ein Mädchen? Ich bin sechsunddreißig. Das Jungsein dauert nur so kurze Zeit. Siehst du mich wirklich schon als alte Dame?«

»Aber ich bin doch auch schon sechsunddreißig«, sagt Scarlet, »oder doch fast. Aber ich empfinde das nicht wie du. Das Leben geht weiter. Es wird sogar besser.«

»Du warst – entschuldige – als Mädchen recht häßlich. Für dich ist das Leben mit der Zeit besser geworden. Ich bin auf dem absteigenden Ast. Du bist daran gewöhnt, nicht bewundert, aber geliebt zu werden. Ich wurde immer nur bewundert und beneidet. Und jetzt wird mir selbst das genommen. Mir soll gar nichts bleiben. Ich habe in meinem Leben nichts erreicht. Ich hätte nie am Leben bleiben sollen. Ich hätte sterben sollen mit den anderen.«

»Ich hoffe«, sagt Scarlet, »du stellst nichts Dummes an.«
»Indem ich mich umbringe? Warum nicht?«
»Wegen Alice.«
»Ja, ja«, sagt Helen. »Das sagen alle. Möchte man das Leben der Kinder wegen? Kann man das?«
»Natürlich«, sagt Scarlet schockiert.
»Der Schmerz überwiegt so stark das Vergnügen«, sagt Helen.
»Nicht für jeden«, sagt Scarlet. »Im Moment meinst du das. Morgen wahrscheinlich nicht mehr. Und überhaupt hast du kein Recht, so zu denken – wegen Alice.«
Aber Helen ist nicht zu überzeugen.
»Wenn er mich nur heiraten würde ...«, sagt sie.
»Dann wäre es auch nicht anders«, sagt Scarlet. »Dein Glück muß von dir selber kommen. Es kommt niemals von anderen.«
Helen lächelt höflich; es ist ein schönes Lächeln, wie immer, wenn auch ungläubig. Derzeit liebt Scarlet sie beinahe.

X. veranstaltet eine Ausstellung seiner Bilder in einer Londoner Galerie. Sie wird an einem Sonnabend eröffnet. Die Nacht vom Freitag verbringt er mit Helen. Er bittet sie und nicht Barbara, bei der Vernissage anwesend zu sein. Sie trifft sich mit ihm in der Galerie.
Niemand spricht mit ihr. So viele Jahr nach Y.s Tod wird sie noch immer gemieden, ist sie als Hexe in Acht und Bann. Es macht ihr nicht viel aus. Auch ihr Haß hat einen staubigen Geschmack. X. ist umlagert von Bewunderern, ältlichen weiblichen Geiern mit großen traurigen Augen, die auf ihn niederstoßen. Er übersieht Helen total, er tut, als sei sie eine Fremde, als habe er sie nur mitgenommen, um ihr zu beweisen, wie sehr sie eine Fremde ist. Sie ist eine Episode seiner Vergangenheit, mehr nicht. Sein Leben schreitet von Erfolg zu Erfolg, Helen geht allein nach Hause. Am nächsten Tag besucht X. sie nicht.
Statt dessen wandert Y. neben ihr, hält sie an der Hand, erklärt ihr, wie sie aufhören kann zu weinen. Byzantia soll zum Tee kommen. Helen hofft einerseits, daß sie kommt, andererseits, daß sie nicht kommt, so daß Y. wieder mit der Tapete verschmelzen wird. Byzantia kommt nicht.
Helen bringt Alice zu Bett. Alice ist heiß und unruhig,

quengelt und weint und stört ihre Unterhaltung mit Y. Y. ist sehr freundlich.

»Nur du und ich hätten es sein sollen«, sagt Y., »nicht du und X. Du wärst meine Tochter gewesen. Nun, es kann immer noch so werden. Die Welt ist ein unvollkommener Ort. Die einzige Vollkommenheit ist der Tod, die Stille, die Vollendung. Man kämpft zu viel, zu hart und zu lange dagegen an. Wirst du zu mir kommen?«

Im Nebenzimmer weint Alice.

»Und was ist mit Alice?« fragt Helen.

»Alice? Alice hätte es nie geben dürfen. Hör nur, wie unglücklich sie klingt. Sie hat keinen rechtmäßigen Platz auf der Welt.«

Helen geht in Alices Zimmer und gibt ihr eine halbe Schlaftablette. Alice duselt zufrieden ein.

»Millionen von Menschen werden täglich geboren«, sagt Helen. »Und andere Millionen sterben. Was bedeutet das?«

Y. lächelt, als wisse sie es.

»Was bedeutet es, wenn ich sage ›ich‹?« fragt Helen. »Das habe ich mich schon gefragt, als ich erst sechs war. Und ich weiß es immer noch nicht. Ich weiß nur, daß ›ich‹ dasjenige ist, was leidet, und daß ohne ›ich‹ Frieden wäre.«

Y. sagt nichts. Es ist auch wirklich nicht mehr nötig.

»Ich kann es nicht ertragen, an einem weiteren Morgen aufzuwachen und zu wissen, daß der Tag keine Freuden, nur Schmerzen bringt«, sagt Helen, »und daß es am nächsten Tag beim Aufwachen genau das Gleiche sein wird, nur daß ich dann ich ein bißchen älter bin, ein bißchen weiter auf dem Weg, auf dem ich jetzt wandern muß. Ich kann über die Schulter zurückblicken, doch das ist alles. Ich kann nicht umkehren oder den Weg zurückgehen, den ich gekommen bin, der durch grünes Gras und Blumen führte, durch strahlende Tage und schwarze Nächte mit funkelnden Sternen. Ich möchte jetzt Schluß machen, mich hinsetzen und einschlafen, solange ich beim Zurückblicken wenigstens all dieses Schöne noch sehe. Bald werde ich so weit gegangen sein, daß alles ganz und gar verblaßt sein wird.«

Y. nickt. Helen glaubt, daß die Freundin allmählich ungeduldig wird.

»Warte!« sagt sie. »Bald bin ich bei dir.«

Sie geht in Alices Zimmer, schießt die Fenster und dreht

das Gas auf. Sie bittet Y. nicht herein, sondern sitzt geduldig und ganz zufrieden allein da. Sie hat das Gefühl, schon so lange halbtot zu sein, daß ihr Zustand sich nicht sehr verändern wird.

Hier unten bei den Frauen.

> Millionen Hausfrau'n nehmen schlicht
> sich Sachen mit und zahlen nicht.

Und dann sitzen sie auf der Anklagebank, je nachdem ehrbar, unverfroren, weinend, schurkisch oder verwirrt. Es war ein Irrtum, es waren meine Nerven, es waren die Pillen, die mir der Arzt gegeben hat, ich hatte gerade Krach mit meinem Mann. Ich brauchte das. Nun ja, und wenn nicht das, dann brauchte ich eben irgendwas. Was, weiß ich nicht. Ich weiß nur, daß ich es nicht habe.

Eine Sozialwohnung läßt sich in einer halben Stunde saubermachen und aufräumen. In einer weiteren halben Stunde kann man im Supermarkt alles eingekauft haben. Was ist das schon Großes? Wo sind die Wölfe, die man verjagen, wo sind die Läuse, die man von den Kleidern lesen muß? Was für einen Spaß macht Plastikbrot in Scheiben, verglichen mit dem Brotlaib, den man aus dem Mehl gebacken hat, das zu bekommen man mit dem Müller schlafen mußte?

Das sagt Jocelyn. Jocelyn lebt jetzt in einer Sozialwohnung mit einem Drucker. Er ist eingetragenes Mitglied der Kommunistischen Partei, das ist etwas altmodisch, aber er ist eben ein romantischer Mensch, kein Trotzkist, kein Marxist, nicht einmal Maoist, sondern Stalinist. Er weiß, daß es Blödsinn ist, sie weiß es auch, und es liegt etwas Großartiges in einer solchen fehlgeleiteten Loyalität. Sie sind glücklich. Sie ist entzückt von seiner ordinären Sprache, der Heftigkeit seiner Leidenschaften. Sie sieht ihn seine schmutzigen Fingernägel bürsten, wenn er sich nach der Arbeit säubert. Er blickt sie bewundernd an, wenn sie liest, und hört zu, wenn sie spricht. Sie verbringen viel Zeit miteinander im Bett. Er haßt Reklame und lacht über Philip. Sie hat ihn in einem Café kennengelernt und ist nach sechs Wochen zu ihm gezogen. Sie hat Edward mitgenommen, dem der Umzug gar nicht gefiel.

Fast hätte sie das Kind bei Philip zurückgelassen, doch

dann brachte sie es doch nicht fertig. Sie hofft, daß Edward als Erwachsener mehr wie ihr Ben und weniger wie Philip aussehen wird, doch bis jetzt zeigt er dafür wenig Anzeichen. Sie hat jetzt eine Tochter, das Kind von Ben, mit Bens dunklen Augen und markanten Zügen. Sie liebt ihre Tochter und hat sie Sylvia getauft.

Einmal gab sie Scarlet den folgenden Bericht über ihre Trennung von Philip:

»Es war an dem Tag, an dem Helen starb. Die Polizei hatte bei mir angerufen, sie hatten meine Telefonnummer in ihrem Adreßbuch gefunden. Ich habe sie durchs Telefon angeschrien und angeflucht. Ich glaube, die waren ganz baff. Aber vielleicht sind sie so was auch gewöhnt, ich weiß es nicht. Dann habe ich Helen vor ihnen ziemlich heruntergemacht. Ich war so wütend wegen Alice. Ich hätte doch für sie gesorgt, das hätte doch jede von uns getan. Später beruhigte ich mich und weinte um Helen und wollte ganz dringend über alles reden, aber der einzige Mensch, mit dem ich darüber hätte reden können, war Helen selbst. Wir hätten eine so inhaltsreiche weibliche Unterhaltung geführt, die Gefühle von allen Beteiligten seziert und versucht herauszubekommen, was das alles bedeutet. Aber nun hatte sie uns beide um dieses Vergnügen gebracht. Vielleicht hatten die anderen recht, vielleicht war sie immer nur eine armselige, schlechte Frau? Aber nein, sie war meine Helen, und sie ist mir, als ich älter wurde, immer mehr ans Herz gewachsen, so wie du, Scarlet. Und jetzt ist sie nur noch jemand, der früher mal gelebt hat und gestorben ist. Und an Alice zu denken, kann ich fast nicht ertragen. Manchmal denke ich: wie böse, schrecklich, ungeheuerlich war das von Helen! Natürlich war sie geisteskrank. Sie muß ja geisteskrank gewesen sein, wenn man ihr überhaupt verzeihen soll. Dann denke ich wieder, sie war nicht geisteskrank, sondern völlig klar. Sie hat das Richtige getan. Denn was für ein Leben hätte Alice gehabt? Und wenn, wie ich glaube, der Tod für Helen nicht die Abwesenheit des Lebens, sondern ein realer und positiver Zustand geworden war, mußte sie Alice ja mit sich nehmen wollen. Sie wurde im Lauf der Zeit eine immer bessere Mutter.

Philip kam an dem Abend ganz verstimmt und sorgenvoll heim und wollte gefragt werden warum. Anfangs wollte ich aber nicht fragen. Ich war böse mit ihm, denn als ich ihn im Büro angerufen hatte, um ihm Helens Tod mitzuteilen, wußte er nichts anderes zu sagen, als ›Ach ja? Du liebe Zeit! Na, ich habe im Moment viel zu tun, ich kann jetzt nicht reden‹. Allmählich hielt er Werbekampagnen für das einzig Wichtige auf der Welt. Vielleicht war er auch zu verstimmt über sich und mich, um noch etwas Reales aufzunehmen. Wir hatten Geldprobleme. Er verdiente 5000 Pfund im Jahr, aber bei unserem Lebensstil verbrauchte ich mindestens acht.«

»Das klingt, als wärst du ganz erfreut darüber«, sagt Scarlet.

»War ich auch. Solange ich mit Philip lebte, war ich eine sehr unangenehme Person. Jetzt lebe ich mit Ben und bin sehr nett und vernünftig. Die ganze Sache bestand natürlich doch nur aus Sex, obwohl ich bei einer solchen Andeutung entsetzt gewesen wäre. Wenn ich im Bett nicht kriegte, was ich brauchte und dieses Bedürfnis natürlich leugnete, holte ich verdammt noch mal auf andere Weise aus ihm heraus, was ich kriegen konnte. Armer Philip.

Jedenfalls gab ich an dem Abend damals nach und fragte Philip, was los war. Er hatte einen wichtigen Kunden aus New York da, stellte sich heraus. Er hatte ein Callgirl organisiert, das mit dem Kunden die Nacht verbringen sollte, aber das Mädchen hatte die Grippe gekriegt und abgesagt. All seine sonstigen Quellen waren versiegt, behauptete er, nicht nur herrschte eine Grippewelle, sondern London platzte aus allen Nähten vor Konferenzen und geilen Großindustriellen, und die hochqualifizierten sexuellen Hilfstruppen der Stadt waren bis zum äußersten ausgelastet. (Einem Großindustriellen kann man nicht irgend jemand geben, verstehst du. Die Mädchen müssen sich ausdrücken können, manierlich und selbstverständlich frei von Krankheiten sein – oder die ganze Geschichte wird unerquicklich.) ›Ja, Philip‹, sagte ich, ›ich hatte ja keine Ahnung, daß du Zuhälter bist.‹

Doch ich wußte es natürlich. Geschäftsführer müssen erwartungsgemäß dafür sorgen, daß ihre Kunden sich gut amüsieren, und sich gut amüsieren heißt immer auch Mädchen. Ich selbst dachte damals nicht, daß Philip an diesem Amüsement partizipierte. Ich glaubte nicht nur, daß ich auf rätselhafte Weise an seiner Impotenz schuld sei, sondern daß ihn der von mir angerichtete Schaden überallhin verfolgte.

Als ich den Witz mit dem Zuhälter machte, wurde Philip richtig heftig. Vielleicht war er stärker von Helens Tod erschüttert, als ich dachte. Jedenfalls benahmen wir uns an dem Abend beide ganz untypisch. Oder vielleicht auch ausnahmsweise einmal typisch.

›Dir ist es egal, wenn ich bankrott mache, was?‹ sagte er. ›Wegen solcher Sachen verliert man Geschäftspartner, und wenn ich die verliere, verliere ich meine Stellung, und du verlierst alles. Denn dir liegt nur an dem verdammten Geld. An Menschen ist dir nichts gelegen.‹

›Nein, das stimmt nicht‹, sagte ich. ›Du sprichst von dir selbst. Ich wollte nur, ich wäre mit einem erfolgreichen Zuhälter verheiratet und nicht mit einem Zuhälter, der versagt.‹

(Um das ganze Trauma dieses Gesprächs zu erfassen, mußt du bedenken, wie sanft, höflich und dezent wir normalerweise miteinander umgingen.)

›Du bist eine frigide, sexfeindliche englische Ziege‹, sagte er. ›Und außerdem verlogen. Du machst mein Leben zur Hölle. Du bist gegen den Genuß in jeder Form.‹

›Zu was anderem habe ich wenig Gelegenheit‹, sagte ich, ›ich bin ja mit dir verheiratet.‹

›Verdammter Blödsinn‹, sagte er. ›Du wärst bei jedem anderen genau so.‹

›Du irrst dich‹, sagte ich. ›Ich weiß genau, wie sehr du dich irrst.‹

›Hure!‹ sagte er. ›Schlampe!‹

›Na schön‹, sagte ich. ›Wenn du das glauben möchtest, bin ich eine. Du hast völlig recht, mir liegt nur etwas am Geld. Für Geld würde ich mich verkaufen. Übrigens wäre ich auch ganz zufrieden, mich zu verschenken.‹

›Dann beweise es‹, sagte er. ›Nur zu. Verbring du die Nacht mit ihm.‹

Das brachte mich zum Schweigen. Ich verließ das Zimmer. Einer der Gründe, warum ich Sex weiterhin für eine Art Lebenskraft ansehe und nicht für eine schwächliche menschliche Tätigkeit, die aller nur erreichbaren künstlichen Unterstützung bedarf – man könnte es angesichts all der pornographischen Werbung und durchsichtigen Kleider manchmal glauben –, ist die Art, wie einen die Nähe des

Todes dazu zwingt, Liebe zu machen. Ich gebrauche absichtlich diesen altmodischen Ausdruck und sage nicht einfach ficken. Aber wen hatte ich, um ihn zu lieben? Wenn also schon nicht ersteres, dann eben letzteres. Ich trank in der Küche eine Viertelflasche Scotch und ging wieder zu Philip hinein.

›Also gut‹, sagte ich in dem heiteren Ton, den er am besten verstand, ›für die Sache Großbritanniens und die des Exports: bring mich zu ihm.‹

Ich glaubte nicht, daß mein Ehemann Philip, mit dem ich – obwohl nicht zur Zufriedenheit – so viele Betten, Frühstücke, Urlaube, Hypotheken, Rechnungen, Autos und Tapeten geteilt hatte, es wagen würde, etwas so Extremes oder Eindeutiges zu unternehmen. Doch er lächelte nur, dieser bleiche, schlaffe, träge Werbefachmann und führte mich mit einer Dreistigkeit, wie ich sie noch nie an ihm erlebt hatte, hinauf ins Schlafzimmer. Ich glaube, daß er mich in diesem Augenblick nicht mehr als seine Frau sah, nur noch als Hure, und mit Huren kannte er sich aus.

Er durchwühlte meine Schubfächer, als wisse er darin gut Bescheid, und mir kam der Gedanke, ob dieses Wühlen vielleicht eine seiner heimlichen Freuden gewesen war. Er wählte schwarze Wäsche, zog sie mir an und ließ mich in den Spiegel schauen, wobei er meinen Kopf nahm und drehte, so daß ich gezwungen war, mich anzusehen.

›Man könnte dich für fünfundzwanzig halten‹, sagte er. Er erlaubte mir kein Kleid, sondern zwang mich, über die Wäsche einen Regenmantel anzuziehen. Ich selbst kam mir abwechselnd töricht, aufgeregt und geniert vor. Wie unsere gemeinsame Zukunft weitergehen sollte, konnte ich mir jetzt nicht mehr vorstellen und begriff ganz richtig, daß unsere Ehe zu Ende war.

Wir fuhren mit dem Taxi zu einem großen Hotel. Im Aufzug sagte er: ›Ich habe dich angelogen, das Mädchen hat gar keine Grippe. Es wartet immer noch auf den Anruf. Ich wollte, daß du es tust. Ich denke seit Wochen daran.‹

Nicht um die Welt wäre ich umgekehrt. Ich erinnerte mich wieder daran, wie du, Scarlet, dich einem Mann für ein Paar Nylons verkauft hast. Es war in meine Phantasien eingegangen. Sind nur wir Engländer solche Masochisten? Sehnen sich auch Franzosen, Italiener, Amerikaner nach Erniedrigung? Ich wollte wissen, wie es ist, wenn man eine Phantasie in die Realität umsetzt. Ich wollte herausfinden, ob die Phantasie befriedigender ist als die Wirklichkeit – wie die Dichtung befriedigender ist als das wirkliche Leben, weil sie Anfang, Mitte, Ende und eine Pointe hat.

Trotzdem mußte er mich auf dem Korridor vorwärtsschieben. Er klopfte an die Tür des Zimmers 541 und öffnete sie. Sein Kunde lag auf dem Bett. Er war etwa fünfundvierzig, schätzte ich, von großstädtischer Blässe, hatte ein nichtssagendes Gesicht, ein kantiges Kinn, eine randlose Brille und kurzgeschorene Haare. Ich hatte das Gefühl, schon zehntausend Männer wie ihn gesehen zu haben.

›Hallo‹, sagte er. Er war sehr leutselig. ›Philip, ich freue mich, Sie zu sehen. Man ist sehr einsam in dieser Stadt. Aber darin sind sich alle Großstädte gleich, nicht wahr? Am liebsten würde ich immer zu Hause bleiben, mit meiner Frau und den Gören im Garten sitzen und Bohnen ziehen. Leider ist das Leben anders.‹

›Das hier ist Una‹, sagte Philip.

›Hallo, Una‹, sagte Mr. Rigby und übersah mich von da an.

›Möchten Sie was trinken, Philip?‹

Zu meinem Schrecken nahm Philip an. Ich hatte gedacht, er würde sofort wieder gehen. Mr. Rigby goß sich und Philip ein und bot mir nichts an. Ich saß auf einem harten Stuhl in der Ecke.

Du weißt doch, wie es im Krankenhaus ist, wenn man krank ist oder ein Kind kriegt: Man wird entpersonifiziert und ist nur noch ein Körper, der hierhin und dorthin geschoben wird und dem man Schmerzen oder Erleichterung verschafft, wie die Institution es will. Jedes Gefühl für die eigene Identität verschwindet. Genauso fühlte ich mich in meiner Ecke, während ich wartete.

Sie sprachen über Marketing. Nach ungefähr einer Viertelstunde richtete Mr. Rigby huldvoll das Wort an mich.

›Ziehen Sie doch Ihren Regenmantel aus, Una‹, sagte er. ›Sie sehen aus, als sei Ihnen ein bißchen warm. Diese Hotels sind immer überheizt.‹

Philip trat zu mir und zog mir den Regenmantel aus. Ich setzte mich wieder, die Knie geschlossen.

Mr. Rigby lächelte und forderte mich auf, Büsthalter und Höschen auszuziehen.

›Ist Una eine Freundin von Ihnen?‹ fragte er Philip, als ich mich gehorsam wieder hingesetzt hatte, wie man sich in der Umkleidekabine der Ambulanz setzt, nur natürlich ohne den Bademantel.

›Ja‹, sagte Philip. ›Ab und zu.‹ Ich wünschte, er würde gehen. Ich wartete ungern. Ich hatte Atembeklemmungen. Die beiden sprachen über Marktforschung und die Tragödie einer forschungsorientierten Gesellschaft, in der nichts Neues geschieht, nur das Bekannte wiederholt wird.

›Die Menschheit‹, sagte Mr. Rigby, ›befindet sich auf einer Verschmutzungskampagne. Erst hat sie die äußere Welt mit Chemikalien verschmutzt und jetzt ihre innere Welt durch Forschung.‹

›Hören Sie‹, sagte Mr. Rigby schließlich. ›Ich hab das Gefühl, ich kriege die Grippe, wie alle anderen. Wie wäre es, Sie blieben und machten das Beste aus dieser Una? Es wäre doch schade, sie ungenutzt zu lassen.‹

Ich kann kein solches Ekel sein, wie ich manchmal glaube, denn mein erster angstvoller Gedanke war Philip. Ich dachte: Er wird sich ganz schlecht aus der Affäre ziehen. Er wird impotent sein. Er wird sich blamieren. Er wird den Kunden verlieren. Wir werden bankrott gehen.

Ich hätte mir keine Sorgen zu machen brauchen. Unter Mr. Rigbys beobachtendem Blick, nach Mr. Rigbys Anweisungen führte sich Philip auf wie ein Sexualathlet im Wunschtraum eines Schuljungen, nahm mich – und ich sage ›nahm‹, denn so fühlte es sich an – so herum und so herum, benutzte Hände, Mund und Penis nach einer Choreographie, die, wie ich glaubte, Mr. Rigbys wissenschaftlich orientiertes Hirn im voraus ausgearbeitet hatte, bis ich zum erstenmal wirklich hinübergerissen wurde in jenes andere, schwarze, stürmische Parallel-Universum, in dem ich noch nie gewesen war. Mr. Rigbys lächelndes, beobachtendes Gesicht war dabei die ganze Zeit präsent; er schien der Vertraute und Philip der Fremde.

Als die beiden fertig waren, ich wieder auf meinem Stuhl saß und der Ober Kaffee gebracht hatte, den ich – in diesem Fall war mir gestattet, mehr zu sein als eine Art Tier – eingießen durfte, sahen Philip und Mr. Rigby einen Ordner mit Forschungsstatistiken durch, und ich kam darauf, daß dies selbstverständlich der normale Ablauf eines Abends mit Philip und Mr. Rigby war. Aber warum hatte Philip mich gewollt, wenn es oft andere Frauen gewesen waren? Um mich auf das Niveau anderer zu erniedrigen, um mich zu verunglimpfen, mir meine wahre Rolle in dieser Welt zu demonstrieren? War es wirklich notwendig für ihn, mich so zu demütigen? War ihm seine Rache so wichtig? Oder hatte er nur beweisen wollen, daß er unter gegebenen Umständen ebenso potent sein konnte wie jeder andere? Oder vielleicht, Scarlet, hatte er einfach Lust auf mich? Sind Männer so simpel?«

»Warum, weil wir gerade davon reden«, sagt Scarlet, »hast du überhaupt mitgemacht? Was war denn das für eine Rache?«

»Ich weiß es nicht«, sagt Jocelyn. »Ich weiß es einfach nicht. Es war das Ende unserer Ehe. Wir wurstelten irgendwie weiter, kehrten für ungefähr einen Monat in getrennte Betten zurück. Ich konnte ihm nicht verzeihen und wußte doch nicht, was ich ihm zu verzeihen hatte. Es war ebenso meine Schuld wie seine. Trotzdem: weil er mein Mann war, hatte ich erwartet, daß er mich vor mir selbst retten würde. Aber warum sollte er? Es erinnert mich an Edward, der in einem Wutanfall einen anderen Dreijährigen auf den Kopf schlug und dabei schrie: ›Sei doch mein Freund!‹

Edward, ja, das war das andere! Der Unfall, an den ich mich langsam herangearbeitet hatte. All diese Unfälle werden, wie das Leben, immer weniger komisch und immer bitterer, je mehr Zeit vergeht. Ich badete ihn, vergaß kaltes Wasser dazuzuschütten und ließ ihn in das kochendheiße Wasser hinab. Natürlich gibt es keine Unfälle. Ich habe es meinem Kind absichtlich angetan, weil es aussah wie Philip.«

»Er sieht überhaupt nicht aus wie Philip«, sagt Scarlet. »Oder doch kaum.«

»Ich blieb mit ihm im Krankenhaus. Ich wäre gern gestorben, um ihm die Schmerzen zu ersparen. Und doch war es nicht Liebe. Es war der Mutterinstinkt. Das ist kein Verdienst. Nur wieder etwas Tierisches.«

»Ist denn Liebe ein Verdienst?« fragt Scarlet.

»Na ja, schon eher«, sagt Jocelyn, »wenn auch nicht sehr. Jedenfalls, als ich so an seinem Bett saß, habe ich Helen das erste und einzige Mal in meinem Leben beneidet. Er würde die Narben für immer behalten, und ich mußte mit ihm leben, es gab keine Flucht mehr.«

»Die Narben sieht man kaum«, sagt Scarlet. »Man bemerkt sie überhaupt nicht.«

»Ich schon«, sagt Jocelyn. »Alle anderen Gefühle sind Luxus. Liebe, Haß, Lust, Verzeiflung, Hoffnung – wenn man erst einmal Mutter ist, hat man darauf kein Recht mehr. Sie passen nicht mehr zur eigenen Position. Trotzdem bin ich ein paar Wochen, ehe Edward aus dem Krankenhaus entlassen wurde, Ben begegnet und mit ihm ins Bett gegangen. Ich wußte ja mittlerweile dank Mr. Rigby, daß es noch andere Welten zu bewohnen gibt, daß ich genau so bin wie jede andere Frau und mir ebensoviel oder so wenig zusteht. Seit ich das weiß, sind alle möglichen vernünftigen, gescheiten Dinge möglich.«

Hier unten bei den Frauen

Mein Name ist Jocelyn. Ich sitze im Park und denke an die Vergangenheit und daran, was aus uns allen geworden ist, und wie wenig die Gegenwart zu unseren damaligen Erwartungen paßt. Hockey eins, Hockey zwei, Hockey drei und los! Ach, Miss Bonny, wie wir rannten, lachend, um den Autobus noch zu kriegen, und wie der winterliche Boden unter uns knisterte. Sie und ich, für immer und ewig eingefangen im Augenblick, wie die Fliegen im Bernstein.

Edward ist jetzt drüben bei den Schaukeln mit der kleinen Sylvia, meinem Lieblingskind. Ich sehe ihn von weitem, er trägt eine rote Wollmütze, die Audrey ihm während ihrer häuslichen Periode gestrickt hat – damals war sie ihm viel zu groß. Jetzt, nach fünf Jahren, paßt sie. Vielleicht hat Scarlet recht, und es kommt nur mir so vor, als sei er durch die Narben entstellt. Vielleicht könnte er daheimbleiben, nicht aufs Internat gehen und ich dadurch meinen letzten Anspruch auf Vornehmheit fallen lassen? Dann könnte ich Philip das Schulgeld zurückgeben und aufhören mit den Versuchen, aus ihm herauszuholen, was ich nur kann. Vielleicht werde ich, wenn Edward das nächste Mal zu mir heimkommt, mich auf seine zerstreute Art anschaut und mir beim Reden das Haar aus dem Gesicht streicht, ihn nicht mehr wegschieben oder ihm sagen müssen, dafür sei er schon zu groß. Vielleicht werde ich einfach sitzenbleiben und es hinnehmen können.

Da. Jetzt habe ich es getan. Ich habe den Arm um ihn gelegt und gelächelt, und er hat zurückgelächelt. Von Tag zu Tag gleicht er Philip weniger, außer natürlich, wenn er schlechter Laune ist. Aber das ist wirklich nicht so oft der Fall.

Wenigstens kann man dazulernen. Man kann immer weiter lernen bis zu dem Tag, an dem man dahingerafft wird.

Ich sitze da wie eine römische Matrone, den Mantel um meinen Edward und meine Sylvia gelegt, und starre hinaus in ein sich auflösendes Universum. Es wird dunkel. Bald ist es Zeit heimzugehen, dann koche ich das Abendessen wie alle anderen Frauen auf der Welt – wenigstens bis heute.

Denn hier möchte ich von einer Unterhaltung zwischen Scarlet und ihrer Byzantia berichten, die ich mitangehört habe. Ich sehe Byzantia kein Abendessen kochen.

Byzantia, die freundliche Byzantia, gibt eine Party für die Freundinnen ihrer Mutter, für die sie eine Schwäche hat. Sie bietet ihnen kein Marihuana an und erklärt Scarlet, dafür seien sie ihrer Meinung nach zu labil.

»Die hätten böse Trips«, sagt sie. »Nur Tiefs, keine Höhepunkte.«

»Wenn du erst so alt bist wie wir«, sagt ihre Mutter, »kriegst du die vielleicht auch.«

»Glaub ich nicht«, sagt Byzantia.

»Wir haben unsere Sache nicht schlecht gemacht«, meint Scarlet. »Ich bin da mit meinem Alec, Jocelyn mit ihrem Ben, Sylvia mit ihrem Peter, und sicherlich kommt auch Audrey mit ihrem Verleger, wenn sie meint, daß er sich hier genügend ödet. Selbst deine Stiefgroßmutter Susan wird deinen Onkel Simeon mitbringen können.«

»Du überraschst mich«, sagt Byzantia. »Was für eine Idee, Erfolg mit Männern auszudrücken. Das ist doch etwas ganz Nebensächliches bei dem Zustand, in dem die Welt ist.«

»Nur als Erfolgssymbol«, verteidigt sich Scarlet. »Ich wollte sie nicht als Grund anführen.«

»Sie sind eher das Symptom einer fürchterlichen Krankheit«, sagt Byzantia, »an der ihr alle gelitten habt. Eine von euch ist sogar daran gestorben. Ich finde, die Sterblichkeitsrate ist zu hoch.«

Als Byzantia aufgefordert wird, die Krankheit zu definieren, kann sie es nicht. Definitionen, sagt sie, gehören nicht zu ihrem Aufgabenbereich. Es genügt, die alte Ordnung umzustoßen.

Byzantia ist, wie ihre Großmutter Wanda, eine Zerstörerin, keine Schöpferin. Doch wo Wanda gegen die Strömung ankämpfte und erschöpft aufgab, weiß Byzantia diese Strömung hinter sich, voll und stark.

Hier unten bei den Frauen.

Wir sind die letzten der Frauen.

Fay Weldon im dtv

Die Teufelin

Die loyale, aber leider ziemlich unattraktive Ruth erträgt lange die sexuellen Eskapaden ihres Mannes. Irgendwann ist sie allerdings mit ihrer Geduld am Ende. Sie dreht den Spieß um und plant einen Rachefeldzug. Das erste, was in Rauch aufgeht, ist das Eigenheim. dtv 11132

Herzenswünsche

Was Helen und Clifford aus der großen Liebe machen (natürlich eine Scheidung und diverse andere Dinge und noch eine Scheidung und die eine oder andere Karriere) und wie ihre verlorene Tochter Nell viel schöner und klüger wird, als es ihre Eltern verdient haben. dtv 11197

Du wirst noch an mich denken

Ein Mann und drei Frauen, die Geschiedene, die Neue und die Halbtagssekretärin – aus dieser nicht ungewöhnlichen menschlichen Konstellation macht Fay Weldon eine rasante psychologische Studie über Schein und Sein; mit einer Komik, die manchmal mörderisch ist. dtv 11225

Kleine Schwestern

Zusammen mit dem Antiquitätenhändler Victor, ihrem zwanzig Jahre älteren Liebhaber, fährt Elsa für ein Wochenende aufs Land. Der Besuch bei Victors reichen Freunden wird für Elsa zu einer Tour de force durch Liebe, Lügen, Sex und andere Ungeheuerlichkeiten. Aus Prinzen werden Frösche, und nichts bleibt, wie es war. dtv 11305

Frau im Speck

Aus einer von Wohlstandsspeck, Diätkuren und den üblichen Midlife-crises-Affairen bedrohten Ehe hat sich Esther in eine schmuddelige Souterrainwohnung geflüchtet. Was sie dort tut? Sie ißt, und zwar alles, was fett macht. Eine »beste Freundin« taucht auf und spielt den »rettenden Engel«... dtv 11378

Sterndame

Sandra geht mit ihrem Ehemann auf eine Party und verläßt dieselbe mit einem anderen. Das Pikante am vorliegenden Fall: Die Dame ist eine prominente Fernseh-Astronomin, der Gatte ein bekannter Anwalt, und der »Neue« Boss einer Jazz-Band, übrigens ebenfalls verheiratet. dtv 11426

dtv
Crime
Ladies

Amanda Cross:
In besten Kreisen

Unter den Fittichen der Literaturprofessorin Kate Fransler fühlen sich die New Yorker »Stadtratten« auf dem Lande ausgesprochen wohl. Der ländliche Friede wird jedoch jäh gestört, als tödliche Schüsse eine Bauersfrau aus der Nachbarschaft niederstrecken.
dtv 11348

Rosamond Smith:
Der Andere

Molly Marks muß erfahren, daß ihr Geliebter einen Zwillingsbruder vor ihr verheimlicht. Fasziniert und schockiert versucht sie, das Geheimnis der beiden Brüder zu ergründen, und wird dabei zum Opfer eines grausamen Spiels.
dtv 11370

Joan Smith:
Schmutziges Wochenende

Kaum ist Loretta in Paris, gibt es Trouble: Erst wird sie von einem abscheulichen Typ angemacht, dann findet sie in der Wohnung, wo sie übernachten will, einen schlafenden Fremden. Schließlich entdeckt sie einen Haufen blutbesudelte Laken. dtv 11387

Suzanne Prou:
Die Schöne

In der Nähe eines kleinen südfranzösischen Dorfes wird die unbekleidete Leiche eines jungen Mädchens gefunden. Ihre Identität wird nie aufgeklärt, ihr Mörder nie gefunden. Da taucht eines Tages eine junge Frau auf, die der Toten auf fatale Weise ähnelt.
dtv 11349

Frances Fyfield:
Schatten im Spiegel

Die rothaarige Sarah hat nichts gegen Männer, aber sie hat was gegen Charles Tysall. Irgendwie machen ihr seine Annäherungsversuche Angst. Tatsächlich scheint seine Bekanntschaft gerade rothaarigen Frauen schlecht zu bekommen...
dtv 11371

Joyce Carol Oates im dtv

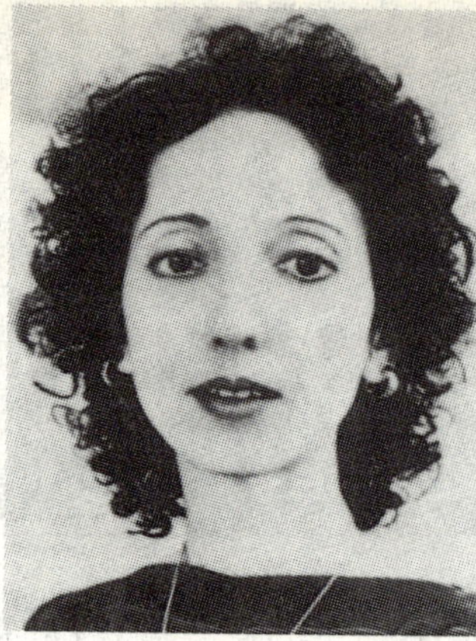

Grenzüberschreitungen

Zart und kühl, bitter und scharf analysierend, erzählt die Autorin in fünfzehn Kurzgeschichten von der alltäglichen Liebe, dem alltäglichen Haß und ihren lautlosen Katastrophen. dtv 1643

Jene

Die weißen Slumbewohner in den Armenvierteln des reichen Amerika, die sich nicht artikulieren können, sind die Helden dieses Romans. Die Geschichte einer Familie, aber auch die Geschichte Amerikas. dtv 1747

Lieben, verlieren, lieben

Von ganz »normalen« Menschen erzählt die Autorin, vor allem von Frauen, von Hausfrauen, Ehefrauen, Müttern und Geliebten. dtv 10032

Ein Garten irdischer Freuden

Ein Mädchen will ihren ärmlichen Verhältnissen entfliehen. Sie tut es – nichts anderes bleibt ihr übrig – mit Hilfe von Männern. dtv 10394

Bellefleur

Der Osten der USA ist der Schauplatz dieser phantastischen Familiensaga. Aus dem Leben der Menschen des Hauses Bellefleur wird ein amerikanischer Mythos. dtv 10473

Im Dickicht der Kindheit

In einem Provinznest lebt die starke, in ihrer Sinnlichkeit autonome Arlene mit ihrer jungen Tochter Laney, deren Schönheit und Wildheit der vierzigjährige Aussteiger Kasch verfällt. dtv 10626

Engel des Lichts

Die Geschichte einer alten Familie in Washington, die zwischen Politik und Verbrechen aufgerieben wird. dtv 10741

Unheilige Liebe

Auf dem Campus einer exklusiven Privatuniversität spielen die Mitglieder des Lehrkörpers eine »Akademische Komödie des Schreckens«. Sie lieben sich, sie hassen sich, aber keines dieser Gefühle hält vor. dtv 10840

Letzte Tage

Amerikanische Kleinstädte und europäische Metropolen sind die Schauplätze dieser sechs Erzählungen. dtv 11146

Die Schwestern von Bloodsmoor

Ein romantischer Roman, aber auch eine sarkastische Abrechnung mit den USA nicht nur des vorigen Jahrhunderts. dtv 11244

Das Buch

»Es stimmt, daß andere Freundinnen von mir ruhige, zufriedene Ehen führen oder das wenigstens behaupten. Ich beobachte, wie sie einschrumpeln und still verwelken, ohne großes Aufheben, wie Kohlköpfe Anfang März, denen es gelungen ist, die Härten des Winters zu überdauern, und die nun doch dem Lauf der Zeit erliegen. Wir sind vollkommen glücklich, sagen sie.« Eine Mutter sitzt auf der Parkbank, sieht ihren Kindern beim Spielen zu und hofft, daß der Anblick eines jungen Mannes, der sich mit nacktem Oberkörper in der Sonne aalt, etwas Würze in den faden Nachmittag bringt. Allerdings gibt es unter ihren Freundinnen nicht nur die »vollkommen glückliche« Ehefrau, es gibt auch noch die vernachlässigte Ehefrau, die Ehefrau, die ihren Mann verlassen hat, die alleinerziehende Mutter, die Femme fatale usw. Bei all diesen mehr oder weniger freiwilligen Rollenspielen herauszufinden, was wirklich dahinter steckt, ist nicht so einfach. Fay Weldons unsachliche, scharfzüngige und unglaublich amüsante Protagonistinnen entwickeln dafür von Generation zu Generation die unterschiedlichsten Methoden.

Die Autorin

Fay Weldon, am 22. September 1933 in Alvechurch (Worcestershire) geboren, verbrachte ihre Kindheit in Neuseeland, kehrte mit der Mutter nach London zurück, bekam mit 20 ihr erstes Kind (sie hat vier), verdiente sich ihren Lebensunterhalt als Werbetexterin, studierte Psychologie und Ökonomie und veröffentlichte mit 30 das erste Buch. Ihr Roman ›Die Teufelin‹ (dt. 1987) wurde mit Meryl Streep in einer der Hauptrollen verfilmt. Weitere in deutscher Sprache erschienene Werke: ›Herzenswünsche‹ (1988), ›Kein Wunder, daß Harry sündigte‹ (1989), ›Die Klone der Joanna May‹, ›Kleine Schwestern‹, ›Du wirst noch an mich denken‹ (1990), ›Trio in Twinsets‹, ›Frau im Speck‹, ›Sterndame‹, Oben bei den Männern‹ (1991).